Sur l'auteur

Auteur inclassable, réalisateur, Lilian Bathelot a été professeur de philosophie, champion de tir, spécialiste d'escalade et de golf. Il est l'auteur d'une quinzaine de romans qui naviguent entre littérature (Éditions J'ai lu, Pocket, Métailié, Albin Michel, La Manufacture de livres) et littérature jeunesse (Gulf stream, Le Navire en peine ville). Réalisateur de documentaires, il a aussi écrit pour la radio (Radio France Production) et le théâtre.

LILIAN BATHELOT

GERONIMO ET MOI

10/18

Ce texte a bénéficié d'une bourse à l'écriture d'Occitanie Livre & Lecture
sur un financement Région Occitanie / DRAC Occitanie.

Mes remerciements à Édith Noublanche pour son concours avisé.
L. B.

ISBN 978-2-264-07957-2
Dépôt légal : octobre 2023

Roman : [*À l'époque moderne ou contemporaine*] Œuvre littéraire [...] mêlant le réel et l'imaginaire, et qui [...] cherche à susciter l'intérêt, le plaisir du lecteur en racontant le destin d'un héros principal, une intrigue entre plusieurs personnages, présentés dans leur psychologie, leurs passions, leurs aventures, leur milieu social, sur un arrière-fond moral, métaphysique.

Définition du CNRTL,
Centre national de ressources textuelles et lexicales

MA RENCONTRE AVEC FRANCINE V.

Par Dezba Asdzání

Née en 1993, métisse d'une mère navajo et d'un père descendant de pionniers français de Louisiane, Dezba Asdzání est chercheuse à l'Institut d'ethnologie comparée de Phoenix, Arizona, États-Unis.

C'est en collectant des données de terrain pour mes recherches sur les évolutions de la culture navajo depuis 1850 que j'ai découvert les pages qui suivent. J'avais présenté l'esprit de mon travail et mes attentes aux habitants de la réserve de Window Rock, et j'avais expliqué que je reviendrais dans quelques semaines pour entamer la collecte de témoignages proprement dite.

Lors de cette deuxième visite, je trouvai un groupe plus important que je l'aurais imaginé, déjà installé dans la grande salle silencieuse avant l'heure dite. J'allais me décider à prendre la parole lorsqu'une belle Amérindienne vêtue d'un costume de cérémonie se leva, traversa la salle à pas lents et s'approcha pour s'adresser à moi à voix basse, en langue navajo.

Un peu déstabilisée, je lui répondis de même, mais à voix haute. Une rumeur de satisfaction parcourut l'assistance. La femme me sourit alors, et je la suivis. Nous traversions la vaste pièce où nos pas résonnaient, et je sentis que toutes les personnes réunies là savaient ce qu'elle venait de me chuchoter, et pourquoi elle m'avait demandé de l'accompagner dans son *hogan* familial.

Nous n'échangeâmes aucune parole durant le bref trajet dans les rues où des enfants jouaient. Une fois chez elle, toujours silencieuse, elle ouvrit le tiroir d'un meuble de bois clair, en sortit un petit paquet plié dans un vieux tissu grège qu'elle posa sur la table basse. Puis elle déplia le paquet avec une délicatesse à la mesure de la valeur que l'objet avait pour elle. Quand elle eut étalé le carré de drap sur la table, elle y aligna soigneusement ce qu'il contenait : plusieurs vieux cahiers disparates dont elle fit une pile, une liasse de lettres réunies par un brin de raphia, un dictionnaire usé, un certificat d'immigration daté de 1871 et une poignée de cartouches piquées de vert-de-gris. Une expiration chassa une dernière hésitation et elle saisit les cahiers et les lettres pour les tendre vers moi sur ses deux mains ouvertes.

Cette dame dans la force de l'âge se nomme Gha-Den-Dini, ce qui, en langue athabascane, signifie « [celle qui est] traversée par la lumière ». Je compris vite qu'elle était métisse, comme moi, et que son métissage remontait comme le mien à plusieurs générations. Elle en avait gardé des yeux clairs qui tranchaient sur une carnation ocrée et des cheveux de jais aux reflets presque bleus. Elle avait ceint sa chevelure d'ébène d'un bandeau de cuir rouge garni de perles de turquoise, constellé de délicates mouches en duvet d'aigle qui semblaient voleter autour de son visage gorgé de soleil.

Comme sa mère, et comme la mère de sa mère avant elle, elle avait soigneusement conservé ces lettres et ces précieux cahiers aux pages couvertes de la belle écriture de son aïeule, Francine V.

Personne dans sa descendance n'a pu lire ces pages parce qu'elles ont été rédigées en français et qu'aucun des Amérindiens de la réserve n'a jamais pratiqué cette langue. Pourtant, certains feuillets ornés d'une arabesque, chaque fois différente et d'une grande finesse, portent les marques d'une usure plus prononcée, d'avoir été souvent feuilletés pour admirer ces belles décorations.

Gha-Den-Dini m'observa avec attention alors que je saisissais un cahier pour le feuilleter délicatement. Dès les premières lignes, je compris pourquoi elle avait choisi de revêtir son costume cérémoniel pour me le remettre. C'était la mémoire de son ancêtre qu'elle me confiait.

Le soir venu, quand je pus me soustraire aux attentions de mes hôtes sans paraître impolie, je plongeai dans la lecture de ces pages. Ce fut un éblouissement qui me transporta jusqu'à l'aube. Il est difficile d'imaginer destin plus romanesque que celui de Francine, jeune Française née dans une famille de forgerons des rudes monts d'Aubrac, louée comme servante à Paris peu avant la Commune et que rien ne prédisposait au destin qui l'entraîna au cœur des guerres indiennes. Chaque ligne des cahiers avait été écrite de sa main, au jour le jour, à la manière d'un journal, alors qu'elle pénétrait des univers inconnus et souvent hostiles. Les lettres, quant à elles, provenaient d'une correspondance que Francine avait entretenue avec une amie parisienne depuis le sol d'Amérique.

Je n'ai pas essayé de rendre ce texte « plus moderne » car Francine avait la plume alerte. Je n'ai pas tenté, non plus, de modifier l'agencement original de ce double récit qui alterne de manière parfois déroutante journal d'une vie aventureuse et narration d'une enquête qui pourrait ressembler à ce qu'on appelle aujourd'hui roman policier. Lorsque je l'ai jugé utile, j'ai simplement inséré dans le flux des cahiers certains fragments de lettres, sans tenir compte de leur chronologie, mais à l'endroit où elles servent le mieux la compréhension des récits. D'autres fois, c'est Francine elle-même qui avait collé une lettre entre deux pages avec des rognures de timbres-poste.

Lorsque l'Histoire a jeté dans l'oubli des réalités évidentes à l'époque, des personnages alors célèbres et aujourd'hui sortis des mémoires, je propose en bas de page des notes explicatives. À part cela, seuls quelques réglages éditoriaux, une correction ordinaire et un traitement typographique ont été apportés au texte original.

Mon travail sur ces documents terminé, je retournai à Window Rock pour restituer son trésor à Gha-Den-Dini. Lors de cette rencontre, je lui posai la question qui m'avait souvent titillée alors que je planchais sur le texte : pourquoi, dans la ferveur familiale qui n'avait cessé d'entourer cet héritage, personne n'avait jamais fait traduire le texte en anglais afin de le comprendre ?

Après un temps de silence, c'est en athabascan navajo que Gha-Den-Dini choisit de me répondre en humant la vapeur qui s'échappait de sa tisanière de terre.

Francine avait commencé à apprendre des rudiments de français à Tł'éhonaa'éí[1], sa première fille. Mais cet apprentissage s'était interrompu quand elle était partie en tournée avec le Wild West Show de Buffalo Bill. Geronimo, qui la tenait en estime depuis de vieilles connivences, l'avait priée de se joindre au groupe qui représenterait les Nations indiennes. Elle avait hésité d'abord, car elle devrait laisser sa fille à la garde de la tribu. Mais lorsqu'elle avait appris que le périple du spectacle passerait par l'Europe où une représentation était

1. Littéralement « porteuse de lune » en langue navajo.

programmée à Paris, elle avait accepté de faire partie du voyage.

À son retour, plus en paix que jamais, elle s'était montrée satisfaite de constater que la toute jeune Tł'éhonaa'éí avait presque tout oublié des rudiments de français qu'elle avait commencé à lui transmettre. Elle avait entrepris alors de lui raconter l'histoire de sa vie, oralement, en langue athabascane. Tous avaient compris que Francine avait délibérément choisi d'employer, désormais, la manière navajo de transmettre sa mémoire, et seulement celle-là. Son vœu fut respecté et son écriture demeurée mystérieuse.

— Mais alors, pourquoi m'avoir confié ces textes ? Vous saviez que j'allais les traduire, les éditer…

Tenant son bol à deux mains, elle ferma les yeux un long moment en buvant la tisane. Elle les rouvrit en reposant sa tasse avant de me répondre :

— Parce que le moment était venu, et que tu es venue.

Dezba Asdzání

LES CAHIERS DE FRANCINE V.

Alors que j'écris dans ce cahier depuis plusieurs jours maintenant, je n'imagine toujours pas qui pourrait bien le lire. Un gendarme dont le tir m'aura fauchée dans ma fuite ? Une sœur de combat qui parviendra à récupérer mes affaires après mon trépas ? Peu importe, mais s'ils doivent exister un jour, ce lecteur incertain, cette lectrice inconnue, autant qu'ils sachent d'emblée qui a commis ces pages[1].

Je m'appelle Francine, mais il n'en a pas toujours été ainsi. Je ne suis pas née Parisienne, et rien ne me prédisposait à combattre les armes à la main sur les barricades de la Commune de Paris. Cinquième enfant d'une famille de forgerons tirant le diable par la queue depuis l'arrivée des outils manufacturés dans nos campagnes, je naquis Anceline Viala[2] dans une maisonnette de granit du Puech d'Orlhaguet, hameau de la commune de Sainte-Geneviève-sur-Argence, dans les monts d'Aubrac, aux

1. Ces premières pages ont été écrites sur des feuilles vierges retirées de la fin du cahier et soigneusement recousues avant le premier chapitre, « plusieurs jours » après le 5 juin 1871. C'est le seul passage qui n'ait pas été daté.

2. On retrouve ce nom sur le registre des naissances de la paroisse de Sainte-Geneviève-sur-Argence au 21 juin 1849, ainsi que sur le journal d'effectifs du couvent au 2 octobre 1853.

confins de l'Aveyron, du Cantal et de la Lozère. Bouche de trop à nourrir, je fus très tôt séparée de ma famille et placée dès mes quatre ans dans une institution religieuse qui prendrait en charge mon entretien et mon éducation pour faire de moi, quand mon âge le permettrait, une novice de l'Ordre cistercien de la Stricte Observance qui en vient à manquer de vocations dans cette région frappée par l'exode. Malgré de longues années d'efforts des religieuses, je me révélais réfractaire à la vie claustrale. Au sortir de l'enfance, je m'enfuis du couvent, au désespoir de mes parents. Peu de temps après, afin que je ne demeurasse pas à leur charge, ils me louèrent pour cent sous le mois comme servante dans le café-bois-charbon de Célestin Costefave, un bougnat originaire du canton installé à la capitale.

À Paris, exploitée à longueur de journée aux *Clochers de l'Aubrac* alors que je devenais tout juste jeune fille, je fus de surcroît bientôt abusée par le sieur Costefave. Ses assauts étaient répugnants quand le rut le prenait mais, avec lui, le coït était une affaire rondement expédiée, en trois coups de reins, comme font les lapins. Ce fut bien pire lorsqu'il en vint tant d'autres à monter dans ma chambre.

Connaissant parfaitement les réalités exécrables qu'endure une jeune femme de pauvre condition, je devins une militante socialiste[1] libertaire et me trouvais en première ligne des soulèvements populaires qui finiraient par renverser l'Empire.

Connaître d'emblée les grandes lignes de ma trajectoire aidera le lecteur à comprendre l'obstination que je mets à retracer depuis leurs débuts les investigations que

1. Il est utile de rappeler au lecteur du XXIe siècle que le terme de « socialiste » renvoyait à des idées radicalement révolutionnaires à l'époque où ces lignes ont été écrites.

j'ai menées sur les réseaux de prostitution forcée. Je les ai poursuivies plusieurs années durant, en pointillé plus ou moins lâches en fonction du temps que me prenaient les nécessités de ma subsistance et de mon engagement politique. De tout ce temps, j'étais bien loin de penser que les découvertes que je faisais en partant de mon cas personnel pourraient être utilisées, un jour, pour nourrir une chronique d'émancipation féminine pendant la Commune.

Cela advint pourtant, lorsque je dus enquêter sur l'assassinat d'Ursule Macalay. Je découvris son corps en tenue de nuit, lardé de coups de hachoir qui entaillaient toutes les parties de son corps. La lourde lame était restée profondément enfoncée dans la poitrine et la main droite se trouvait quasiment séparée du bras qui reposait sur une méridienne maculée de sang.

Macalay était l'un de ces bourgeois qui, épousant la cause des insurgés, n'avaient pas fui la ville à la suite du gouvernement versaillais. Il avait même été élu délégué de son arrondissement au Conseil de la Commune. Aussi, la première pensée qui courut en ville fut que ce crime était lié à ses activités politiques et nécessairement commis par quelque agent de la réaction.

Pourtant, je découvris bientôt que ce meurtre n'avait aucune raison politique, qu'aucun Versaillais n'en était coupable et qu'il me renvoyait directement aux pistes que j'avais suivies pendant des années en essayant de démonter les rouages du réseau de prostitution avec lequel Costefave fricotait et dont j'avais été victime.

Des années après le début de mes investigations, j'allais parvenir à boucler mon enquête en réunissant la matière pour l'article qui aurait dû envoyer ces salops au bagne dans le monde plus juste que nous essayions de construire.

Mais cet article ne paraîtra jamais, l'Histoire en ayant décidé autrement. Toute trace écrite est partie en fumée dans l'incendie qui dévasta l'étage de la rédaction pendant la répression sanglante, quelques jours avant la date prévue pour sa publication. De cet article, de mes brouillons, des carnets où je consignais mes notes depuis des années, il ne subsiste rien.

Tout ce qui demeure de cette aventure se trouve désormais à l'intérieur de ma tête. Par bonheur, j'ai une mémoire solide forgée dès l'enfance par l'apprentissage d'avalanches de *Cantemus Domino* et de quantité d'autres cantiques latins.

Jour après jour, je vais devoir les réécrire.

I

FUGITIVE

Lundi 5 juin 1871, à la nuit tombée
Dans une grange à foin du bocage normand

Aujourd'hui, je suis enfin parvenue à réunir les éléments indispensables pour recommencer à écrire : un cahier, un crayon à encre et un bout de chandelle.

La bougie m'attendait dans une petite niche creusée dans la pierre, à l'entrée de la grange où j'ai trouvé refuge après des jours de fuite sans repos.

Le cahier, je l'ai volé cet après-midi sur le comptoir de l'épicerie générale d'un village normand blotti autour de son église, où j'ai dépensé mes dernières piécettes pour une tranche de lard et un morceau de pain. Depuis le début de ma cavale, j'évitais les villages, les contournant de loin à travers champs, à travers bois. Je ne trouvais nourriture qu'en chapardant parfois les fruits encore verts d'un verger ; seuls aliments que je parviens à me procurer depuis que je bats la campagne. Mais voilà deux jours que mon estomac rejette systématiquement, des deux manières à sa disposition, cette nourriture acide. Comme je devenais trop faible pour avancer, j'ai dû me résoudre à entrer dans ce village et à pousser la porte de cette épicerie, malgré le risque d'y être reconnue.

J'avais tiré mon fichu sur mon front pour tenir mon visage dans l'ombre, comme le font les veuves. Cela suffisait à me protéger du regard des rares villageois dans la rue à cette heure, mais je ne pouvais pas éviter celui de l'épicière qui me ferait face. Malgré mes convictions nouvelles, j'ai esquissé un signe de croix avant de pousser la porte, priant pour que cette femme n'ait pas prêté attention à l'avis de recherche que j'avais reconnu de loin, placardé ici aussi sur la porte de l'église.

La tempête qui m'a jetée dans ce destin de proscrite me donne le vertige lorsque me reviennent les images de cette boucherie qui a laissé sur le carreau des milliers de camarades et tant de mes amies. Oh, mon Dieu, Honorine ! Comment as-tu quitté ce monde, sous mes yeux… J'en frissonne.

Mais cette grande pétaudière barbare offrit aux tristes sires dont je suivais la piste depuis des lustres une occasion rêvée de tenter une nouvelle fois de m'abattre. Ils sont parvenus à réduire en cendres mon article et toutes les preuves accumulées dans mes carnets, mais cela ne leur suffit pas ; ils veulent ma mort, car ils savent qu'aussi longtemps que je resterai vive je n'aurai de cesse qu'ils soient confondus.

Retracer cette histoire demandera de nombreuses séances d'écriture et je ne pourrai rédiger ce récit que selon le loisir qui m'en sera laissé par l'urgence du jour. Je serais fort aise que cette forme fractionnée lui apporte la saveur des feuilletons de presse par lesquels j'ai découvert la littérature. À cela près que, dans ce récit, tout ce que je rapporterai sera vrai, et que le découpage des épisodes sera dicté seulement par le temps que m'accordera ma condition de fugitive.

Cet après-midi, quand l'épicière dut se retourner pour trancher le lard sur son billot, le besoin d'écrire que je n'ai pu assouvir depuis plus de dix jours et qui me tenaillait aussi fort que la faim a fait sauter le cahier presque de lui-même dans la poche de ma blouse crottée. J'ai dû rougir jusqu'à la racine des cheveux lorsque l'épicière me regarda à nouveau. Mais c'était fait, et l'idée que j'allais enfin pouvoir poser sur le papier tout ce que je suis en train de vivre faisait battre mon cœur.

Le crayon, lui, je le gardais dans ma poche où il niche depuis longtemps, toujours prêt à écrire, à prendre des notes et à rédiger mes articles hebdomadaires, ces deux derniers mois. Il y a longtemps que je n'avais pas senti la saveur acide de sa mine sur ma langue quand je l'humidifie afin qu'elle délivre sa belle couleur d'encre violette. Ce soir, cette pointe de saveur aigrelette m'a fait l'effet d'une douce friandise. La dernière chose que ce crayon ait écrite avant ma fuite de Paris, c'est ce fameux article qui ne paraîtra jamais, et qui me vaut aujourd'hui de voir ma tête mise à prix.

Jules Vallès… *Le Cri du peuple*… L'enthousiasme de vivre une aventure si exaltante, de me trouver au cœur du combat pour l'émancipation et la justice… Tout cela me semble si loin que je douterais presque de la réalité de ce que j'ai vécu, et mes souvenirs prennent parfois la patine des rêves – la patine des rêves et l'effroi des cauchemars. Pourtant, depuis que j'ai quitté Paris, je n'ai plus de rêve, et mes cauchemars, je les fais éveillée.

La colère bout dans mes veines lorsque je repense à ces hommes aussi vils que puissants, à leurs espoirs de nous voir disparaître, moi et mon enquête. La Commune défaite, ils ont à coup sûr retrouvé leurs places de notables. Aussi, au désespoir d'avoir vu s'écrouler les espérances que nous essayions de construire s'ajoute la rage d'imaginer ces marchands de femmes plastronnant en place publique, impunis de leurs crimes et du meurtre de mes amies.

Quelques heures seulement après ma sortie des catacombes du bon côté des fortifs, j'ai entamé ma fuite. À Cent-Noix, encore tout près de Paris, mon cœur a failli sortir de ma poitrine en découvrant un portrait de moi d'une précision effrayante placardé sur la porte de l'église. Au-dessus de mon visage, de grosses lettres capitales indiquaient « avis de recherche – récompense 1 000 francs ». Au bas de l'affiche, on lisait « Francine V. » dans les mêmes capitales, suivi de deux lignes en petits caractères de bas-de-casse précisant que je suis recherchée pour le meurtre d'un capitaine.

Comme s'il s'agissait d'un meurtre… Ce pandour venait d'assassiner Honorine et Babeth sous mes yeux et il s'apprêtait à me faire périr par le sabre. Quel grand malheur pour un pays quand ce sont des gredins qui font les lois, et des soudards qui les servent.

Je ne veux pas faire la liste de tout ce que j'ai abandonné à Paris car, si j'essayais, je plongerais aussitôt dans un abîme d'écœurement, de révolte et de rage. Il sera douloureux de parler de mes camarades tombées si près de moi, de leurs corps que j'ai vus traversés par les balles, tranchés par le sabre, de leur sang qui a giclé sur moi, de la mort qui rôdait tout autour dans les rues de Paris, crachée par mille bouches à feu de tous calibres, du fracas des combats, de la fureur des canons, des mousquets versaillais qui répondaient au grondement des nôtres[1].

Au nombre des choses perdues, il y a mes carnets que je ne cessais de nourrir depuis que la passion d'écrire s'est emparée de moi ; ces carnets où se mêlaient le récit des événements qui tricotaient mes jours et les notes

1. Le tableau que Francine brosse ici ne semble pas exagéré si on le rapproche d'autres témoignages sur « la Semaine sanglante » qui laissa trente mille cadavres de communards dans les rues de Paris.

que je prenais lorsque quelque découverte faisait avancer l'enquête qui a déclenché un tel séisme dans ma vie. Je m'efforcerai de tirer de façon logique ces deux fils rouges qui vont raconter ces deux histoires qui se partageront les pages de ce cahier. Que ne puis-je prendre conseil dans cet exercice auprès de celle qui m'a tout appris des subtilités de la construction d'un texte.

Louise ! Chère Louise Michel… Il était si fascinant de l'écouter enseigner mille choses du monde, et de découvrir grâce à elle les richesses enfouies au profond de nous-mêmes. Nul doute qu'en écrivant dans ce cahier tout neuf, j'y penserai souvent, à ma chère Louise, lorsque je retracerai le contour des merveilles aussi bien que des horreurs que mes yeux ont vues tout au long de ces jours fabuleux et tragiques qui ont fait vivre et mourir la Commune de Paris.

Mais voilà que mon cœur s'emballe à la lueur de la chandelle. C'est bien le galop de chevaux sur les pavés de la route qui monte du lointain. Deux chevaux et le cliquetis de sabres battant dans leurs fourreaux : les gendarmes, qui vont toujours par paire. Ils arrivent. Je dois souffler la chandelle.

Mardi 6 juin 1871, début d'après-midi
Un bosquet au milieu des bocages, près de Sainte-Scolasse-sur-Sarthe

Tapie dans la grange obscure, je n'avais plus d'énergie pour m'enfuir quand a enflé le galop des chevaux.

Cherchant où me cacher dans l'obscurité de la bâtisse, je me faufilai comme je pus parmi tout un amoncellement de vieilleries hétéroclites que des années de négligence avaient entassées au fond de la grange que je découvrais à tâtons. Le gros meuble de fer que je rencontrai derrière tout ce bric-à-brac, je fus longtemps avant de comprendre qu'il s'agissait d'une imposante cuisinière châtelaine ruinée.

L'oreille aux aguets, j'attendais. Quand le galop des chevaux s'arrêta près de la grange, les bêtes s'ébrouèrent et des voix trouèrent le silence de la nuit.

— T'es sûr, Eugène ? Ton petit nous a dit que tu l'as vue entrer dans ta grange, lança l'un des hommes.

C'étaient bien des gendarmes, et ils venaient pour moi.

Au prix de bien des contorsions, je parvins à me loger tout entière à l'intérieur de la grande cuisinière défoncée, à refermer la porte du vaste four derrière moi.

Incapable de transcrire la réponse que l'homme fit d'une élocution pâteuse dans son patois normand, je saisis deux choses : qu'il avait bien vu une femme habillée comme à la ville entrer dans sa grange, et qu'il était fin saoul.

Les gendarmes échangèrent quelques répliques où il était question de lubies d'ivrogne, mais déjà le paysan poussait la porte de la grange. Dans le trapèze de clarté que la lune découpait par la porte ouverte, je devinais sa silhouette chancelante à travers une fente de rouille et je le vis saisir la chandelle dans la niche de pierre où j'avais été bien avisée de la reposer quelques instants plus tôt.

— Venez, entrez, vous la trouverez, la petite Parisienne ! lança-t-il aux gendarmes dans son parler du cru. Ma fille a vu l'affiche sur l'orme de la place. Elle sait lire, vous savez. Elle m'a dit qu'il y a une récompense de mille francs.

L'homme battit le briquet, alluma la bougie. La petite flamme qu'il tenait dans sa pogne vacillait dans le courant d'air, éclairant juste assez la grange pour distinguer la paille, les murs de pierre et les troncs de charpente grossièrement équarris.

Ma posture était douloureuse, encastrée que je me trouvais entre les plaques de fonte. J'observais la scène, la main droite serrant la poignée du pistolet dont je tiens les deux canons soigneusement chargés de mitraille[1].

Les deux gendarmes avaient franchi le seuil d'un pas lent, comme à contrecœur, leurs mousquets à la main et les sabres cliquetant à leur ceinture. Ils considéraient par de brefs regards dubitatifs le ventre de la bâtisse où la lueur vacillante de la petite flamme étirait les ombres

1. J'ai entrepris des recherches pour identifier cette arme à partir des descriptions qui en sont faites par la suite. Il s'agit d'un pistolet réglementaire français du modèle 1855 pour officier d'état-major, à deux canons superposés. Cette arme provenait vraisemblablement de l'arsenal de la Garde nationale qui fut pris d'assaut par les insurgés au mois d'avril 1871. C'était une arme de taille conséquente (34 cm), de fort calibre (17 mm) et pesant plus de trois livres. Avec les munitions nécessaires à son fonctionnement, ce pistolet devait occuper à lui seul l'essentiel du balluchon de Francine.

jusqu'aux poutres du toit. Le paysan avançait à la lueur de sa chandelle, s'enfonçant dans le foin jusqu'aux cuisses de son pas incertain :

— Elle est là, je vous dis ! Dans le fond, sûrement. Venez, suivez-moi, elle se cache !

Les deux hommes en uniforme le suivirent sans enthousiasme et, quand ils furent parvenus près de lui au beau milieu du foin, tous trois s'arrêtèrent, considérant le fourbi du fond parmi lequel je me terrais.

Ils étaient proches de moi et, dans la panique, un soubresaut fit cogner les canons du pistolet contre la plaque de métal. À l'intérieur du four, ce tintement résonna comme un battement de cloche.

Au même instant, un cri du paysan envahit la grange. Il s'était entravé dans la paille et, bousculant le brigadier, l'entraîna dans sa chute. Les deux hommes roulèrent dans la pente de foin en lâchant un concert de jurons. Leur chute mettait leurs têtes à hauteur de la fissure par laquelle je voyais la scène. Je posai mes doigts sur les détentes.

Dans la culbute, la chandelle s'était échappée de la main du fermier. Immédiatement, des flammes s'élevèrent, illuminant la grange. Les deux gendarmes se lancèrent dans une gambille frénétique pour étouffer le début d'incendie sous leurs semelles. Les langues de feu dansaient autour de leurs jambes et les deux hommes semblaient danser eux aussi. Comme le feu gagnait malgré leurs efforts, le plus jeune ôta précipitamment sa vareuse et en couvrit une large partie du brasier. Les flammes s'étouffèrent aussitôt. Voyant que l'idée était bonne, le brigadier l'imita et couvrit le restant du feu de la même manière. Tous deux continuèrent leur sarabande, tapant des pieds sur leurs vareuses. Le fermier restait planté là, hébété, à tanguer d'un pied sur l'autre, comme font les soûlots rencontrant l'imprévu.

— Viens nous aider, bougre d'ivrogne ! Veux-tu donc que ta grange brûle, et nous avec ? Ça te suffit pas de nous avoir dérangés pour rien ?

Lorsqu'il parvint à les rejoindre, les flammes étaient déjà éteintes. Sur le seuil, le brigadier pointa son doigt vers l'arsouille :

— Tu vois, Eugène, je devrais te coller une amende pour outrage. Tu sais combien ça coûte, deux vareuses réglementaires ?

Eugène baissa la tête. La menace de coup au porte-monnaie l'abattit d'autant plus qu'elle enterrait tout espoir de récompense. Il ferma la grande porte dans un long grincement.

Dans l'obscurité, l'esprit rincé et le corps rompu, j'attendis longtemps avant d'oser quitter ma cache.

Je me réveillai en sursaut au milieu de la nuit, traversée par l'urgence de filer avant que le fermier, dessoûlé, s'avise de revenir vérifier l'état de sa grange. Posant mes mains sur le sol pour me relever, je sentis quelque chose dans la paille. C'était le cuir d'une bourse, cette surface douce. L'un des hommes l'avait perdue dans la sarabande pour éteindre le feu.

Ma pitance des prochains jours était assurée, mais je n'eus guère le temps de m'en réjouir : celui qui l'avait perdue accourrait pour la chercher dès qu'il s'en rendrait compte.

Je quittai la grange comme une ombre glissant dans les ténèbres.

[1]

1. Les belles arabesques que l'on rencontre dans les cahiers ne sont pas uniquement décoratives. Francine les utilise pour marquer les transitions entre ses récits croisés. Ce signe typographique en indique l'emplacement.

Le bosquet où je me suis arrêtée et d'où j'écris ces lignes est tombé à point nommé. Au cœur du bouquet d'arbres se trouve un abreuvoir de pierre grise où j'ai pu laver ma blouse, nettoyer mon jupon et faire ma toilette. Mon linge séchera vite dans la brise mais, en attendant, j'ai encore le temps d'écrire.

J'avais dû ferrailler dur pour convaincre Vallès de programmer mon article. Tant qu'il s'agissait de taillader du bourgeois partisan de l'Empire, des Versaillais ou de la monarchie, il était le premier à s'enflammer. Pour promouvoir l'émancipation des femmes, il n'était pas le dernier. Mais devoir « salir la mémoire » d'un communard estimé, assassiné quelques jours plus tôt, l'avait rendu circonspect. La bonhomie naturelle de l'homme et l'entregent que confère l'argent en faisaient un camarade apprécié au Conseil de la Commune, et l'opinion générale était que l'assassinat d'Ursule Macalay avait été commandité par les Versaillais. Vallès, manifestement ennuyé de devoir disculper les Versaillais en accablant un des nôtres, en allant à l'encontre des conclusions de la police de la Sûreté, demanda un délai pour prendre sa décision, le temps de consulter Pierre Denis. Je sus qu'il avait aussi pris l'avis d'Auguste[1], de Benjamin[2], de Louise et d'Élisabeth[3] qui m'en informèrent aussitôt. Aucun sujet n'avait jamais occasionné autant de consultations, avant même d'être discuté en comité de rédaction. Lorsque ce groupe – ne comprenant que des hommes, excepté Louise et moi-même – avait enfin débattu de la pertinence de la publication de l'article, la décision nourrit un débat houleux. S'agissant de mon travail, je ne pris pas part au vote, mais les hommes acceptèrent majoritairement de surmonter leurs réticences à dénoncer ce qui « ne partait en définitive que d'histoires de fesses ». L'indulgence qu'ont volontiers les hommes – et bien des femmes aussi – pour les viols, facilement assimilés à de « simples histoires de fesses », faisait passer au second plan le fait qu'il y était aussi question d'enlèvements, si ce n'était de meurtres.

« Des soupçons ! Des soupçons d'enlèvements et de meurtres ! Tu n'as aucune preuve… » avais-je entendu dire. C'était vrai. Malgré les efforts déployés les dernières semaines, je n'avais aucune preuve formelle que les disparues aient réellement pu être enlevées ou assassinées. Malgré les témoignages que j'avais recueillis qui laissaient entrevoir le pire des sorts pour celles qui disparaissaient après une incartade, les prostituées avec qui j'avais pu m'entretenir craignaient trop les représailles pour me lâcher davantage que le prénom de ces filles qu'elles avaient pourtant connues de près. Que pouvais-je faire de ces témoignages qui en disaient davantage par leurs silences que par leur teneur ? Tous venaient de

1. Auguste Blanqui, qui publia *Ni Dieu ni maître*, devenu un slogan iconique pour des générations de libertaires.

2. Benjamin Flotte, activiste révolutionnaire notoire, est évoqué en détail plus loin dans le texte.

3. Élisabeth Dmitrieff, militante russe de l'Internationale, envoyée à Paris par Karl Marx pour le tenir informé sur la Commune.

personnes du sexe faible, prostituées de surcroît, qui se rétracteraient devant la police par crainte de représailles. L'atout le plus solide que j'avais en main était une lettre de témoignage qui étayait bien l'histoire de traite de femmes, mais ne parlait que de filles « expédiées » à propos des disparues, sans en dire davantage.

Aussi, n'était-ce que verbalement que j'avais employé les termes « meurtres » ou « enlèvements ». Mon article ne mentionnait que de « mystérieuses disparitions ».

Les polémiques éteintes, l'article avait finalement été accepté, mais j'avais dû ferrailler, encore, pour que sa titraille demeurât telle que je la souhaitais : « DROIT DE CUISSAGE SUR EMPLOYÉES DOMESTIQUES, VIOLS, PROXÉNÉTISME, DISPARITIONS… » en capitales et « Une sinistre affaire de droit de cuissage et de traite de femmes impliquant de grandes maisons de la capitale, et des hommes devenus communards. » en chapô de l'article.

Il fallut que Louise pèse de tout son poids sur le comité de rédaction pour emporter le morceau et faire accepter ce titre.

Même jour,
nuit tombée depuis presque deux heures
Clairière dans la forêt d'Écouves

Victor !

Quelques heures de sommeil, la bourse lovée dans un pli de ma blouse, le bonheur d'être fraîche dans des habits propres, des retrouvailles si improbables avec Victor, et voilà que l'horizon semble enfin moins sombre. À cette heure, je suis seule dans la clairière où nous n'avons pas allumé de feu qui pourrait se voir de loin. Victor s'est éclipsé dans la forêt, et j'écris à la clarté de la lune.

Victor et moi avons été aussi proches qu'un homme et une femme peuvent l'être, mais je m'étais beaucoup éloignée de lui après que notre relation fut rompue. Tout le temps qu'a duré notre liaison, je ne pensais à lui qu'avec passion. C'est quand je découvris son côté endurci parfois si hermétique à la compassion que mes sentiments changèrent et mes envies de même. Après notre rupture, lorsqu'il essayait de me conter à nouveau fleurette, je n'éprouvais pas d'aversion à son endroit, mais une déception profonde venue d'espoirs qui m'avaient enflammée et qui s'étaient brisés.

Victor n'avait pas choisi de se retrouver au cœur de la Commune. C'est le hasard qui a voulu qu'il se trouvât à Paris au moment où la ville fut coupée du monde par le blocus que Thiers avait imposé pour nous affamer. Vagabond des routes de France dès son enfance, il en conservait tous les attributs jusqu'à la caricature : le cheveu blond et dru toujours en bataille, les effets élimés, un baluchon de drap qu'il tenait volontiers accroché à la baïonnette lorsqu'il partait défendre une barricade, une débrouillardise peu regardante des questions de morale et une gouaille qui lui faisait décocher des répliques assassines transperçant ses contradicteurs mieux que des flèches.

Depuis notre rencontre, il me tournait autour, et dire qu'il ne me déplaisait pas relève de la litote. C'est un garçon bien fait et qui sait raisonner. L'épaisse cicatrice qui traverse sa joue donne un mâle air de mystère à son visage où son regard brille comme deux flammes grises qui ne s'éteignent jamais. Il est aussi un combattant de valeur quand il faut en découdre. Je ne fus pas longue à céder à ses assiduités. Et je n'ai qu'à me réjouir d'avoir eu pour premier amant un homme de cette trempe. Car il fut mon premier amant, même si j'étais loin d'être vierge quand je me suis offerte à lui. Sa liberté de vagabond, si grande de n'avoir pas d'attache, lui donnait des élans de jeune cheval fou qui me fascinaient et m'effrayaient à la fois.

Un jeudi après-midi, nous étions tous suspendus aux lèvres de Louise qui donnait une leçon d'histoire dans le silence de la pièce studieuse lorsque la porte s'ouvrit brusquement. Victor surgit dans la salle paisible, sans se soucier des gens réunis là ni de ce que nous faisions. Un fusil à la main, il s'est précipité vers moi en riant bruyamment, le visage radieux, sans un regard pour les autres :

— Regarde, Francine, regarde ! Un fusil à cartouches métalliques, un Remington des Amériques[1] !

J'étais affreusement gênée. Victor se montrait si malappris, si irrespectueux… Je jetai un regard désespéré sur Louise.

— Je l'ai pris sur un Versaillais ! s'écria Victor en agitant l'arme. J'ai sauté au bas de la barricade et couru jusqu'à lui sous le feu des ennemis pour le prendre. Avec une musette de cartouches !

Et il jeta la sacoche sur la table dans un fracas impossible.

— Bien ! lança Louise en couvrant le vacarme. Bel acte de bravoure, Victor. Dans l'armée régulière, il te vaudrait peut-être une médaille.

Il resta un instant interdit, comme s'il découvrait Louise et les autres.

— Mais, vois-tu, nous étions en train d'étudier l'histoire quand tu nous as grossièrement interrompus. Cette leçon est ouverte à tous, et tu peux demeurer avec nous autant que tu le souhaites. Mais si tu restes, ce sera pour t'intéresser au sujet qui nous occupe jusqu'à cinq heures : la révolte de Spartacus et la troisième guerre servile… C'était peut-être bien un garçon dans ton genre, ce Spartacus.

Victor tourna de nouveau son visage vers le mien et me fit un sourire un peu triste. Toute la classe nous regardait. J'étais dévorée par l'envie de le voir disparaître comme un mirage pour que cesse mon malaise. Il récupéra souplement sa musette, passa la bretelle du fusil en travers de son torse et se dirigea vers la porte. Quand il parvint au seuil, il avait retrouvé son éternel sourire.

1. Surprise de trouver cette arme typiquement états-unienne dans le Paris de 1871, j'ai effectué quelques recherches et, effectivement, cinq cents exemplaires de ce fusil furent vendus à l'armée française par la firme Remington en 1870. Ces armes furent en dotation réglementaire dans plusieurs unités d'élite de l'infanterie.

— Mes excuses… Je me suis comporté comme un rustre que je suis. J'avais tellement de joie à l'intérieur de moi… Je… je voulais la partager. J'ai traversé tout Paris en courant. J'aurais dû faire comme vous faites ici : réfléchir davantage !

Puis, en refermant la porte, il me regarda, moi, dans l'entrebâillement en murmurant du bout des lèvres :

— Pardon. Pardon d'être un sauvage.

La fin de la leçon se fondit dans le brouillard qui avait envahi ma tête.

Le soir du même jour, je repérai de loin son visage ravi dans la file d'attente de *La Marmite*. Il faisait la queue, ce dont je l'aurais cru incapable, car il préférait en général se passer du nécessaire plutôt que de devoir attendre comme les autres pour l'obtenir. Lorsqu'il fut près de moi, je le découvris si rayonnant, si maladroit dans sa fébrilité que j'étais prête à fondre. Posant son bol sur la planche de service, il me considéra avec un grand sourire. Mes mains tremblaient si fort que j'aurais aussi bien pu verser ma louchée à côté de son bol. Une fois servi, au lieu de suivre la file, il resta là, le buste redressé, campé sur ses jambes, puis il plongea la main dans sa poche et déposa deux grosses douilles de laiton sur la table :

— Deux cartouches tirées. Et deux Versaillais raides morts dans leurs uniformes rouge et bleu !

Le brouhaha de la cantine s'évanouit ; seul l'écho des mots de Victor résonnait dans ma tête. J'avais été chavirée par son air radieux. Découvrir que ce bonheur lui venait d'avoir tué m'abattait. J'étais incapable de le partager. Cela me soulevait le cœur. Il vit mon sourire s'évanouir, mon visage devenir livide. Il ne comprenait pas, restait planté là, indécis. Sa joie s'envola soudain, elle aussi. Son visage se fit grave. Nous étions face à face, les mains pendant au bout des bras, séparés soudain par un mur infranchissable.

Derrière lui, la file s'impatientait. Ses épaules se voûtèrent, il s'éloigna d'un pas lent, laissant son bol de soupe et deux cartouches vides sur la planche de bois gris. Je le suivis du regard alors qu'il traversait la cantine, sortait sans se retourner dans la rue Mazarine où sa silhouette se perdit dans la foule.

Les événements s'enchaînèrent : les Versaillais gagnaient chaque jour du terrain en repoussant d'abord la ligne de front jusqu'aux fortifs, puis en pénétrant dans la ville par la porte de Saint-Cloud. Nous devions abandonner un à un des quartiers que nous avions tenus à la force des armes. À court de munitions, nos barricades tombaient les unes après les autres, même celles défendues par nos canons, qui passaient alors aux mains de l'ennemi. Dans ces jours terribles qui noyaient nos espérances dans des flots de sang, Victor et moi n'eûmes plus l'occasion de nous croiser que de loin, mais, à chaque fois, quelque chose de glacial me figeait.

Voilà où nous en étions, lui et moi, la dernière fois que nous nous étions entrevus à Paris. Pourtant, lorsque le hasard a voulu que nos chemins se croisent à nouveau, nous reconnaissant de loin, nous avons accouru tous deux et sommes tombés dans les bras l'un de l'autre, comme si nous avions toujours été inséparables.

Mercredi 7 juin 1871
Même clairière
dans la forêt d'Écouves, à l'aube

Victor est revenu dans la clairière chargé d'une gerbe de fougères, et j'ai refermé mon précieux cahier. Ayant déposé la brassée d'herbes sous les frondaisons d'un chêne, il tira de ses poches quelques oignons sauvages que nous partageâmes en silence. Il s'endormit bientôt, son baluchon en guise d'oreiller et son bâton noueux à portée de main. Je m'allongeai sur l'épaisse couche de fougères qu'il avait confectionnée pour moi non loin de la sienne, mais sans qu'elle la touche. J'avais souri en découvrant cette délicatesse.

Depuis la gargote de Costefave, j'avais conçu une répulsion profonde pour toute idée un tant soit peu charnelle. Avec Victor, ce fut bien différent. Autant pouvait-il être tranchant, excessif, exubérant dans ses paroles et ses comportements lorsqu'il se trouvait en ville, autant il devenait attentionné et tout en finesse à chaque fois que nous étions ensemble et seulement nous deux. Il m'avait assiégée d'assiduités sans que j'eusse jamais à trouver ses insistances fâcheuses. Tout devenait léger quand j'étais avec lui. Les sœurs de la Stricte Observance m'avaient rabâché à l'envi le mot « communion », mais c'est avec Victor que j'éprouvai pour la première fois cette émotion qui baigne notre être dans son entièreté. Nous ne fûmes qu'une poignée de jours avant que de glisser des regards pétillants aux frissons du premier effleurement, des baisers furtifs aux émois de la première étreinte. Et c'est sans doute parce que cette communion si parfaite, si totale, m'emplissait d'une joie intense que je vécus si mal les premières dissonances dont j'ai imaginé qu'elles venaient la briser.

Pourtant, qu'auraient dû peser ces humeurs ? Qu'il en soit arrivé, dans le feu de bataille, à atteindre deux Versaillais et à en tirer fierté ? Aurais-je été à ses côtés sur cette barricade, j'aurais tiré moi-même. J'aurais visé et appuyé sur les détentes, comme je le fis souvent. La seule différence est que, comme à mon habitude, j'aurais fermé les yeux au moment où le coup partait, pour ne pas en connaître le résultat.

Victor dort encore dans le jour qui se lève. Les mots qui me sont venus, hier, pour lui expliquer les circonstances de ma fuite de Paris me reviennent en mémoire. Nous cheminions dans la forêt normande, et c'était une sensation étrange de les entendre sortir de ma bouche, ces mots que je ne choisissais pas et qui coulaient tout seuls. Jusque-là, tout cela n'était qu'un effroyable mélange d'images, d'émotions et de sons qui hantait tout mon être. Maintenant, le pas tranquille et le ton clair, je laissais les mots venir à moi pour énoncer ce que j'aurais cru indicible.

Dans les zones qu'elles nous arrachaient lors de l'assaut final, les troupes versaillaises laissaient des rues encombrées de cadavres qu'elles entassaient en sinistres monceaux. Dans les quartiers que nous tenions encore, les vivres manquaient, les munitions s'épuisaient et nos barricades tombaient. Dimanche 28 mai, nous avions défendu une des dernières barricades, rue de la Fontaine-au-Roi. Nous l'avons tenue aussi longtemps qu'il est resté de la poudre dans nos barils, puis une dernière charge de cavalerie a eu raison de notre acharnement. Dans un effroyable fracas, les chevaux des dragons de ligne[1] ont escaladé l'amas de pavés, et ce fut la débandade. Nous n'avions d'autre choix que de fuir, nous éparpillant sous le feu des mousquets dont les langues de flammes zébraient l'air saturé d'odeur de poudre et le sifflement des sabres fendant l'air tout près de nous. Je courais au hasard dans ce chaos d'enfer, quand je vis Honorine surgir devant moi d'un nuage de fumée. Me prenant au poignet, elle m'entraîna vers les derniers pâtés de maisons que les Versaillais n'avaient pas encore investis. Derrière nous, le vacarme des fers des chevaux sur la rue dépavée, les coups de feu et, tout autour de nous, les balles qui sifflaient.

— Babeth, l'as-tu vue ? demandai-je dans un souffle.

— Derrière, elle me suit, répondit Honorine sans ralentir son train.

Dans cette course, je sentais battre contre mon flanc ma besace alourdie du pistolet désormais inutile puisque j'avais tiré les dernières charges juste avant que tombe la barricade. Nous entrions dans la rue des Cavées lorsque Honorine, qui courait tout près de moi, se trouva soulevée du sol, projetée par un coup formidable en même temps qu'une étoile rouge éclatait au milieu de son dos.

1. Au sens strict, à la chute du Second Empire (1870), le corps des dragons de ligne a disparu et vu ses effectifs réaffectés à d'autres unités de cavalerie. Mais l'usage populaire a longtemps conservé cette dénomination, qui avait fortement marqué les imaginaires depuis le Premier Empire, pour continuer à désigner, sans distinction, l'ensemble des unités montées.

Pour satisfaire les puristes, précisons que, au vu de la description sommaire de l'uniforme qu'on rencontrera un peu plus loin, il est probable que l'appellation officielle de l'unité que Francine cite ici était, en 1871, le « 12e régiment de cuirassiers ».

Elle roula à terre à trois pas devant moi. Je trébuchai sur elle qui gisait sur le flanc. La balle lui avait traversé le corps, laissant sur sa poitrine un cratère de chairs parsemées d'éclats blancs. Quand je relevai la tête, le dragon éperonnait sa monture et fonçait sur nous, le mousquet encore fumant. Aux épaulettes de son uniforme, je sus que c'était un capitaine et, dans la même seconde, je vis Babeth qui courait devant lui. Lorsque le dragon la dépassa, son sabre s'éleva très haut vers le ciel et s'abattit sur elle. La lourde lame trancha en travers du cou et de l'épaule. Dans sa chute, sa tête à demi séparée brinquebalait horriblement alors que ses longs cheveux noirs libérés de son fichu rouge volaient follement tout autour d'elle. Des giclées de sang fusaient depuis son cou ouvert plus qu'à moitié.

Déjà, le capitaine m'avait prise en chasse. Je sentis le souffle de sa monture sur mes épaules alors que j'arrivai près de l'entrée de *La Brodeuse bretonne,* une mercerie que j'avais fréquentée quand j'étais cousette. Je savais que son arrière-boutique donnait sur un réseau de cours intérieures où je trouverais, pour un temps, mon salut. J'allais en pousser la porte quand les naseaux du cheval heurtèrent mon épaule et je roulai entre ses sabots. Perché sur sa monture, le capitaine envoya plusieurs coups de sabre mais je parvins à les éviter et la pointe de la lame tailladait le sol près de moi. Le cavalier s'énervait, grognait d'une voix sourde. Furieux, il entreprit de mettre pied à terre en grommelant toujours. Je discernai alors mon nom qu'il prononça plus fort. Quand il vit que j'y réagissais, il eut un rictus satisfait. Il savait qui j'étais, ma réaction le lui confirmait. Pour lui, je n'étais pas une insurgée inconnue poursuivie au hasard de la bataille. C'était bien moi, Francine V. en personne, qu'il voulait occire.

Dès qu'il fut à terre, il courut vers moi. Poussée par une intuition, je tirai le pistolet de ma besace, armai les chiens dans le même mouvement. Leur cliquetis l'arrêta net. Je savais mon arme vide depuis mon dernier tir sur la barricade, mais le capitaine l'ignorait. Et je savais, moi, qu'il avait déchargé son mousquet sur Honorine.

Devant mes deux canons qui le fixaient, l'homme resta immobile. Je ne sais comment, en un tel moment, mon esprit parvint à comprendre que si ce capitaine inconnu au fort accent vosgien connaissait mon nom, c'est qu'on le lui avait appris en lui désignant sa cible. Devant mon arme braquée, l'homme hésitait. Mon regard se posa sur le pistolet. Les chiens relevés laissaient voir les deux cheminées, et je remarquai que celle de gauche était encore capuchonnée de sa capsule de fulminate. Elle avait été percutée tout à l'heure, mais la charge d'amorce n'avait pas fonctionné. Les pensées filaient à toute vitesse. Je revis le moment où j'avais pointé mon arme sur le rang des cavaliers qui chargeaient la barricade. Comme toujours, j'avais fermé les yeux en appuyant sur les deux détentes. Les chiens s'étaient abattus en même temps, et j'avais encaissé le recul de l'arme. J'ignorais que, cette fois, seul le coup du canon supérieur avait déclenché, et j'avais rangé mon arme dans ma besace.

À deux pas de moi, le buste du capitaine eut une oscillation. Il allait entamer un mouvement. Mon pistolet restait pointé sur sa poitrine. Les pensées fusaient. Si la capsule d'amorce était défectueuse, elle ne partirait pas davantage en la percutant une seconde fois. Mais peut-être l'avais-je simplement mal positionnée sur la cheminée et, dans ce cas, il était tout à fait possible que le coup parte si je déclenchais à nouveau le tir.

À ce moment, le capitaine se décida et s'élança vers moi en grondant : « Francine Vay ! Tu aurais déjà tiré si… » La détonation l'empêcha de terminer sa phrase. La puissance du coup l'arrêta net et je le vis tournoyer sur lui-même. C'était le premier homme que je voyais tomber sous mon feu. Cette fois, mes yeux étaient restés ouverts. Atteint au flanc droit, l'homme avait lâché son sabre dans sa valse. Puis il s'était effondré dans la poussière.

Il n'était pas mort. Le torse déchiqueté, il essayait misérablement de se relever. Il y avait bien longtemps que nous rechargions nos armes avec des mitrailles de fortune comme ces vieux clous de tapissier que j'utilisais depuis une semaine, alors que les Versaillais utilisaient des balles de la taille d'un œuf de caille, autrement fatales. L'image du corps de Babeth transpercé par l'une d'elles s'imposa, et quelque chose d'effarant s'empara de moi. Des instincts farouches que, l'instant d'avant, j'aurais juré m'être totalement étrangers. Je me relevai, emportée par une rage féroce attisée par l'effroi d'avoir vu périr mes deux amies et la terreur d'avoir moi-même frôlé la mort. Me dirigeant vers lui, je saisis mon pistolet par les canons et ressentis dans ma dextre la puissance d'un pareil gourdin. L'homme était incapable de se redresser malgré ses tentatives. Un flot de sang vermeil souillait son uniforme depuis les franges dorées de l'épaulière jusqu'à la ceinture de vernis blanc. La gerbe de vieux clous avait déchiqueté l'uniforme bleu sur toute une surface calcinée au centre par la langue de feu. Sous le casque nickelé, son regard prit des reflets d'épouvante lorsque j'élevai bien au-dessus de sa tête le pistolet que je tenais à deux mains, la crosse en avant, à la manière d'un casse-tête. Je l'abattis sur son visage de toute ma force. La calotte de métal éclata le nez, les chairs, enfonça les os de la face. Je frappai à plusieurs reprises, avec toute la violence dont j'étais capable. La calotte de cuivre s'enfonçait chaque fois davantage dans la bouillie de chair rouge où se mêlait le blanc visqueux de la cervelle qui giclait sur mon visage depuis que l'os frontal avait cédé.

Le renâclement de chevaux m'avait tirée de ma folie. Les hommes du capitaine étaient arrivés au coin de la rue. La violence de la scène les avait abasourdis un instant, mais ils lancèrent leurs chevaux quand je levai la tête. En deux pas, je rejoignis *La Brodeuse bretonne* et me précipitai dans l'arrière-boutique, vers le dédale de cours.

Il ne me fallut que quelques instants pour raconter à Victor cette scène qui, dans la réalité, avait duré moins de temps encore. J'avais parlé d'une voix monocorde, prononçant simplement les mots qui venaient sur mes lèvres comme si j'avais passé tous ces jours d'errance à préparer ce monologue.

Puis le flot se tarit. Nous avons marché dans le bruissement des feuilles, les regards fixés sur le chemin qui s'ouvrait devant nous.

— Le capitaine savait qui tu étais... lâcha Victor en sortant des pensées qui l'avaient tenu silencieux.

Oui. C'était une évidence, et s'il savait où me trouver, c'est que des communards l'avaient renseigné. On lui avait aussi montré un portrait puisqu'il m'avait reconnue, sans doute le même dessin qui fut utilisé par la suite pour imprimer si vite les avis de recherche. Il avait été réalisé avant que je quitte Paris, car personne n'aurait pu le faire aussi ressemblant simplement de mémoire. Celui qui l'avait brossé avait eu tout loisir de me regarder, lors d'une réunion publique, sans doute.

En sortant du dédale de cours intérieures, j'avançai dans un décor de ruines. Les tirs d'artillerie qui pleuvaient sur la capitale depuis le début de la semaine avaient éventré plusieurs immeubles et, à quelques rues de là, un vacarme mêlait coups de canons et hennissements couverts à tout instant par les tirs de fusils claquant à la même seconde pour des exécutions sommaires. Égarée, je marchais sans but quand une main se posa sur mon épaule :

— Francine ? Ça va ? demanda l'homme avec de grands yeux ronds en découvrant mon visage maculé de sang.

C'était le mari d'une couturière qui m'avait parfois confié du travail. Dans leur deux-pièces, je pus me débarbouiller et changer mes vêtements poisseux pour des effets défraîchis que la couturière tira d'un placard à rebuts. Leur expliquant les raisons de mon état, je compris que le gouvernement de Thiers ne pardonnerait jamais d'avoir infligé pareil traitement à l'un de ses officiers sous les yeux de ses hommes. Si j'étais prise, je finirais exécutée. Des milliers de camarades l'avaient été pour bien moins que cela ; depuis le début de cette semaine où le sang baignait les rues de la ville, une simple trace de poudre sur les mains valait le peloton.

Au dos d'un vieux patron, l'homme griffonna un plan qui m'aiderait à quitter la ville par les catacombes et le fourra dans ma poche avec un morceau de chandelle. Bien entendu, je me perdis dans ce labyrinthe où j'errais longtemps à tâtons pour économiser ma chandelle. Émergeant des souterrains au milieu de la nuit suivante dans les champs maraîchers au-delà des carrières de Montmartre, il me fut facile d'éviter les rares lanternes qui cheminaient dans le lointain.

Même jour,
Au pied du ballast, près de la gare de Sillé-le-Guillaume alors que la nuit tombe

Je dois me résoudre à l'exil. Cette idée rôdait furtivement dans mon esprit, mais les pensées déplaisantes hésitent longtemps avant de rentrer tout à fait dans la tête. C'est en racontant tout cela à Victor que la nécessité de quitter la France est devenue une évidence.

Habitué à voyager au trinqueballe[1] avec son art de la débrouille et de la resquille, Victor fut de bon conseil pour combiner un plan de cavale à peu près possible. Cette solution nous a contraints à une marche de plus de douze heures dans la journée, entrecoupée d'un réconfort de taille. Grâce à l'argent du gendarme, Victor a pu faire un ravitaillement somptueux à l'épicerie générale de Bérus alors que je me tenais prudemment à l'écart des maisons et du passage. Bien m'en prit car, à son retour, il me confirma que, ici aussi, l'avis de recherche était placardé en bonne place. Nonobstant, nous avons

1. Je n'ai trouvé nulle part trace de cette expression. Le trinqueballe étant par ailleurs un engin de débardage forestier, on peut penser qu'il s'agit ici d'une expression populaire disparue sans laisser de trace écrite, dont on devine le sens sans peine.

pu prendre un repas de grand luxe : quelques tranches de saucisson, un radis noir et une boîte de sardines. Et deux pastilles Vichy-État dont j'aime tant le goût et la sensation. Cette ripaille tranche avec la famine que le blocus nous a imposée entre les murs de Paris, jusqu'à en venir à faire griller des rats pendant qu'il en restait encore. Le reste des provisions gonfle nos musettes et nous permettra de tenir jusqu'à mon départ de France, si tout se passe comme nous l'avons combiné.

Tout en dévorant ce banquet, Victor a sorti de sa musette trois chandelles de voyage et une boîte d'allumettes suédoises « pour que tu puisses continuer à écrire à la nuit tombée », a-t-il bougonné en me les tendant maladroitement. Ce geste m'emplit d'une douceur que je ne saurais décrire.

Ces petites attentions de Victor tranchent avec tout ce que j'avais vu des hommes. Tétanisée les premiers temps lorsque des inconnus poussaient la porte de ma chambre, résignée par la suite à ce « mal nécessaire », je n'ai jamais tenté grand-chose pour me soustraire à leur rut. Ce n'est qu'après avoir rencontré Honorine, ses amies et leurs idées que j'ai définitivement refusé d'être abusée. Pourtant, alors même que je subissais les assauts quotidiens que je m'efforçais d'oublier aussitôt, l'idée me vint d'essayer de savoir qui étaient ces inconnus. Je commençais à entrevoir que ce que j'avais appris à subir comme une fatalité liée à ma condition de servante n'avait rien de naturel ni, peut-être, d'inéluctable.

C'est que je m'étais mise à lire chaque fois que je le pouvais les feuilletons paraissant dans *La Presse*[1], le journal auquel Costefave avait abonné les *Clochers*. Comme il ne jetait rien, il conservait les vieux journaux dans la cave à charbon pour allumer le feu. Première levée, je resquillais chaque jour avant l'aube un moment pour dévorer quelques épisodes en allant chercher dans la

1. Grand quotidien français qui parut depuis 1836 jusqu'au milieu du XXe siècle et qui publiait les meilleures plumes du moment : Balzac, Dumas, Gautier, Sand, Sue…

cave le nécessaire pour relancer les poêles. C'est à travers la petite fenêtre de ces feuilletons que je découvris le monde. Jusque-là, je n'avais vécu que parfaitement claustrée entre les murs du couvent d'abord, entourée seulement de femmes, et aux *Clochers* ensuite, où j'appris des hommes les manières qu'on sait. Avec cette littérature, je comprenais pour la première fois qu'il y avait d'autres façons de vivre. Dans ces histoires, d'autres avaient des vies bien différentes de celles que m'avaient imposées l'Ordre cistercien et le bougnat omnipotent. Il m'est difficile aujourd'hui de dire ce que je ressentais alors, tellement ma vision du monde a changé. Mais je crois que j'entrevoyais confusément que je n'étais peut-être pas condamnée par ma naissance au détestable auquel j'étais contrainte et dont – grand malheur ! – je prenais peu à peu le pli. Je découvrais dans ces feuilletons que des hommes pouvaient être bons, des femmes libres – en tout cas davantage que moi, ce qui n'était pas difficile. C'est peut-être d'avoir pu lire tout cela que j'ai voulu en savoir davantage sur ces inconnus qui pénétraient dans ma chambre aussi facilement que dans mon intimité. Pourquoi le voulais-je ? Les motivations étaient confuses, mais l'envie pressante. Peut-être cela m'aiderait-il à comprendre ce qui faisait que ma condition était si différente de celle des gens peuplant les histoires qui me fascinaient.

C'est ainsi que je résolus de suivre l'homme qui viendrait me voir ce soir-là. En quittant les *Clochers*, il rentrerait probablement chez lui à cette heure tardive. Découvrir où il habitait serait un commencement pour espérer, un jour, en apprendre davantage. Cette pensée m'animait tellement que j'étais presque impatiente d'entendre les pas de l'inconnu dans l'escalier. Lorsqu'il poussa la porte, il souffla sa chandelle. La chambre fut plongée dans la pénombre, et je ne pensais plus qu'au moment où j'allais le suivre.

Depuis les premiers assauts de Costefave, j'imaginais que toute tentative de résistance ne ferait que prolonger l'épreuve. J'attendais simplement que cela finît. Comme je ne me dérobais pas, l'homme murmura : « C'est bien, c'est bien » sur le ton qu'on emploie pour féliciter une bête docile, et il tâta mes formes comme un maquignon la croupe des vaches. Celui-là ne me sollicita pas pour que je m'active. Les espoirs de ceux qui essayaient étaient de toute façon déçus : je restais inerte, attendant qu'ils en terminent. Quand il eut déchargé sur mon ventre, il resta à peser sur mon corps et je sentis son vit dégonfler lentement. Il se rajusta enfin et partit sans refermer la porte.

Je me levai en silence, passai ma blouse, enfilai mes chaussures et glissai jusqu'au palier d'où j'entendis le grincement qui signait l'ouverture de la porte donnant dans la salle du bistrot. Silencieuse comme un spectre, je descendis. Cachée dans l'ombre du trottoir d'en face, je vis qu'il n'avait pas encore quitté la taverne et se tenait près du comptoir, en affaire avec Costefave dans le bistrot désert éclairé par la dernière lampe à gaz encore allumée.

Le suivant de loin dans la rue, je remarquai que la mise de l'homme n'avait rien d'une dégaine d'ouvrier. Je fixais sa silhouette qui avançait dans les rues désertes quand je m'entravai sur un pavé disjoint. Je fis un mouvement brusque pour me rétablir, et le claquement de ma galoche résonna entre les immeubles. Je me jetai sous une porte cochère, paniquée à l'idée que l'homme pourrait me découvrir, me reconnaître et prévenir Costefave que je l'avais suivi. Cette pensée me terrifia.

Le bruit des pas de l'homme avait cessé. Alerté, il s'était sans doute retourné pour regarder derrière. J'attendais dans le silence étourdissant de la rue. J'espérais qu'il n'ait pas pu m'apercevoir. Après un instant, ses pas reprirent, rapides, s'éloignant.

Je commençais à souffler quand l'homme s'arrêta à nouveau. Il jeta un coup d'œil derrière lui, j'en fus certaine. Puis ses pas s'éloignèrent, plus tranquillement cette fois, comme s'il était rassuré. Je restai aux aguets jusqu'à ce qu'ils s'éteignent dans le silence.

Terrorisée, j'abandonnai la filature. Ce premier essai s'achevait en fiasco mais, pour la première fois depuis que j'avais débarqué à la gare d'Orléans[1], j'avais entrepris quelque chose par moi-même, quelque chose qui n'avait pas été commandé par mon maître. Je sentais confusément que c'était le premier pas d'un chemin qui me ferait, un jour, échapper à son emprise. Ainsi, ce soir de lamentable échec fut l'amorce d'un virage qui allait changer ma destinée en me détournant de la voie de l'acceptation et du renoncement. Sans cela, le pli de la soumission m'aurait vite brisée.

Mais voilà que monte du lointain le grondement du premier train à passer sur la voie depuis que nous attendons au pied de ce ballast. L'idée de devoir sauter dans une telle masse d'acier lancée dans son vacarme étourdissant me flanque les chocottes. Victor m'a expliqué la manœuvre que nous devrons accomplir à plusieurs reprises pour rallier un port au plus vite. Car, à partir de cette région éloignée des frontières terrestres et tournée vers la mer, il n'y a qu'un bateau pour quitter la France au plus vite.

Les lanternes de la locomotive tremblotent au bout de la longue rampe en ligne droite. Il est temps de rejoindre Victor qui m'appelle à grands gestes.

1. Nom de la gare Paris-Austerlitz jusqu'en 1930.

Nuit du 7 au 8 juin 1871
À bord d'un convoi de marchandises
en direction du Havre

Comment Victor a-t-il pu trouver le sommeil dans pareil vacarme ? Adossé à une caisse de machines à coudre Singer dont la paille déborde par les interstices, il ronfle comme un bébé. Le regardant s'endormir tout à l'heure, j'ai senti un sourire glisser sur mon visage. Je sais maintenant que mes sentiments pour lui ne seront jamais neutres.

Notre fuite aurait été plus simple si j'avais décidé de partir pour l'Angleterre, comme nous y avions d'abord songé : il aurait suffi de rejoindre le port le plus proche et de traverser la Manche. Mais voilà, j'ai souvent discuté avec Benjamin Flotte qui passait à la rédaction du journal plusieurs fois par semaine. Flotte-le-Cuisinier avait une trajectoire propre à enflammer la jeune militante que j'étais. Engagé dans cent coups de main révolutionnaires, blessé à maintes reprises par le sabre et par balle, il fut emprisonné plus souvent qu'à son tour. Finalement interdit de séjour, il s'est exilé aux Amériques, en Californie où, grâce aux mêmes talents de cuisinier que je l'ai vu déployer à *La Marmite*, il avait créé un petit restaurant, rapidement devenu florissant dans ce pays neuf où tout est à construire. Malgré la bonne fortune rencontrée là-bas, il n'avait pas hésité à tout abandonner pour revenir à Paris, lorsque Blanqui lui avait télégraphié qu'il pensait que la colère du peuple rendait probable un renversement de l'Empire, et peut-être l'avènement de la révolution sociale.

Les tableaux que Flotte brossait de l'Amérique semblaient tout droit sortis d'un imaginaire fécond et un peu onirique : les paysages d'une immensité inconcevable où tout semble trop grand, les convois de chariots bâchés des pionniers traversant les Grandes Plaines, les villes de planches qui poussent comme des champignons le long des voies ferrées tout juste construites, les Peaux-Rouges des montagnes Rocheuses, leurs villages en cuir de bison… Il me semblait inconcevable que cet homme à la moustache sévère et au regard si doux ait pu voir pour de vrai tout ce qu'il décrivait. Il avait ramené avec lui toute une collection de gravures et quelques photographies montrant des Indiens d'Amérique prenant la pause, les armes à la main, des scènes quotidiennes de la vie des Peaux-Rouges, des paysages invraisemblables où de grands cigares de roche semblaient pousser dans les déserts parsemés de cactus en forme de candélabre… Ces images passant de main en main avaient fait forte impression sur nos imaginaires. Nul doute que le destin fascinant de cet homme, sa verve féconde et ses images aient pesé dans ma décision de suivre ses traces jusqu'aux Amériques.

Mais un espoir secret me pousse lui aussi vers là-bas. Lors de la chute de la Commune, les perspectives hasardeuses d'un exil lointain nous semblaient préférables à la certitude d'une exécution sommaire, et les Amériques revenaient souvent dans les destinations envisagées pour demeurer vivants. Je veux croire qu'en suivant cette voie une chance s'offrira peut-être de retrouver, à un moment ou à un autre, quelques-unes de mes camarades[1].

Je me rassure en alignant des explications pour me convaincre que ce choix est le meilleur possible. Mais je sens bien qu'il me colle une frousse de tous les diables.

1. Le nombre de communards qui ont fui Paris reste un sujet peu documenté. Pour s'en faire une idée, on peut noter que le « recensement spécial » de la fin de 1870 établit à 2 100 000 la population de la capitale intra-muros, alors que celui de fin 1871 ne donne plus que 1 800 000 habitants. Les importantes pertes humaines liées à l'insurrection et à sa répression sont loin de rendre compte, à elles seules, de cet effondrement démographique.

Vendredi 9 juin 1871, approchant de midi
Le Havre, une chambre de la maison
de joie *Le Rio*, rue des Remparts

Toute la journée d'hier fut consacrée à un éprouvant voyage et je n'ai pas trouvé l'énergie d'écrire, malgré les interminables attentes et leurs heures d'inaction forcée. Nous avons dû composer avec des lignes secondaires, sans correspondance entre les convois de marchandises. Aux incertitudes de la condition inconfortable de passagers clandestins s'ajoutait l'ombre de la guillotine que les avis de recherche placardés dans les gares faisaient planer sur nous. Nous avons dû changer de train à trois reprises, avec différentes méthodes de resquille, pour arriver au Havre au milieu de la nuit, après avoir dû terminer à pied depuis Goderville[1]. Je n'ai pas souvenir des détails de l'itinéraire, mais je me rappelle en revanche m'être réveillée tout contre Victor après un

1. Francine et Victor ont dû emprunter par erreur, à Rouen, un convoi bifurquant vers Fécamp à Goderville au lieu de filer vers Le Havre. Par ailleurs, la carte des chemins de fer de 1870 montre que le trajet en question relevait effectivement du casse-tête sur le réseau secondaire de cette région. Trois changements étaient nécessaires : le premier au Mans, le deuxième à Évreux et un dernier à Rouen.

somme, nos corps enlacés comme lorsque nous étions amants. J'ignore comment nous avons pu nous retrouver dans cette posture, et si Victor a eu conscience de cet épisode. Je reconnais m'être demandé s'il s'en serait trouvé aussi animé que je le fus moi-même. Car je ne peux plus me le cacher : l'affection que je porte à Victor n'est pas exactement « amicale ». À la vérité, je sais de manière de plus en plus précise que je l'aime toujours ardemment, que sa façon d'être, en toutes circonstances, m'émeut davantage que je ne saurais jamais le dire, et que je ressens cet émoi au plus intime de mon être.

En arrivant dans le quartier du port du Havre, Victor a dégotté une chambre dans le seul établissement encore ouvert pendant que je l'attendais dans l'ombre. *Le Rio* est un bordel où je suis entrée par la porte dérobée qu'empruntent les clients voulant rester discrets. Un escalier de service nous a menés jusqu'aux mansardes des « chambres à dormir », si exiguës qu'elles peinent à contenir un lit et une chaise. Des étages inférieurs, montaient les raclements d'incessantes allées et venues dans les couloirs desservant les « chambres de plaisir », mais l'épuisement nous endormit bientôt malgré le tapage.

Ce matin, alors que Victor s'apprêtait à partir vers le port s'enquérir des expédients possibles pour embarquer discrètement sur un navire transatlantique, nous nous sommes retrouvés face à face, tout près l'un de l'autre, coincés dans l'étroit passage entre le lit et la cloison, figés tous deux, comme gênés de retrouver nos visages si proches. Son regard d'une intensité confondante s'est posé sur moi. J'ai senti qu'il attendait un signe, et je le lui ai donné. J'ai battu des paupières et il m'a embrassée des deux bras, serrant mon visage contre lui. J'ai senti son cœur battre dans ma poitrine. Quelque chose en moi aurait voulu que cet instant fût éternel, sans qu'on y changeât rien – ni l'intensité ni l'ardeur ni la quiétude.

Puis il s'est détourné, a fait le pas qui le séparait de la porte et, franchissant le seuil, il m'a lancé gaiement :

— Sois tranquille, je reviens avec de bonnes nouvelles !

À quels stratagèmes mon embarquement va-t-il me contraindre ? À quels périls peut-il me confronter ? Je peine à imaginer les conditions de mon voyage sur l'océan. Dissimulée dans une cale ? Claustrée dans la cabine d'un passager complice ? Et je n'ose même pas me figurer les aléas qui me guettent à l'arrivée dans le Nouveau Monde.

Hormis les bateaux-mouches de la Seine, je ne connais des navires que ce que j'en ai entrevu cette nuit, au bout d'une rue qui donnait sur le port : des masses imprécises qui s'élèvent bien haut, tanguant doucement dans les clapotis de la rade. Des voyages maritimes, je ne sais que le romanesque, pour avoir découvert quelques épisodes des *Enfants du capitaine Grant* dans le *Magasin d'éducation*[1]. Cette lecture plaisante ne contribua que fort médiocrement à l'édification de mes connaissances nautiques.

Je ne sais plus très bien si je suis tant pressée d'embarquer. Les quelques jours qui seront nécessaires pour organiser le voyage me paraissent, selon les moments, une éternité ou un soupir trop bref. Il m'est certes urgent de quitter la France, mais cela signifie aussi quitter Victor, qui n'a aucune raison de s'exiler au bout du monde. Je suis tellement plus sereine depuis qu'il est de nouveau à mes côtés. Les raisons qui m'ont éloignée de lui, à Paris, ne sont finalement que des enfantillages. L'idée de partir seule, réduite à la condition hasardeuse

1. C'est bien sous cette appellation qui heurte nos oreilles modernes que sont apparus nos magazines. Le titre complet de cette publication était *Magasin d'éducation et de récréation*. *Les Enfants du capitaine Grant*, de Jules Verne, y parurent en feuilleton à la fin des années 1860.

de passagère nécessairement clandestine, me semble une épreuve presque insurmontable. Je sais bien qu'une fois plongée dans l'action je serai poussée par les nécessités et que les questionnements s'évanouiront. Sans doute cette langueur qui me saisit vient-elle à parts égales du désarroi que les conditions accablantes de notre défaite ont jeté sur moi et de la crainte de perdre Victor, peut-être à tout jamais.

Ne pas savoir qui lira ce cahier ni même si quelqu'un pourra le lire un jour me donne davantage de liberté qu'au moment où je me savais lue par des milliers de personnes, Honorine en tête, Babeth, Louise, Jules et tous ceux que je croisais au coin de la rue[1]. Je préférais alors passer sous silence tout ce qui touchait à mes expériences intimes. Mais, dans ce cahier, mes pudeurs s'effacent. J'ai pu commencer à décrire les épisodes scabreux qui furent mon lot *Aux Clochers de l'Aubrac*. C'est avec ces moments désolants qu'a débuté l'histoire que je raconte ; il me paraît aujourd'hui naturel de les évoquer.

Ma deuxième filature fut moins pitoyable que la première, et je parvins à suivre mon bonhomme jusqu'à le voir pénétrer dans son immeuble. La bâtisse était bourgeoise, abritant de ces appartements intégrant un atelier d'artiste qui satisfont autant le désir d'originalité des notables que leur conformisme viscéral.

La mise de l'inconnu ne laissait pas de doute sur sa position sociale, et je ne fus pas surprise de le voir pénétrer dans un tel immeuble cossu. Depuis la porte cochère, en soulevant le volet de la boîte à lettres,

1. *Le Cri du peuple* était le plus lu des journaux durant la Commune et tira jusqu'à cent mille exemplaires.

je ne pus qu'entrevoir la cour intérieure encombrée d'une calèche. Je n'en saurais pas plus ce soir-là. Je mémorisai le numéro de la rue et, une fois dans ma chambre, le notai sur un coin de page d'un vieil exemplaire de *La Presse*.

Allongée dans l'obscurité, je fus longtemps avant de trouver le sommeil. Jusque-là, je ne savais rien des hommes qui se servaient de moi. Je tâchais de m'épargner autant que possible les sensations venues de ces intrusions, aidée en cela par la pénombre de ma chambre qui m'épargnait les visions répugnantes dont les ombres incertaines me soulevaient déjà le cœur. J'avais bien remarqué, quelquefois, un parfum qui n'était pas de ces eaux de Cologne dont les clients de la gargote s'aspergeaient le dimanche. Je connaissais ces fragrances de luxe pour en avoir senti émaner de la boutique de parfumeurs lorsque je tirais la carriole des *Clochers* vers les Halles. J'avais vu le prix de ces flacons qui embaumaient jusque dans la rue ; ceux qui les portaient n'étaient pas des clients de la gargote. J'en avais confirmation ce soir : parmi ceux qui passaient sur mon corps, il y avait des bourgeois venus s'encanailler dans cet immeuble leur ressemblant si peu. Cela m'intriguait. Les spéculations qui tournaient dans ma tête pour expliquer leur présence ici m'empêchèrent de dormir une partie de la nuit.

Samedi 10 juin 1871, approchant de midi
Le Havre, rue des remparts

Victor surgit dans la chambre comme un ouragan. Fondant sur moi, il me souleva en riant et il me fit tourner autour de lui comme un carrousel à vapeur jusqu'à m'en donner le vertige, si bien que je crus qu'une grande nouvelle lui mettait le cœur en joie. Mais il était en gaieté seulement parce qu'être heureux est dans sa nature. Lorsqu'il me reposa sur le plancher, il tira un livre de sa musette :

— C'est pour toi.

Je considérai l'objet, éberluée de voir un livre dans la main de Victor.

— Près du port, une vieille femme vendait des brimborions qu'elle trimbalait dans une carriole. Dans son fourbi de brocante, ce vieux bouquin m'a tapé dans l'œil. Quand je vois un livre, je pense toujours à toi qui les aimes tant… *Le Petit Dictionnaire français-anglais avec la prononciation figurée*… La vieille en demandait cinq sous, et j'en ai donné sept. Il te sera utile… C'est de l'argent bien dépensé. Le gendarme serait content !

Et il rit de sa bêtise. Moi, je n'avais pas envisagé le problème qui me tombait dessus avec ce petit dictionnaire : j'allais embarquer pour un pays dont la langue m'était totalement étrangère. Cette évidence me laissa un peu bête. Pour trouver contenance, je tournai les pages en cherchant le premier mot qui me vînt à l'esprit : Liberté – Freedom *(fwidom)*. Je tentai de prononcer *fwidom* à voix basse.

— Liberté, s'écria Victor.

— Tu connais l'anglais ? soufflai-je.

— Je t'ai dit, j'ai travaillé en Angleterre, dans une distillerie…

— Mais… tu parles anglais… répétai-je, incapable de prononcer autre chose.

— Non pas ! Mais je l'entends un peu… Et je le baragouine.

Me laissant à ma surprise, il plongea à nouveau sa main dans sa musette et en sortit, cette fois, un cahier flambant neuf :

— Tu arrives à la fin de ton cahier. Tu serais malheureuse sans pouvoir écrire. Là aussi c'est de l'argent bien employé…

Je n'avais jamais reçu de cadeau avant les bougies, et voilà que j'en recevais encore deux. Je n'eus pas loisir de réaliser à quel point je m'en trouvais heureuse, car Victor se lança dans une tirade.

Après avoir traîné dans le quartier du port, il avait pris langue avec des portefaix en attente d'ouvrage sur le quai. Cette discussion lui avait donné une idée des navires appareillant pour les Amériques dans les prochains jours. Le premier serait un vraquier à vapeur flambant neuf dont les débardeurs venaient de charger la cargaison de lin. Celui-là rallierait New York. Le deuxième était un clipper gréé en trois-mâts carré pour la marine marchande et modifié pour les passagers.

Il battait pavillon des États-Unis, et serait en partance mardi pour La Nouvelle-Orléans. (J'ai dû me faire expliquer chaque mot de ces dernières phrases.)

— Demain, quand ils vont me revoir à traîner de nouveau dans le coin, les gens seront davantage en confiance. C'est souvent que les bateaux de marchandises embarquent quelques passagers sans être trop regardant, parce qu'on leur colle les corvées que les gens d'équipage préfèrent laisser à d'autres… Je verrai ça demain. Ce clipper, lui, c'est sûr, il prend des passagers. C'est une vieillerie, le voyage doit pas y coûter bien cher. Mais c'est encore mille fois trop pour nous. Là aussi, en plus des passagers, ils embarquent parfois des hommes de peine qui travaillent à bord en échange du…

Victor continuait, mais mon esprit était resté coincé sur le dernier mot de la phrase précédente. Il avait bien dit : « trop cher pour *nous* ». Mon cœur avait tapé un grand coup dans ma poitrine et j'étais restée coite.

— Ohé, Francine, je t'ai perdue en route ?

J'agitai la tête, comme on le fait pour sortir d'un songe. Les mots fuyaient. Prise au dépourvu, je restai muette. Les échos du bordel où la soirée battait son plein montèrent plus distinctement jusqu'à nous dans le silence. J'étais sotte. Ce « nous », c'était juste une façon de parler. Il me venait en aide et épousait naturellement ma cause dans ses paroles, c'était seulement cela, ce « nous ». Je ne devais pas me monter la tête.

— Il doit être tard, reprit Victor. Je veux être au port au point du jour pour voir comment tout ça s'anime et renifler là où il y a du louche. Parce que nous, on a besoin de louche. On n'aura jamais notre place là où tout est réglo. Et justement, je sens bien que ce fameux clipper en ruine n'est pas franc du collier…

Encore « *nous, notre* place ». Mais je n'eus pas le temps d'y songer davantage car l'idée de me tenir de nouveau allongée dans le même lit que Victor me jeta dans un joli trouble. Je sentis monter des émois que je connaissais bien. La main de Victor effleura la mienne et la suite fut si naturelle que je me laissai porter.

Des bourgeois, il n'en venait jamais se mêler à la clientèle populaire de la taverne des *Clochers*. Je relisais mes notes, à la recherche d'un début d'explication au mystère qui faisait passer ces hommes par ma chambre, sans rien trouver de probant. Ces inconnus habitaient des quartiers différents et appartenaient à différentes bourgeoisies, depuis le commerçant aisé des quartiers populaires jusqu'au gratin des beaux arrondissements. J'en avais pisté jusque dans le 7e et le tout nouveau 17e, vers la Plaine-de-Monceaux. Je ne parvenais pas à trouver de rapport entre ces gens, hormis leurs positions sociales enviables. La valse des méninges n'aboutissait qu'à des spéculations douteuses.

Je continuais à utiliser mon carnet pour y consigner mes songeries du jour, les pensées qui me traversaient l'esprit, les faisant alterner avec les résultats de mes recherches, les adresses que j'encadrais d'un double trait afin de les retrouver facilement. Ce premier carnet terminé, j'en achetai un deuxième que je continuai à dissimuler dans l'ourlet de mon jupon. Je cachai le premier sous un pavé de la cave à charbon, lui-même planqué sous une des piles des anciens numéros de *La Presse* occupant tout un pan de mur. Je ne savais pas encore que, quelques années plus tard, je me trouverais à la tête d'une petite armée de ces carnets numérotés, bien rangés dans ma chambre avant que je les transfère finalement au 9[1], lorsque j'aurais besoin de mes notes pour étayer le fameux article. Je ne sais exprimer à quel point leur destruction m'afflige car, en plus des notes de mon enquête, ils contenaient le résumé de la métamorphose qui me fit passer de la condition de petite paysanne dressée par les nonnes à celle de femme libre, socialiste libertaire faisant le coup de poing sur les barricades.

Désormais, lorsque ces hommes venaient me voir, je m'efforçais d'être aux aguets, de saisir un détail qui pourrait m'en apprendre davantage sur eux. Mais ils mouchaient la chandelle en entrant dans la chambre qui n'était plus éclairée que par les becs de gaz de la rue, si bien que je ne voyais jamais vraiment leurs visages. Ce n'est qu'en les filant, en reconnaissant leur silhouette, puis leur domicile, que je me rendis compte que certains vinrent me voir à plusieurs reprises.

Mais ces filatures dont je commençais à bien connaître les ficelles m'apportaient finalement peu de lumières. Après avoir consigné plusieurs dizaines d'adresses dans mon carnet, je me dispensais de ces escapades peu instructives. Pourtant, de temps à autre, je suivais un nouvel inconnu, pour le simple plaisir de me sentir libre de marcher dans la rue et de l'avoir choisi moi-même. Des semaines passèrent sans que j'aie à nourrir mon carnet d'autre chose que d'un journal intime, sans savoir que cela portait ce nom. Je prenais du plaisir dans cet exercice et me découvrais le goût de l'écriture.

Les jours où je devais sortir pour les courses hebdomadaires aux Halles, je parvenais à grappiller quelques minutes pour échanger avec une employée de boutique.

1. « Le 9 » désigne à l'évidence le numéro 9, rue d'Aboukir à Paris, siège du journal *Le Cri du peuple*.

Les autres moments où je n'étais pas affairée à mon labeur me laissaient tout juste le temps de dévorer quelques épisodes des feuilletons de *La Presse* entre deux besognes. De plus en plus friande de ces lectures, un jour de courses, je m'étais arrêtée devant l'éventaire de *La Joie de lire* pour regarder les livres sans oser les toucher. Derrière la vitrine, une employée m'avait remarquée, sans doute surprise de voir une bonne tirant une charretée de légumes s'intéresser à ses livres. Elle était sortie, m'avait souri, puis m'avait saluée avant de me demander :

— Vous lisez beaucoup ?

Impressionnée par son allure qui n'avait rien à voir avec ma mise de servante, je hochai plusieurs fois, rougissant de me sentir si gauche devant une jeune fille de cette prestance affichant tant d'aisance. Je baissai la tête pour cacher mon émotion, parvenant tout juste à bafouiller en m'en allant :

— Un peu, oui… Des feuilletons.

La semaine suivante, j'apprenais le prénom de cette libraire : Honorine.

Dimanche 11 juin 1871,
approchant de midi
Le Havre, rue des Remparts
La même chambre du *Rio*

Avant de s'endormir, Victor m'a expliqué que, depuis nos retrouvailles, il n'a jamais envisagé pouvoir me perdre de nouveau et qu'il entend bien me suivre partout où mon exil m'entraînera. J'en suis restée sans voix. J'avais connu Victor si épris de liberté, et je l'entendais prétendre désirer, plus que tout, épouser un autre destin que celui qu'il traçait au gré de sa fantaisie. Mais ce n'était que le début. La suite me laissa prête à fondre comme une pâte de guimauve qu'on approche de l'âtre.

En réalité, notre rencontre dans la forêt d'Écouves ne fut qu'un demi-hasard. Je concède une demi-part à la bonne fortune pour les grâces qui ont bien dû accompagner Victor dans son périple, mais l'essentiel des circonstances de notre rencontre ne doit rien à la chance, et tout à sa volonté.

Ayant rejoint le dernier carré encore exempt de Versaillais, il avait appris que je m'étais enfuie par les catacombes, vers les carrières de Montmartre. Il avait compris que je choisirais la direction qui m'éloignerait le plus rapidement de Paris, celle du nord-ouest, en évitant les grands chemins, les ponts et carrefours d'importance propices aux contrôles.

Après un bain tout habillé dans le canal Saint-Martin pour se débarrasser de toute trace de poudre, il était parvenu à franchir les contrôles pour quitter Paris. Il avait ensuite suivi la direction du nord-ouest, imaginant à chaque croisée de chemin lequel aurait choisi une fille venant de la campagne qui voulait fuir Paris. Dès la sortie des catacombes, il avait repéré mes empreintes qu'il connaissait fort bien depuis que je les avais imprimées près des siennes dans la boue du jardin du Luxembourg, riant beaucoup de leur différence de taille. De loin en loin, quelques paysans l'avaient renseigné sur une inconnue allant toute seule qu'ils avaient remarquée à son passage. Profitant parfois du fourgon d'un marchand, il avait progressé vite. Quand il était arrivé à Tellières, l'épicière s'était fort bien souvenue de cette jeune fille à l'accent étrange qui venait de lui voler un cahier, et il avait su qu'il était sur le point de me rejoindre.

Je passe sur les émotions qui m'ont assaillie en découvrant cette épopée racontée à mi-voix, la nuque sur l'oreiller. Je sais maintenant que j'aime follement Victor, et je piaffe à l'idée d'embarquer à ses côtés vers l'inconnu sur cet océan infini, vers l'Amérique mystérieuse.

Tandis que je poussais ma carriole en direction des *Clochers de l'Aubrac*, la question de la libraire me trottait dans la tête. « Vous lisez beaucoup ? » Je cherchais ce qu'on pouvait deviner dans cette phrase, ce que les mots ne disaient pas mais qui y était quand même. Quel regard cette fille d'un autre monde avait-elle pu poser sur la petite domestique qui regardait ses livres ? J'espérais qu'il n'y eût rien de trop condescendant, pas de nuance moqueuse. À son intonation, à l'expression de son visage, il semblait bien qu'elle posait cette question sans arrière-pensée, seulement pour en connaître la réponse. Ce jour-là, j'avais le sourire aux lèvres en poussant ma charrette dans l'entrée de service : cette jeune femme si bien mise avait bien manifesté quelque intérêt pour moi. Cette conclusion me comblait d'aise.

La semaine suivante, j'expédiais les courses pour arriver plus vite devant *La Joie de lire*.

— Tiens, la demoiselle qui lit des feuilletons ! lança la libraire sur le pas de la porte.

Je levai les yeux sur son visage pâle encadré par deux nattes d'un blond ardent terminées par des rubans rouges. Elle me souriait. Je lui rendis son sourire sans trouver que répondre à ce qui n'était pas une question. Je n'avais aucune pratique de la conversation : les seules que je tenais parfois se déroulaient dans ma tête. Aux *Clochers* comme au couvent, j'avais appris à n'ouvrir la bouche que pour répondre à une interrogation quand c'était nécessaire, mais jamais à coup sûr pour exprimer une pensée mienne.

— Quel genre de feuilletons aimez-vous ?

Je restai coite. Quelqu'un se souciait de ce qui pouvait me plaire ou déplaire. La surprise passée, je citai quelques titres parus dans *La Presse*, mentionnant aussi *Les Mystères de Paris*, piochés dans les nombreuses piles de vieux journaux qui encombraient la cave. Elle hocha la tête et me considéra, songeuse.

— Hum, ne partez pas, je reviens.

Elle entra dans la boutique et en ressortit aussitôt un gros livre à la main.

— Monsieur Victor Hugo, vous connaissez ?

Comme j'agitais négativement la tête, elle me tendit le volume en poursuivant :

— Ça devrait vous plaire…

Intimidée par le luxueux volume, je le saisis du bout des doigts et le manipulai avec une délicatesse exagérée. Sur la reliure de cuir, on pouvait lire *Les Misérables* et le chiffre 1 gravés au dos[1].

— Vous me direz s'il vous a plu…

— Oh ! Non… dis-je en refermant précipitamment le livre. Je… je n'ai pas d'argent… C'est un trop beau livre.

Elle baissa le ton pour m'expliquer qu'il n'était pas question d'argent, qu'aucun livre n'est trop beau pour qui aime lire. Elle me le prêtait.

— Je suis employée ici, comme toi.

Pour me dire cela, son visage s'était rapproché du mien.

1. La présentation des éditions originales des *Misérables* était une couverture de basane chagrinée et une reliure à nerfs ornée de filets dorés à la feuille portant le titre et le chiffre du tome.

— Le patron ne passe que pour ses éditions ou pour discuter avec les habitués… C'est moi qui tiens boutique. Sois tranquille, prends soin du bouquin pour me le rendre intact. Je le reposerai sur le rayonnage de la réserve. Et voilà, c'est tout… Ça ne fait de tort à personne.

Elle tira de sa poche un petit sac de cotonnade écrue qu'elle me tendit grand ouvert pour que j'y glisse le livre. Elle tira sur le coulisseau et me donna le sac où *La Joie de lire* était imprimé en élégantes lettres brunes.

— Je m'appelle Honorine… Heureuse d'avoir une nouvelle lectrice comme toi.

— Moi, c'est Anceline, je suis… Je suis fille à tout faire *Aux Clochers de l'Aubrac*, rue de Lappe. Je… je vous…

Je bafouillai, trouvant les remerciements qui me venaient à l'esprit bien fadasses en regard du bonheur que me procurait cette rencontre. J'étais tout empruntée, comme si je ne méritais pas la générosité et la confiance de cette inconnue.

Mais, quelques instants plus tard, en tirant ma carriole sur le chemin du retour, je me pris à chantonner, légère comme une plume voletant sur les trottoirs de la ville.

Lundi 12 juin 1871, avant les premières lueurs
À bord du *Flying Fish*, soute aux provisions

Assise sur le lit en petite tenue, je m'étais laissée emporter par les rêveries quand un martellement ébranla l'escalier. La seconde suivante, Victor entra en trombe. Il tenait dans ses mains mes habits mouillés que je venais juste d'accrocher sur le fil à linge de la coursive et, à bout de souffle d'avoir couru depuis le port, il me lança :

— Prépare-toi vite, il faut que tu viennes tout de suite !

Dès qu'il avait surgi, j'avais compris qu'il portait vraiment, cette fois, des espoirs de bonne fortune. J'enfilai à la hâte mes vêtements aussi mouillés que lorsque je les avais étendus. Qu'importait, le fond de l'air était doux et l'avenir s'éclairait.

Pendant que nous marchions à grands pas vers le port chargés de notre maigre bagage, Victor m'expliqua qu'après avoir traîné sur les quais il avait fini par discuter avec un portefaix qui venait de terminer le chargement des provisions de voyage à bord du *Flying Fish*. Arrivant à la cabine du second pour toucher ses appointements, il l'avait trouvé dans tous ses états. Deux heures auparavant, un coursier du télégraphe électrique lui avait remis un télégramme annonçant que le coq et un matelot ne pourraient pas arriver à temps pour l'embarquement. Cette nouvelle lui mettait la rate au court-bouillon. L'équipage étant déjà réduit au maximum, il était impossible d'appareiller sans eux. Leur trouver des remplaçants dans un délai si bref serait sans doute impossible et il faudrait reporter le départ, ce qui coûterait gros en droits d'amarrage supplémentaires.

Victor s'était précipité à bord et avait demandé après le second. Lorsqu'il affirma apporter la solution au casse-tête des deux postes laissés en rade, on l'avait aussitôt conduit à la porte de sa cabine. Victor sait être convaincant quand il est décidé, et il avait des arguments pour faire oublier notre absence d'expérience sur un navire : avec mon travail à *La Marmite* j'ai beaucoup affiné ma technique dans l'art de la cuisine dont j'avais appris l'essentiel au couvent, puis *Aux Clochers*. Je sais nourrir un grand nombre de personnes avec fort peu de choses quand il le faut. Victor, lui, a travaillé dans mille petits métiers et peut se débrouiller de tout ce qu'on attend d'un homme de peine. Le second, un Français au fort accent de l'Aude émigré aux États-Unis d'Amérique dans sa jeunesse, avait alors accompagné Victor jusqu'à la cabine du capitaine à qui il avait annoncé la solution providentielle qui se présentait. Les deux hommes échangèrent quelques phrases en anglais. Au cours de cette conversation, le capitaine, un vieil Américain désabusé de tout derrière son bouc en bataille, demanda au second quels étaient les liens entre nous deux. Victor lui répondit directement dans leur langue : « *Husband and wife*... » Les regards des deux hommes avaient sauté sur lui. Victor leur expliqua alors qu'il avait vécu quelque temps en Angleterre et ce passé de voyageur débrouillard avait emporté le morceau.

Nous approchions du clipper à l'amarre quand Victor m'annonça le meilleur qu'il gardait pour la fin :

— Et tu sais quoi ? On fait une journée d'essai à bord du *Flying Fish !* On dort à bord ce soir pour être à pied d'œuvre demain dès l'aube…

Approchant du navire, j'avais du mal à concevoir que tout ait pu aller si vite. Mon cœur s'était mis à battre la chamade.

Le second du *Flying Fish* se fait appeler « Mister Cros ». Il nous avait repérés de loin alors que nous marchions sur le quai, puis il avait observé notre façon de gravir la pente raide de l'étroite passerelle de coupée qui bougeait sous les pas en épousant le tangage du bateau. Je m'efforçai d'avancer d'un pas assuré, sans tenir le cordage, comme je l'avais vu faire par les matelots qui nous précédaient. Il me fut impossible de savoir sa première impression. La mienne fut plutôt favorable. Le diable en personne m'aurait-il accueillie, mon impression eût également été positive car, plaçant tous mes espoirs dans ce navire, j'en idéalisais le bon et trouvais jusque dans le pire quelque chose d'avantageux. Alors qu'il m'examinait dans ma tenue encore trempée, son visage était plutôt fermé. Mais, dès mes premiers mots, il remarqua mon accent du Midi que quelques années parisiennes n'avaient guère adouci, assez proche du sien qu'il avait conservé jusque dans son anglais, à ce que dit Victor qui le comprenait mieux qu'aucun autre. Mister Cros s'adressa à moi dans son patois méridional qui n'était pas très éloigné de celui de mes montagnes natales, s'il n'était pas parfaitement identique[1]. Je lui répondis de la même manière et sa mine s'éclaira soudain.

Nous le suivîmes jusqu'à la maïence où je devrais œuvrer si nous étions retenus. Un gond de fer de sa porte ayant cédé, il avait été remplacé par un morceau de cuir cloué à la va-vite, et le battant raclait sur le plancher à chaque manœuvre. Cela donnait le ton du reste. Personne ne s'était soucié depuis des années de nettoyer le cul des marmites cabossées, couverts d'un culottage noir plus épais que le fer-blanc lui-même. Tous les brocs de zinc avaient perdu leur anse et il semblait ne rester aucune assiette qui ne fût ébréchée. Du plancher au plafond, tout n'était que crasse, et je me demandai comment les passagers du précédent voyage avaient pu survivre à pareil régime.

Mister Cros m'expliqua la mission pour mon essai. Préparer un plat unique quotidien pour les cent trente troisième classe qui dorment dans les cales, les deux repas corrects de l'équipage, et les deux repas quotidiens pour le capitaine, les deux officiers et lui-même.

— Ceux-là devront être soignés, ajouta-t-il. Le capitaine devra en valider chaque jour les menus quand tu lui amèneras son petit-déjeuner dans sa cabine.

Victor m'adressa un regard furtif. C'était bien au futur simple de l'indicatif que le second avait conjugué son propos, et non au conditionnel. Sans savoir les nommer, il l'avait très bien remarqué.

1. Francine ignorait que ces « patois » étaient en réalité des variantes locales d'une même langue. À peu près à la même époque, dans la préface de son *Dictionnaire de la langue française en quatre volumes,* Émile Littré citait l'occitan comme l'une des quatre grandes langues latines, à côté du français, de l'espagnol et de l'italien sans hiérarchie entre elles. Il n'est pas surprenant que les locuteurs de toute son aire de répartition pussent aisément parvenir à se comprendre, malgré des variantes locales parfois importantes.

— La réserve vous servira de cabine. Vous serez tranquilles. Suivez-moi, je vous montre.

Encore le futur. Notre essai était une formalité, notre embauche permettant d'appareiller en temps et heure en évitant les droits d'amarre supplémentaires.

[1]

1. Ici, l'arabesque est remplacée par un dessin qui représente le clipper *Flying Fish*. Il tient toute la largeur d'une belle page. L'image, réalisée avec grand soin et luxe de détails, nous saisit par le contraste entre la classe des lignes générales de ce beau bateau racé et le délabrement général du bâtiment. Avec sa coque fuselée comme une flèche et ses fiers trois mâts qui dominent le pont de dizaines de mètres, il est taillé pour la vitesse. Mais la décrépitude de ce vieux roi des mers épuisé est palpable jusque dans le détail des voiles raccommodées, jusque dans la peinture des lettres de son nom, écaillée au point de les rendre presque illisibles, et dans l'état du pavillon US à l'étoffe délavée, effiloché comme un épouvantail qui flotterait à sa poupe.

Honorine fut ma première amie. Ni au couvent ni aux *Clochers* je n'avais eu l'occasion de dire à quelqu'un ce que je pensais, ce que je ressentais, de parler de moi, de mon histoire. Honorine, elle, était douée dans cet exercice. J'observais sa façon de le faire, sa manière de partager ses idées et ses sentiments, ses expériences, en espérant apprendre à m'exprimer avec autant d'aisance. Une tradition familiale républicaine l'avait prédisposée aux idées d'égalité sociale, et ses inclinations personnelles à celles de la cause des femmes. Elle était particulièrement sensible aux théories de l'AIT[1], surtout celles des courants libertaires. Et elle savait trouver les mots pour exprimer ce qui faisait battre son cœur. De retour dans ma chambre, je cherchai ce qui pouvait bien faire battre le mien, que j'aurais pu partager avec elle. Mais je ne trouvais rien pour sauver la grisaille et le glauque qui composaient mes jours, hormis mes filatures nocturnes. Là, oui, je me sentais vivante. Mais il m'était impossible de les évoquer sans parler du reste. Comment imaginer lui dire les dégradations que je subissais ?

1. Association internationale des travailleurs, appelée plus tard Ire Internationale. Son objectif affiché est « d'unir les prolétaires de tous les pays dans la lutte pour leur émancipation, au-delà des divisions artificielles créées par le capital et les États ».

Elles me laissaient si sale qu'il était inconcevable de me montrer ainsi. Devoir chercher les mots qu'il aurait fallu prononcer pour raconter ces moments me les faisait paraître encore davantage honteux. Mais je venais pour la première fois d'imaginer pouvoir les partager avec quelqu'un.

En revanche, des feuilletons dont je lisais avidement plusieurs épisodes par jour, je pouvais en parler… Ah ça oui, ces lectures m'en provoquaient, des émotions ! Des émotions que je pouvais dire : de la joie, de la peur, de la colère. Je lui dis les plaisirs de ces courts épisodes, parfaits pour tenir dans les brefs instants où je pouvais m'adonner à la lecture.

Quand elle me demanda pourquoi leur consacrer seulement de brefs moments, lui répondre fut simple : je devais travailler toute la sainte journée pour parvenir à abattre mon ouvrage. Allumage des poêles avant six heures du matin, balayage, lessive, repassage, entretien de tout l'immeuble – à l'exception de la chambre du bougnat qui en gardait la clef dans la poche de son gilet –, faire la cuisine, le service ; un enchaînement de corvées qui ne finissait qu'avec la plonge du soir, autour de neuf heures et demie en principe. Je ne soufflais mot de ce qui m'attendait en fin de soirée. Après quelques semaines d'argumentation, Honorine avait fini par me convaincre de demander quelques heures de repos hebdomadaire dont je pourrais disposer à ma guise. Devoir formuler cette requête me nouait le ventre, mais je trouvai finalement le courage d'entreprendre Costefave. Il ouvrit d'abord des yeux ronds. L'étonnement passé, il accepta à ma grande surprise de me libérer une après-midi par semaine, à condition que le travail fût abattu à l'avance et que ce ne fût pas le samedi. Me voyant satisfaite alors que je partais, il conclut l'entretien en me claquant les fesses en guise de « tope-là ».

Ces quelques heures hebdomadaires me donnèrent l'occasion de passer plus souvent à *La Joie de lire*, de discuter plus longtemps avec Honorine. Libre en journée, j'essayais aussi d'en apprendre davantage sur ces clients nocturnes.

Pendant les dix semaines que me prit la lecture des *Misérables* – un tome par semaine[1] –, je partageai mes jeudis après-midi entre les discussions avec Honorine et la surveillance des immeubles bourgeois dont j'avais noté l'adresse, escomptant reconnaître la silhouette d'un homme et en apprendre davantage sur lui en le suivant.

Dans mon commerce avec Honorine, je trouvais matière à l'édification d'un début de conscience sociale. Elle m'apportait une réflexion sur ce monde ; Victor Hugo renforçait cette construction un peu abstraite d'un ciment d'émotions qui me tiraient des larmes.

De ma surveillance des immeubles bourgeois dans l'après-midi, je ne tirai tout d'abord rien de bien tangible. J'ignore aujourd'hui encore quelle force nourrissait mon opiniâtreté à consacrer autant d'heures à une entreprise aussi infructueuse. Mais je ne savais pas faire autrement, n'ayant d'autre moyen de grappiller un détail qui m'éclairerait sur ces hommes.

Enfin, le jeudi de la semaine où je ramenai le tome neuvième des *Misérables* – j'en garde souvenir à cause des événements du samedi qui suivit – je reconnus une silhouette qui sortait de l'immeuble. Mon cœur se mit à battre, car j'avais pris goût à ces filatures, à cette excitation d'y sentir tous les sens aux aguets et la fébrilité d'un esprit titillé par la crainte d'être découverte.

Je mis un genou à terre, faisant mine d'arranger une lanière de ma galoche. L'homme se tint debout devant la porte le temps de ranger ses lorgnons dans leur étui, puis

1. Les éditions originales de l'œuvre comptaient effectivement dix volumes.

il leva la tête pour jeter un coup d'œil des deux côtés de la rue, et je découvris son visage. Pour la première fois, je voyais vraiment, en plein jour, les traits d'un de ces inconnus. Il était mince, de bonne taille, et le chapeau melon étrangement perché sur sa tignasse rousse le faisait paraître encore plus grand.

Je commençai à le suivre. J'avais appris comment le faire sans être remarquée, variant sans cesse la distance en adaptant l'allure, mais jamais trop près, ôtant parfois mon fichu, remplaçant un clair par un plus sombre, contournant un îlot pour retrouver mon bonhomme au coin de rue suivant. Il acheta *Le Figaro* à un crieur et s'assit sur un banc pour le lire pendant qu'on cirait ses souliers. Installé dans un rayon de soleil, il prenait son temps pour lire chaque page. Cinq heures sonnèrent au clocher d'une église et je commençais à craindre de devoir rentrer sans en apprendre davantage. Mais l'homme quitta le banc et reprit sa marche jusqu'à la proche rue Saint-Sulpice où il entra au numéro 32 qui fait angle avec la rue Mabillon. Me promettant de revenir fouiner autour de cette adresse, je courus vers les *Clochers* où j'arrivai juste à temps pour préparer le service du soir.

Dès le moment où je pus observer cet homme en plein jour, je compris la motivation confuse qui m'avait fait entreprendre mes filatures et supporter ces heures d'attente stérile dans lesquelles je sacrifiais tellement de mon temps libre. Mettre un visage sur ces inconnus me permettrait, un jour, de connaître leurs noms et de régler mes comptes.

Bast, je sais maintenant que les comptes resteront longtemps en suspens. Mais, par ces lignes, je préserve l'espoir de les voir se solder un jour.

Le samedi soir de la même semaine – tome neuvième –, un coup de tonnerre vint allumer la mèche d'une bombe qui allait faire exploser mon petit monde.

Lundi 12 juin 1871, début de soirée
À bord du *Flying Fish*, seule sur le pont

Ce que j'ai découvert du clipper *Flying Fish* durant cette journée d'essai est effrayant. Ce bateau n'est pas le *Duncan*[1], ni un de ces paquebots rutilants aux cheminées fumantes que l'on voit sur les réclames. Tout à bord menace ruine. Les pièces de bois déjà cassées ont été rafistolées avec des moyens de fortune. Les ferrures rongées par la rouille ont doublé de volume et toutes les parties initialement peintes ne montrent plus que de vagues vestiges d'écailles colorées. Ce délabrement ne force pas le zèle de l'équipage, et le plus grand désordre règne à bord. Tout semble posé au hasard de la négligence de chacun. Aussi, le *Flying Fish* ne peut proposer que des voyages de troisième classe car personne, parmi ceux qui pourraient s'offrir un meilleur billet, n'accepterait de poser le pied sur le pont de pareil bâtiment. Ce que nous ont appris les marins d'équipage n'est pas plus rassurant. La volonté de réduction des dépenses est appliquée avec la même âpreté à l'économie des traversées

1. Le *Duncan* est le yacht où naviguent *Les Enfants du capitaine Grant* dans l'œuvre de Jules Verne.

qu'à l'entretien du navire. Le bateau embarque jusqu'à cent trente passagers dans une promiscuité invivable là où cent dix seraient déjà de trop. Les émigrants s'entassent dans les soutes, sur des paillasses surplombées de hamacs faute de place au sol. Les matelots profitent de conditions de vie moins déplorables, avec davantage d'espace personnel qu'à l'ordinaire. Mais c'est seulement parce que la religion de l'économie a réduit l'équipage de moitié.

Mon labeur terminé, j'ai trouvé Victor sur le pont, déroulant au second une histoire tordue sur la perte de nos papiers, qu'il disait tombés dans la Seine lorsque des chevaux emballés ont foncé dans la foule à Pont-de-l'Arche. Le second écoutait d'une oreille distraite et se garda bien de poser des questions qui auraient compliqué notre embauche. Quand il m'aperçut, il coupa Victor dans sa verve pour me lancer :

— Voilà longtemps que je n'avais pas goûté pareille tambouille à bord, Francette !

— Francine, Mister Cros, Francine…

— Francette, Francine, qu'importe ! Profite de mes compliments, ils sont rares. Vous partez avec nous, ton mari va t'expliquer.

Victor avait obtenu que nous touchions la moitié des appointements ordinaires. Bien sûr, le commandement du navire profitait de la situation pour économiser deux demi-salaires… mais, ce matin encore, la perspective d'embarquer pour les Amériques me semblait à elle seule une aubaine, quelles que pussent en être les conditions. Et voilà qu'à notre arrivée à La Nouvelle-Orléans, dans quelques semaines, nous débarquerons avec nos premiers dollars en poche.

Je terminai la plonge du soir bien plus tard qu'à l'ordinaire, comme souvent le samedi où les clients traînaient davantage. Heureuse qu'il fût trop tard pour recevoir une visite ce soir, je passais dans le couloir du rez-de-chaussée en regagnant ma chambre, quand je remarquai un rai de lumière sous la porte du bureau de Costefave. Comme il avait fermé les volets de la gargote, j'étais surprise qu'il ne fût pas encore couché. Je m'approchai, tendant l'oreille.

— … Quoi ? Vous voulez discuter le prix ? disait le bougnat sur un ton dépité.

— Non, Coste, répondit l'autre homme qui avait le parler des beaux quartiers, ce n'est pas une question de prix. C'est seulement qu'elle n'est pas de maille pour nos établissements. Combien de clients venus l'essayer sont-ils revenus après y avoir goûté ? Trois ou quatre tordus que ça émoustille de prendre une boniche dans un bouig-bouig mal famé. Aucun autre n'en redemande.

C'était de moi dont ils parlaient. Le tournis dans la tête, je m'adossai à la cloison.

— *Maï boundiou* ! s'étrangla Costefave, retrouvant dans le dépit son patois de l'Aubrac. Elle est gironde…

— Ça oui, elle est bien faite, répondit l'homme d'une voix égale. Et son côté paysanne avec son accent des montagnes en exciterait plus d'un pour peu qu'on l'habille bien. Mais elle n'y met pas du sien... Rien à voir avec la dernière que vous nous avez cédée, bien moins jolie, mais bonne gagneuse. Celle-ci, rien du tout... Nos clients sont habitués à autre chose.

Le bougnat restait coi. Les pieds commençaient à gratter le parquet, la conversation allait s'éteindre. Je ravalai mon trouble, ma colère et ma honte et glissai en silence jusqu'à la rue où je me postai à l'affût sans y avoir réfléchi.

Leurs mots tournaient dans ma tête en faisant des remous à coller le vertige. L'homme sortit bientôt. Quand je le vis, mon cœur rata un battement. J'avais déjà suivi cet homme. Le visage enfoncé sous mon fichu, je le filais de loin. Je ne pouvais pas me tromper ; ce boitement, cette façon de se servir de sa canne. Quand il arriva chez lui, il fut inutile de consulter mon carnet. Je reconnus l'hôtel particulier. Le proxénète claudiquant faisait partie de ceux qui étaient venus « m'essayer » et que j'avais suivis.

II

TEMPÊTES

Mardi 13 juin 1871, dernière éveillée avec les matelots de quart
À bord du *Flying Fish*, haute mer

Avant que le soleil se couche, j'ai pu flâner sur le pont en attendant que Victor termine sa besogne. Flâner n'est pas le mot juste. Jouer des coudes pour m'approcher du bastingage donnerait une meilleure idée de la réalité. Reste que j'ai pu faire le tour du navire et me rendre compte que l'on ne pouvait plus, en aucun endroit, distinguer le moindre soupçon de côte. Le *Flying Fish* croise au large, et sa silhouette élégante file sur les flots dans la brise légère malgré l'absence de la perruche volante[1] qui a crevé au premier souffle d'air et que des matelots s'activent à ravauder. Maintenant que nous sommes en haute mer, il est bien évident que ce bateau n'est pas prévu pour transporter une telle foule. Sur cette aire trop étroite, s'entassent Italiens, Polonais, Russes et une majorité de Français, dont beaucoup viennent des Hautes-Alpes. L'impression d'ensemble que donnent tous ces gens s'agitant et parlant trop fort pour couvrir le brouhaha d'ensemble est bien étrange.

1. Petite voile placée tout en haut du mât d'artimon (arrière). Toutes les voiles hautes ont des noms d'oiseaux.

Débuté à l'aube, l'embarquement fut une incroyable cohue, des passagers s'empoignant comme si leur vie dépendait du fait de pouvoir franchir la passerelle avant les autres. Nombre d'entre eux avaient caressé l'espoir d'emporter des objets qui n'auraient pas leur place à bord, les bagages étant strictement limités à « quarante livres par personne, les effets étant obligatoirement regroupés dans un (1) sac ou une (1) valise ». Amassés sur le quai, ils trimbalaient pourtant avec eux des outils de toute sorte, des guirlandes de paniers et de dames-jeannes qui devraient rester à quai, au désespoir de leurs propriétaires qui escomptaient que le règlement imprimé sur les billets fût appliqué avec davantage de souplesse.

Découvrant la fièvre qui régnait sur le quai, je fus heureuse de ne pas être au pied de la passerelle avec les officiers chargés de la pesée. À l'aide d'une romaine suspendue à une chèvre, ils vérifiaient le poids de chaque bagage et faisaient impitoyablement abandonner tout ce qui dépassait les vingt kilos réglementaires. L'amoncellement des objets laissés pour compte à même le quai ferait le bonheur des biffins.

Le second, espérant que la présence d'une femme adoucît les rudesses de l'embarquement, m'avait donné une consigne bien vague : « aider à ce que tout se passe bien ». J'ai vite compris que cela consisterait surtout à tâcher d'éviter les bagarres et à consoler les déceptions à la découverte des conditions du voyage. Placée en haut de la passerelle, je vis passer un à un les visages de chaque passager qui arrivait à bord. Une quarantaine de femmes font partie de notre expédition. Parmi elles, une douzaine voyagent ensemble. Elles ont une allure, une mise et des manières qui les désignent immédiatement comme des prostituées sortant d'un établissement de bas étage, à en juger par la fatigue de leurs affaires.

La plupart des hommes ont des mines rudes. Beaucoup sont des paysans tout droit venus de leurs campagnes. Quelques autres ressemblent plutôt à ces durs à cuire qu'on voit traîner du côté de la Bastille. On devine aux tatouages de ces gros bras qu'ils sont du genre à ne pas craindre de se frotter aux gendarmes, car beaucoup portent les trois points sur une main et les cinq sur l'autre[1].

Je compris alors pourquoi on était si peu regardant sur la situation des passagers : les autorités elles-mêmes devaient se frotter les mains de trouver bon débarras de mauvais garçons et filles de mauvaise vie qui vont aller exercer leurs talents de l'autre côté de l'Atlantique. Mais tout ce monde grouillant en si peu d'espace provoque inévitablement des frictions au moment où l'on découvre l'exiguïté qui devra être partagée plusieurs semaines durant. Certains se mirent en rage, car, si le prix du voyage est largement en dessous de tout ce que l'on peut trouver ailleurs, il représente néanmoins une forte somme quand on est démuni. Pourtant, comprenant que l'on ne pourrait ni ajouter d'espace sur le bateau ni retrancher des passagers, la plupart s'évitèrent de gaspiller leurs forces dans des rebuffades inutiles. Après des éclats de voix, des jurons et des bordées d'invectives, les plus vindicatifs se résignèrent à leur sort indigne.

Voyant ces hommes et ces femmes dans une si triste position sans autre choix que de la subir s'ils voulaient traverser l'océan, je me sentis privilégiée, moi qui, la veille, me trouvais enfermée dans les plus sombres circonstances.

1. Trois points tatoués sur la peau entre le pouce et l'index signifiaient « mort aux vaches ». Les cinq points, quatre en carré et un au centre, avaient le sens de « seul entre quatre murs » et indiquaient que le porteur avait connu la prison.

Les raisonnements qu'Honorine m'avait tenus à propos du travail que je devais abattre avaient éclairé d'un jour neuf les épisodes des soirées dont je ne lui avais toujours rien dit.

Les paroles de cet homme dans le bureau de Costefave m'avaient révulsée et je passais les jours suivants dans un brouillard de malaise. J'éprouvais malgré moi une certaine honte à être jugée comme une moins-que-rien, indigne même du sort d'une putain. Pourtant, les paroles de cet inconnu de l'autre côté de la porte m'avaient appris plusieurs choses que je notai soigneusement. D'une part, ce marchand de femmes, dont je connaissais le domicile, dirigeait manifestement une maison de débauche. Une maison de bon niveau, à en juger par les immeubles où demeuraient ses clients venus « m'essayer ». D'autre part, il avait employé le pluriel en parlant de la direction de l'établissement. Il avait donc des associés, des complices. La conversation m'avait aussi appris que ce n'était pas la première fois que Costefave travaillait pour ces hommes.

À mon arrivée aux *Clochers*, j'avais appris que la dernière servante était partie le matin même. Je comprenais maintenant que son départ était programmé, sans doute pour un bordel. Et comme le souteneur avait parlé de

« la dernière que vous nous avez cédée… », il y en avait eu d'autres avant et il s'agissait d'un trafic bien rodé.

Je perçus alors que le crescendo des abus de Costefave ne devait rien au hasard. Il avait été calculé pour que je prenne les bons plis, que je m'habitue peu à peu à ma condition de fille publique. Ce que j'avais cru advenir au seul gré des ruts du bougnat et de sa clientèle était en réalité le fruit d'une manigance calculée. Ce tableau était tout d'abjection. Je ne savais pas ce qui me dégoûtait le plus de ces hommes qui achetaient des filles pour en faire commerce, du bougnat qui abusait de la candeur de gamines de sa province pour se vider les bourses en les faisant putains, ou des clients qui venaient me prendre pour quelques sous.

Malgré l'échec des tractations du samedi d'avant, Costefave n'avait pas définitivement renoncé à me vendre. Il menaça de me renvoyer à Sainte-Geneviève si je ne faisais pas « mon possible pour plaire aux hommes ». J'entrevoyais ce qu'il voulait dire, mais la clientèle de bourgeois habitués aux fantaisies des bordels huppés s'étant tarie depuis le fameux samedi, il n'y avait plus que les arsouilles des *Clochers* pour monter l'escalier. Et ceux-là n'en demandaient pas tant. Le réceptacle, assez bien fait à ce que j'avais entendu dire, que constituait mon corps inerte semblait suffire à les satisfaire.

Malgré mon dégoût, j'étais encore incapable d'envisager de quitter les *Clochers*. Si le forgeron cessait de recevoir ses cinq francs par mandat-lettre, il signalerait ma fugue, et je serais recherchée par les gendarmes. Cette idée me collait des vertiges. J'étais encore incapable de m'enfuir, mais l'idée m'était passée par la tête et je sentais battre de plus en plus fort le désir de m'estimer moi-même.

Samedi 17 juin 1871, nuit tombée
À bord du *Flying Fish*, face à l'océan,
sous la lanterne du gaillard d'avant

À bord, tout est nouveau pour moi et l'impression générale est singulière. D'un côté, il est difficile d'imaginer se mouvoir dans un espace plus vaste que l'océan, plongé au milieu de l'infini qui s'étend, uniforme en tout point, où que le regard se porte. De l'autre, au centre exact de ce désert liquide qui semble sans fin, nous voguons sur ce navire, univers minuscule qui nous rassemble dans son exiguïté comme un nid de vermine au milieu d'un désert. Grouillant est le mot juste quand je vois cette humanité désœuvrée sans autre alternative que s'ennuyer trop serrée dans la lumière du pont ou s'ennuyer trop serrée dans le ventre du navire.

Absorbée par mes besognes quotidiennes, la découverte de la vie à bord et le temps passé avec Victor, je n'ai trouvé loisir d'écrire. Chaque jour, je tâche de me consacrer une heure à l'apprentissage de l'anglais grâce à mon dictionnaire. Je commence à pouvoir échanger quelques mots avec les Américains de l'équipage. Ils se moquent de moi, mais ils corrigent mes erreurs et j'apprends plus vite. Victor m'aide lui aussi. Il est amusant… Non, pas amusant : il est instructif, plutôt, de constater que c'est lui qui, bien incapable d'énoncer la moindre règle de grammaire ou de conjugaison dans sa propre langue, m'apprend pourtant la manière anglaise de construire les phrases, sans même savoir que la syntaxe existe.

Ainsi, on peut donc connaître les choses, et les connaître bien, sans faire appel à la moindre construction intellectuelle, sans qu'il soit besoin de les comprendre par le raisonnement. Ce constat éveille en moi des échos qui répondent aux pressentiments qui me viennent parfois, depuis le couvent, sur des choses qui ne sont pas encore advenues et s'avèrent ensuite. Ces intuitions dont j'ignore l'origine et que je nomme si imparfaitement faute de savoir mieux les désigner, je les perçus pour la première fois un jour de Saint-Benoît, alors que j'étais haute comme trois pommes.

Avec une douzaine de sœurs et trois novices, nous faisions procession vers le calvaire érigé en l'honneur de notre saint patron au sommet du Puech d'Orliach, une éminence à deux heures de marche. Ses trois hautes croix de chêne portant leurs crucifiés d'airain et son petit parvis dallé qui permettait de prier à genoux sans s'écorcher aux rocailles faisaient la fierté du couvent. La première fois que je l'avais vu, quelques jours seulement après mon admission au couvent, j'avais été impressionnée par ce lieu. Mon cœur de drôlette battait la chamade, tout joyeux à l'idée de retrouver ce site majestueux. Le soleil de juillet frappait fort sur les robes de bure et une chaleur étouffante rendait l'ascension de plus en plus pénible. Je me souviens parfaitement du moment où, pour la première fois, l'idée que nous devions faire demi-tour s'imposa dans mon esprit d'enfant. Balayant ma joie de cheminer vers ce calvaire, elle fut immédiatement si présente, si puissante que je demandai à sœur Margueritte de nous en retourner tout de suite. Elle haussa les épaules. C'était impensable, car Benoît était notre saint patron et que ce jour était le sien. Mais cette idée ne voulait pas sortir de ma tête, elle en occupait tout l'espace. Je renouvelai ma demande à plusieurs reprises avec, à chaque fois, davantage de cœur : « Revenir au couvent ! » Sœur Margueritte me rabrouait de plus en plus rudement, jusqu'au moment où, excédée, elle me colla une des claques magistrales dont elle avait le secret. « Ça suffit, maintenant ! » aboya-t-elle pour clore le sujet. Mais cette pensée tenait tant de place que j'avais de plus en plus de peine à marcher. Je trébuchais sans cesse, tenais à peine debout. La sœur qui m'avait prise par la main devait maintenant me traîner pour que je continue d'avancer. Il n'y avait que cette idée qui vibrait dans mon corps, elle mangeait tout mon air, prenait toutes mes forces. J'étouffais littéralement et, trébuchant une dernière fois, je tombai à terre, en larmes, en criant de toutes les forces qui me restaient : « Il faut revenir au couvent ! » Puis je m'évanouis.

Je repris connaissance à l'ombre d'un arbuste où l'on m'avait portée. Des tapes battaient mes joues et, alors que je n'étais réveillée qu'à moitié, l'idée de faire demi-tour m'obsédait de nouveau. J'entendis la voix de la mère supérieure dire qu'une insolation m'avait tourné la tête. Personne n'avait d'eau, car il fallait souffrir comme il avait souffert pour faire offrande de notre peine à notre saint patron et nous n'étions qu'à mi-chemin. Le corps parcouru de soubresauts, j'entendais des voix que je ne reconnaissais plus dire que j'étais froide comme la mort, et je perdais sans arrêt connaissance. Pensant qu'il pouvait en aller de ma vie, la supérieure s'agenouilla sur la rocaille et pria pour que saint Thomas éclairât la décision qu'elle devait prendre. Elle se releva en disant que nous devions rentrer au couvent et reporter la procession au lendemain matin. Les sœurs se relayèrent pour me porter et le groupe pressait le pas pour me mettre au frais sous les voûtes de pierre et me faire boire le plus vite possible. « Il faut rentrer au couvent », ne cessais-je de psalmodier fiévreusement comme dans un délire. Pendant toute l'heure du retour, je passais de bras en bras lorsque le poids de mon corps inerte épuisait les religieuses. Alors que nous arrivions presque, le ciel se couvrit en un instant, et les premières gouttes commencèrent à tomber ; de grosses gouttes d'averse d'été qui claquaient sur le sol. Très vite, l'orage fondit sur nous, nous laissant trempées comme au sortir d'un bain quand retentit le premier grondement de tonnerre. Sous le déluge, je retrouvais mon énergie d'enfant et, échappant aux bras qui me portaient, je sautai à terre. Nous finîmes en courant sous des trombes si puissantes qu'elles nous obligeaient à plisser les paupières pour protéger nos yeux. Mais, tout en courant, je continuais à psalmodier : « Au couvent ! au couvent ! » Cet épisode fit planer une atmosphère étrange sur la grande bâtisse le reste de la journée.

Dans l'après-midi, un paysan vint frapper à la porte pour faire offrande de deux lièvres en échange de nos prières pour le salut éternel de son âme. Il raconta à la mère supérieure qu'il relevait ses collets du côté du puech d'Orliach quand l'orage avait éclaté. C'est à ce moment qu'il avait vu le grand hêtre plusieurs fois centenaire dont les frondaisons ombrageaient le calvaire frappé d'un coup de foudre qui a troué le ciel dès le premier éclair. Le grand arbre s'était fendu dans un craquement. Alors qu'une moitié demeurait debout, l'autre, avec ses branches maîtresses, s'était abattue sur le calvaire dans un vacarme d'enfer, fracassant la croix du Sauveur et celle du bon larron.

— Au début de l'orage, vraiment ? demanda la mère supérieure.

Le paysan confirma :

— Si fait, ma mère. Dès le premier éclair. Il faudra remplacer les croix, ça fera de l'ouvrage.

La supérieure envoya aussitôt sœur Thérèse sur place pour constater les dégâts de ses yeux. Ce soir-là, après l'office des complies[1], la voix de la sœur tremblait un peu lorsqu'elle s'éleva dans le silence. Elle était revenue du calvaire juste avant l'office du coucher, et le paysan avait dit vrai. L'arbre dont l'ombre épaisse abritait le calvaire s'était bien effondré, fracassant deux croix dans sa chute. Un émoi courut dans la chapelle. Sœur Thérèse laissa les chuchotements s'éteindre avant de poursuivre. La branche maîtresse du hêtre et les deux croix lestées des corps d'airain, s'abattant ensemble sur les dalles du parvis, les avaient mis en pièces. Les murmures reprirent, devinrent alors rumeur. Sœur Thérèse fit un long « Chut » pour retrouver silence.

— Oui mes sœurs, l'état du calvaire ne laisse aucun doute. Les pièces de bois et de métal ont brisé plusieurs dalles dans leur chute. Notre Sauveur, détaché de sa croix, gît pitoyablement dans ce grand désordre. Si la procession s'était trouvée à cet endroit à l'instant de la catastrophe, il est certain que notre communauté eût connu bien des deuils.

Cette fois, ce ne fut ni un murmure ni une rumeur qui accompagna la fin de la tirade, mais un grand silence. Lentement, sans un mot, les regards se tournèrent vers moi les uns après les autres. Les tambours du sang battaient à mes tempes et j'entendis le mot « miracle » prononcé en plusieurs endroits de la chapelle. Cela ne dura qu'un instant car la mère supérieure rappela à l'ordre en tapant dans ses mains.

— Allons, mes sœurs, allons, il est temps de regagner nos cellules…

Lorsque je considère ces événements à partir d'aujourd'hui, je suis bien convaincue que l'évêque de Rodez et Vabre, consulté sur la question, avait raison. Il n'y

1. Les complies sont le dernier office de la journée, juste avant le coucher, dans la liturgie chrétienne des heures.

avait rien eu de « miraculeux » ce jour-là et je crois que cet épisode pourrait s'expliquer sans l'intervention de Dieu dans cette histoire. Une fille de la campagne vit avec les éléments depuis sa naissance, et il n'y aurait rien de magique à ce qu'elle sente quand un orage se prépare.

Dimanche 18 juin 1871, nuit tombée
À bord du *Flying Fish*, haute mer,
sous la lanterne du gaillard d'avant

J'avais caressé l'espoir de retrouver des amies communardes sur mon chemin d'exil… Ce ne sera pas à bord du *Flying Fish* en tout cas. Les seules Parisiennes du voyage sont ces filles de joie que je n'avais jamais croisées dans les rues du Paris insurgé. Elles ne font pas mystère de leur condition et offrent volontiers leurs services aux passagers comme aux hommes d'équipage. Les regards de travers qu'on leur décoche, elles n'en ont cure. C'est leur ordinaire et, avec ce qu'elles savent des hommes, elles se moquent bien de ce que cette humanité peut penser d'elles. Alors, elles échangent des rires qui ponctuent chaque phrase et affichent toujours une humeur badine, comme si rien d'autre n'avait d'importance que leurs plaisanteries. Ce sont des filles sans manière, directes et franches du collier dans les conversations. Nous discutons volontiers ensemble, et quand je leur parlai de mes expériences aux *Clochers* je ne fus pas surprise d'entendre en retour que plusieurs d'entre elles étaient entrées dans la profession par un chemin semblable. De ce moment, leur regard sur moi changea et les discussions se firent plus naturelles, moins retenues. J'ai appris qu'elles avaient fui le lupanar où elles travaillaient toutes, quittant Paris avec leur maigre bagage dès que le blocus fut levé.

Une amie émigrée à La Nouvelle-Orléans leur avait écrit que les filles françaises étant très prisées aux Amériques, il n'était pas difficile d'en tirer bon profit. Cette lettre avait semé des idées dans les têtes, longtemps restées fumeuses. L'air des grands espaces les changerait tellement des encens du bordel. Elles savaient bien que ce claque douteux ne les mènerait jamais loin. Peu à peu, elles avaient apprivoisé l'idée de s'enfuir, et l'évoquer souvent avait fini par la rendre moins fantasque, bien nourrie de mots et de rêves. Ses contours s'étaient affirmés, jusqu'à dessiner l'ébauche d'un projet, un peu vague au début. Puis, durant l'insurrection, le Conseil de la Commune avait décrété l'interdiction de la prostitution en même temps que l'égalité des salaires et la légalisation de l'union libre pour lesquelles j'avais moi-même milité activement. Pour autant, les *maisons* n'avaient jamais vraiment fermé. Elles s'étaient faites davantage discrètes et avaient continué à fonctionner en secret – de Polichinelle –, avec toutefois une activité plus calme. Cette baisse de trafic avait décidé le julot et sa maquerelle à allonger la durée des passes et à offrir un verre « en chambre » pour soigner les michetons qui restaient fidèles. Les filles avaient alors eu l'occasion de discuter avec leurs clients. C'est ainsi que le vent de liberté qui bouleversait la capitale était venu souffler jusque sur leur oreiller. Elles entendirent parler de ces ateliers qui ont fonctionné sans patron, en coopération, tout le temps qu'a duré la Commune. Un jour de mai, leur projet d'Amérique qui couvait depuis des lustres s'imposa comme une décision : elles s'enfuiraient, réuniraient leurs économies pour traverser l'océan et ouvrir aux Amériques leur propre maison close. Ce serait une maison sans maquerelle ni souteneur, dirigée par elles seules, en commun ; une maison où chacune serait libre de travailler à sa guise.

Il me plaît de croire que le projet de ces professionnelles va dans le sens de l'émancipation à laquelle nous avons tellement travaillé. Les entendre parler de leur entreprise avec tant d'espoirs partagés ébranle quelque peu les certitudes qui venaient de mes expériences abjectes du sexe tarifé et que je défendais avec fougue au Conseil de la Commune. La première abjection, mère de toutes les autres, est de ne pas s'appartenir à soi-même, de devoir obéir à un maître. Et il me semble parfois que la connivence guillerette de ces filles qui paraissent n'avoir jamais mieux mérité le nom de filles de joie pourrait faire un joli symbole de la fraternité des travailleuses libres et sans maître.

Travailleuse libre et sans maître n'était certes pas ma condition aux *Clochers*.

Un mardi matin, jour de l'entretien du linge des chambres des clients en pension, j'escamotai une bande d'un vieux drap condamné à devenir torchons sous mes aiguilles. Avec ce tissu, je bâtis une trousse à ouvrage comme en ont les cousettes, avec sa bandoulière de toile que j'ourlai de points de croix en fil rose et garnis la pochette de petit matériel de couture. Le jeudi suivant, l'idée qui m'était venue faisait battre mon cœur. Avant même de passer voir Honorine, je courus vers le 7e arrondissement, vers l'immeuble où j'avais vu entrer le souteneur le samedi d'avant.

Arrivant dans la rue, je sortis la trousse cachée dans les plis de ma blouse et la passai par-dessus, la bandoulière en travers de ma poitrine. Je me présentai ainsi à la loge de la concierge, tout sourire, en disant que j'étais cousette et prenais de l'ouvrage. La grosse femme fronça les sourcils sur un œil suspicieux. Avant qu'elle ait le temps de parler, j'essayai de la mettre en confiance :

— J'arrive de l'Aveyron, fis-je timidement. Je loge chez ma grand-tante, dans le 19e, depuis que je suis sortie du couvent. C'est chez les sœurs que j'ai appris à coudre…

Mes manières de petite paysanne timide semblèrent attendrir la concierge qui ne me chassa pas, malgré le panneau en émail bleu indiquant « pas de démarchage » sur la porte de sa loge. J'enchaînai très vite :

— Je peux faire des petites choses, des ravaudages, recoudre des boutons, tout ce qui n'intéresse pas les vraies couturières... Et les gens me donnent ce qu'ils veulent.

— Tu es bien mignonne, dit la concierge en hochant la tête. Attends, je regarde.

Elle tira d'un tiroir une grande cartonnette gris-bleu soigneusement calligraphiée et je compris que c'était la liste des habitants de l'immeuble. Mais, tout en la parcourant, elle agitait négativement la tête avec de plus en plus de conviction.

— Hum, non, ma mignonne, je ne vois pas. Tu sais, dans l'immeuble, les gens ont tous du personnel de maison pour ce genre de choses, et...

Elle poursuivait, mais je ne l'entendais plus. Elle allait ranger le précieux registre qui disparaîtrait aussi rapidement dans le tiroir qu'il en était sorti. Avant qu'elle ait pu l'y glisser, je lui arrachai des mains. Elle resta stupéfaite alors que je m'enfuyais à toutes jambes. J'avais déjà tourné l'angle de la rue quand elle arriva sur le trottoir et ses cris étaient assourdis par la distance. Marchant d'un pas vif, je serrais contre moi la cartonnette où était calligraphié, quelque part, le nom du proxénète.

Lundi 19 juin 1871, après le service de midi
À bord du *Flying Fish*, mer calme,
seule dans ma cambuse

Depuis notre départ, les vents n'ont jamais dépassé le seuil de « jolie brise[1] ». Nous n'avançons pas très vite, mais les voiles ne souffrent pas et nous allons sûrement. « *Hope it lasts*[2]*!* » disent les matelots qui craignent une arrivée du gros temps qui rendrait les manœuvres compliquées avec un équipage aussi réduit. Mister Cros qui passe souvent à la cambuse échanger quelques mots dans notre patois qu'il semble heureux de retrouver avec moi, m'a expliqué que, si le vent forcit, la navigation deviendra plus rude sans que nous gagnions en vitesse. La faiblesse des vieilles toiles oblige à arriser en amenant les voiles pour réduire la surface au vent dès que l'on arrive

1. Selon l'échelle de Beaufort, créée en 1805 et toujours d'actualité au XXIe siècle, les forces du vent sont classifiées sur une échelle de 0 à 12, avec une appellation désignant chacun des degrés. La « jolie brise » est classée 4/12 avec une vitesse du vent de vingt à vingt-huit kilomètres par heure. Le « grand frais », dont il est question plus loin, est au degré 7/12 avec des vents de cinquante à soixante et un kilomètres par heure et « fort coup de vent » au degré 9/12, juste avant la « tempête » en degré 10, puis la grosse tempête et enfin l'ouragan.

2. « Pourvu que ça dure ! »

au niveau de *grand frais* et à devoir les affaler complètement en cas de risque de *fort coup de vent* ou pire.

Mon travail à bord n'a rien d'une sinécure mais, lorsque je repense aux *Clochers*, les moments dont je dispose quotidiennement ici pour vaquer à mon gré me semblent un grand luxe. Je me réjouis de les utiliser en écrivant cette fois sans limite d'espace, consignant ainsi une foule d'épisodes auxquels j'avais dû renoncer dans l'article parti en fumée. Pouvoir rapporter ici les circonstances des tout premiers débuts de mes investigations, que j'avais évidemment dû passer sous silence dans mon papier, m'offre une grande satisfaction : sauver de nombreux épisodes qui avaient nourri mes carnets parisiens de l'oubli qui les guetterait s'ils demeuraient inscrits dans ma seule mémoire.

Les fenêtres s'étaient éteintes une à une et, à l'approche de minuit, la façade n'était plus éclairée que par la lueur des becs de gaz. Rencognée dans l'ombre d'un porche, je n'avais toujours pas vu le proxénète rentrer. J'espérais apercevoir sa silhouette claudicante arriver pour repérer l'appartement où la lumière s'allumerait. Il me serait alors facile de découvrir son nom sur le plan d'occupation volé à la concierge. J'attendais depuis un long moment et mon esprit s'était mis à imaginer les liens possibles entre le rouquin au *Figaro* que j'avais vu pénétrer au 32, rue Saint-Sulpice le jeudi d'avant et le proxénète à la jambe raide.

Absorbée dans mes spéculations, je ne sus d'où tombait le coup qui me frappa le crâne comme une massue. Je me retrouvai à terre, une explosion de douleur dans le crâne. Ouvrant les yeux, tout estourbie, je ne vis tout d'abord que du noir. Je fus plusieurs secondes avant de distinguer les reflets de deux chaussures dont le cuir brillait à la lueur des réverbères. Un homme m'observait. Je restai inerte, attendant que mon esprit se remît en route. Ses souliers immobiles indiquaient qu'il évaluait le résultat de son coup, estimant si j'étais simplement évanouie ou à demi-morte. Un soulier bougea légèrement, dévoilant le bout d'une canne ferrée. C'était mon homme qui me considérait de là-haut. Pensant qu'il m'avait reconnue, mon cœur s'affola. Mais il était arrivé par-derrière et je sentais le pavé du trottoir contre ma joue. C'était mon fichu qui, ayant glissé sur mon visage, m'empêchait de voir plus haut que les pieds. Personne n'avait pu me reconnaître.

Le proxénète aux chaussures impeccables continuait à regarder ce corps immobile qu'il venait de sonner. La ferrure de la canne se dirigea lentement vers moi. Il allait soulever mon fichu pour découvrir mon visage. Je me dérobai en roulant sur moi-même, essayai de me relever. Un carrousel dans la tête, je parvins tout juste à poser un genou à terre. Voyant que je revenais à moi, l'homme se mit à crier en agitant sa canne :

— Que faisais-tu à guetter dans l'ombre ? À l'affût d'un mauvais coup ? Eh bien, tiens, en voilà, des coups, si c'est ce que tu cherches !

Ses vociférations résonnaient dans la rue déserte et, joignant le geste à la parole, il entreprit de me rouer de coups de sa canne et du pied en ahanant. Par bonheur, il se tenait trop près pour que ses impacts soient vraiment solides et sa jambe raide ne l'aidait pas à trouver de bons appuis. Essayant de me relever sous la rossée, je m'efforçais de garder mon visage dans l'ombre du fichu. L'homme enrageait de me voir retrouver des forces et ses cris reprirent, amplifiés par l'écho des immeubles :

— À l'aide ! À l'aide ! La gredine se relève !

On rallumait la lumière dans les appartements. J'allais réussir à me redresser quand, comprenant qu'il avait besoin de davantage de champ pour pouvoir frapper fort, il recula d'un pas et éleva bien haut la canne qu'il avait saisie cette fois de manière à frapper avec le lourd pommeau d'argent. Je tentai de protéger ma tête de mon bras. Un craquement sec résonna dans la rue. La canne, percutant mon coude, s'était brisée sous la violence du choc. Sa cassure inégale me déchira le cuir chevelu d'une profonde estafilade sur le crâne jusqu'à l'oreille. Les fulgurances m'arrachèrent un cri. Des voisins sortaient à leur fenêtre. L'homme hébété regardait le moignon de bois resté dans sa dextre. Je tentai de porter la main à ma tête, mais mon coude refusa ce service. J'y portai l'autre main. Mon fichu était poisseux et j'en ramenai mes doigts ensanglantés.

Par les fenêtres ouvertes, on avait reconnu le voisin et on vilipendait la vaurienne. Déjà, des lumières s'allumaient dans les escaliers d'immeubles. Je devais fuir avant que la meute arrive. Je distancerais vite l'homme claudiquant, mais des gaillards plus valides pouvaient débouler des escaliers.

Je bondis. Les premières enjambées me firent zigzaguer et je manquai de m'affaler. La vitesse me remit dans l'axe et je courus à perdre haleine. Mes jambes suivirent instinctivement le même chemin que celui qui m'avait éloignée des cris de la concierge et je tournai le même angle de rue.

Quand je fus assez loin, j'adoptai une marche rapide dans l'ombre des murs, évitant les rues où les réverbères restaient allumés. Mon esprit recommençait à fonctionner et découvrait un corps tout en douleurs traversé d'élancements. Je rinçai mon fichu ensanglanté à une fontaine et nettoyai la plaie. Mon coude droit refusait de fonctionner : mon bras restait raide et mon oreille avait doublé de volume. Mais, en repassant le fil de la bastonnade dans ma tête, j'étais certaine qu'à aucun moment l'homme n'avait pu voir mon visage.

Je gravis l'escalier pieds nus dans le noir en sautant les marches qui grinçaient et j'allumai la chandelle de ma chambre. Dans le morceau de vitre me servant de miroir, je découvris mon visage. Une vilaine plaque mauve parsemée de zones déjà bleues s'étalait sur tout le côté gauche et l'oreille boursouflée semblait démesurée. Sur le crâne, la vilaine estafilade saignait encore et mon corps tout entier était couvert de coups.

Je devrais une explication à Costefave quand il découvrirait mon apparence le lendemain matin. Je serais incapable de lui en fournir une, et il ferait vite le rapprochement quand le récit de la bastonnade lui tomberait dans l'oreille.

J'ôtai mes vêtements souillés, les roulai en boule sous mon lit. Puis je passai ma chemise de nuit. Je froissai ensuite des vêtements propres comme s'ils avaient été portés et les disposai sur le dossier de la chaise comme je le faisais chaque soir en me déshabillant. Jetant un dernier coup d'œil sur la chambre pour vérifier que tout était en place, je saisis le vase de nuit, y versai de l'eau du broc et poussai la porte.

Sur le palier, je pris une grande inspiration et jetai vivement le pot de chambre et le bougeoir dans l'escalier où ils firent tintamarre en dévalant les marches. En même temps, je me précipitai à leur suite en courant, tapant fort des pieds et en poussant des cris étouffés comme si je dégringolais tout l'étage, puis je sautai à pieds joints sur le palier du bas pour imiter le bruit d'un corps qui tombe. Je m'allongeai ensuite en silence au milieu de la flaque d'eau qui coulait de l'escalier et, disposant mes jambes sur la dernière marche sans cesser de gémir, je remontai la chemise de nuit haut sur mes cuisses comme si j'avais boulé cul par-dessus tête.

Avec mon tapage, les portes du palier s'ouvrirent bientôt. À la lueur des chandelles, les pensionnaires découvrirent le tableau que j'avais composé. Je restais inerte, gémissant faiblement, écoutant leurs paroles les yeux mi-clos. Chacun imaginait à sa manière ce qui avait pu se passer et y allait de son commentaire où mes jambes dévoilées tenaient une bonne place. Un brouhaha de conversations avait envahi l'étage lorsque Costefave arriva du premier, le bonnet de nuit de travers et sa lampe à gaz de carbure à la main. On lui expliqua de diverses manières comment, à moitié endormie, j'étais tombée dans l'escalier en allant vider mon vase de nuit. Aux détails qu'ils donnaient de la scène, on aurait pu croire que les pensionnaires m'avaient réellement vue dégringoler les marches.

Jeudi 22 juin 1871
À bord du *Flying Fish*, mer calme

Qu'allons-nous devenir sur le sol d'Amérique où nous arrivons bientôt ? Comment survivre quand on n'a rien dans un pays dont on ignore tout ? La question a surgi d'un seul coup, creusant un trou dans mon ventre. Les aléas de ma cavale nous ont poussés sur ce bateau, mais nous n'avons aucun projet en Amérique. Nous sommes les seuls à bord dans ce cas.

Les filles de joie s'enthousiasment pour leur hypothétique maison de plaisir ; d'autres semblent ensorcelés par le chant de sirènes disant les louanges de filons d'or découverts du côté de Sacramento, à l'ouest des montagnes Rocheuses. Dieu sait par quels rebonds les échos de ces chants sont parvenus jusqu'aux profondes vallées alpines. Ceux-là sont en général solitaires, avares de paroles comme s'ils craignaient que quelque obscur secret parvenu par de mystérieuses missives ne s'échappe par leur bouche si jamais ils l'ouvraient.

D'autres encore sont des pionniers terriens, la plupart paysans de fin de fratrie se retrouvant sans terre. Si quelques-uns voyagent avec leur famille, les plus nombreux partent seuls, caressant l'espoir d'établir une ferme prospère sur les terres vierges dans l'ouest des Grandes Plaines. Les plus prévoyants possèdent déjà les titres de propriété de leurs « concessions provisoires ». Lorsqu'ils en évoquent les superficies, on voit bien qu'elles dépassent leur entendement de montagnards pour lesquels quelques acres d'un seul tenant semblent le bout du monde. Ils ont acheté leur terre promise par correspondance, pour un montant symbolique guère supérieur au coût des timbres-poste et du mandat-lettre. Ceux-là sont affables et exposent volontiers leurs projets à qui veut les entendre. Répétant chaque fois les mêmes phrases, ils évoquent leurs futurs troupeaux de vaches à longues cornes qui se multiplieront sans fin sur leurs terres infinies avec une ferveur de bigote égrenant son chapelet. Car ce sont bien des prières, ces paroles répétitives qu'ils rabâchent à l'envi, cherchant d'abord à se convaincre eux-mêmes des chances de réussite de leur entreprise.

Parmi les artisans, un charron auvergnat qui a laissé tous ses effets à quai pour pouvoir emporter le maximum d'outils dans les quarante livres réglementaires. Il rejoint là-bas des cousins ayant ouvert un hôtel à La Nouvelle-Orléans. Ils lui ont fait savoir que les fabricants de chariots y travaillent à plein régime, à des tarifs que la forte demande rend assez lucratifs. Il s'en construit par dizaines et ce n'est jamais assez pour satisfaire les besoins des pionniers qui montent de longs convois pour partir vers l'Ouest, espérant que le nombre les préservera des attaques d'Indiens et de hors-la-loi qui sont leur hantise.

Un point commun relie tout ce monde. C'est l'espoir que porte un projet pour lequel on a tout quitté : espoir d'or, espoir de vaches et de veaux, espoir d'une maison de plaisir prospère, espoir de chariots commandés par dizaines…

Parmi ces gens de tout poil, certains envisagent déjà de faire convoi ensemble pour mettre cap à l'ouest en direction des paradis d'espoir. Nonobstant, il semble bien que beaucoup aient une idée de la géographie des États-Unis à peu près nulle.

C'est peut-être d'avoir passé tant de temps à rêvasser sur les couleurs pastel qui dessinent les reliefs de l'Amérique sur la carte de Mister Cros, d'avoir suivi du doigt les lignes qui y figurent les chemins de fer, les pistes et les fleuves, que le vide immense creusé par l'absence de tout projet pour nous dans ce pays trop grand m'a sauté à la gorge.

Le lendemain de mon « accident », le bougnat m'envoya chez son rebouteux qui remit mon coude en place. M'ayant examinée de la tête aux pieds, le guérisseur fit une drôle de moue et affirma qu'il n'y avait pas d'os cassé.

Costefave avait suspendu les visites nocturnes depuis mon accident et, le soir du quatrième ou du cinquième jour suivant, je sursautai en entendant ma porte s'ouvrir. Je n'avais pas entendu qu'on montait l'escalier.

L'homme se tint sur le seuil, la chandelle légèrement en arrière du corps. Sa silhouette se dessinait en ombre chinoise dans une immobilité glaçante. Dès son premier pas vers moi, je vis qu'il avait une canne et qu'il claudiquait.

Je sus tout de suite que j'étais découverte.

Samedi 1er juillet 1871
À bord du *Flying Fish*

Victor n'était plus à mes côtés. Allongée dans le noir, j'écoutais les cris qui montaient de toute part, perçant le vacarme du vent. Depuis le début de cette semaine détestable, notre navire se trouvait dans un épisode de gros temps et nous avions eu fort à faire car les voiles menaçaient de craquer sous les bourrasques. Nous devions sans cesse amener de la toile, puis en redonner avant d'arriser de nouveau en fonction des caprices du vent. Inquiète de cette agitation et encore ensommeillée, j'enfilai ma blouse et montai sur le pont où je découvris un tableau effarant. Dans la maigre lueur des lampes, des paquets de mer de la taille d'un omnibus s'abattaient sur le navire dans des jaillissements d'écume. S'écrasant sur le pont dans un fracas du diable, ils bousculaient les marins qui s'activaient à la manœuvre. Les voiles les plus importantes avaient déjà été amenées à l'exception de la brigantine, crevée, dont les pans déchirés battaient le mât d'artimon dans de sinistres claquements. Plusieurs autres voiles se trouvaient hors d'usage, et le vent s'engouffrant au travers achevait de les détruire. Dans le gréement malmené, des matelots aux équilibres effrayants s'activaient aux besognes qui ne pouvaient pas être menées depuis le pont où les officiers eux-mêmes étaient à l'ouvrage au côté de l'équipage et de passagers venus à la rescousse.

Je repérai Victor qui ferraillait avec son équipe pour amener le grand hunier sur sa vergue. Ses drisses gauchies par l'usure et gonflées par les embruns se coinçaient dans les palans et les manilles. Quand j'arrivai au droit du mât de hune, Victor me cria :

— Rentre donc, reste dans la cambuse !

Sans répondre, je saisis une corde sur laquelle un paysan des Alpes s'échinait sans qu'elle bougeât d'un pouce. Je trimais avec lui lorsque le grand hunier volant gonflé comme une baudruche creva tout à coup dans une saute de vent. Brusquement, la voile n'offrit plus aucune résistance. Sa vergue de bois souple se débanda comme un ressort d'arbalète. Le filin sur lequel nous tirions céda aussi brutalement que s'il avait été sectionné d'un coup de sabre. Emportés dans notre effort, nous basculâmes de cul et roulâmes sur le pont. Au même moment, les deux hommes qui tiraient sur le cordage opposé furent catapultés dans les airs comme par diablerie. Un marin s'écria :

— *Drop the rope*[1] !

Les deux hommes lâchèrent la drisse trop tard. L'élan qu'elle avait impulsé les envoya dinguer dans les hauteurs obscures, bien au-dessus du halo des lanternes de pont. Nous restâmes figés d'effroi. Nous ne les voyions plus maintenant, mais leur trajectoire et leurs cris ne laissaient pas de doute. Autour du *Flying Fish*, l'océan en furie faisait des creux de quinze mètres. Nous nous regardions, hébétés, incrédules, silencieux.

Le jour se leva, éteignant les lampes. Sept voiles étaient perdues, deux hommes disparus. Les matelots

1. « Lâche la corde ! »

brisés par leurs efforts restaient assis sur le pont, le dos voûté, les vêtements trempés, la nuque basse. Le second, le visage sombre, examinait les lambeaux de la brigantine ramenés sur le pont[1].

Les jours suivants, assemblant les meilleurs morceaux des voiles perdues, nous fûmes nombreux à venir en aide aux gabiers dans sa reconstruction. Nous parvînmes ainsi à rallier Madère[2] où le capitaine put acheter des toiles d'occasion que nous dûmes adapter pour remplacer les voiles manquantes. En reprenant la mer, nous trouvions des conditions de navigation excellentes.

Mais ce matin, patatras. Après trois jours de météo idéale, le vent est tombé. Toute la journée, ce fut le calme plat. Pas un souffle d'air. Le *Flying Fish* flotte comme un bouchon de liège au seul gré des courants sur une mer d'huile qui s'étend jusqu'à l'horizon. Pas le moindre sillage à la poupe du navire. Toutes voiles dehors, le *Flying Fish* n'avance pas d'un pouce.

1. La brigantine est une voile du mât d'artimon, indispensable aux manœuvres du navire.

2. L'île de Madère est sur la « route du sud » pour la traversée de l'Atlantique Nord dans le sens Europe-Amériques, la plus logique pour un voilier qui veut profiter des vents porteurs de l'anticyclone des Açores.

L'homme s'assit sur le lit où je restai immobile. Lorsque la chandelle éclaira son visage, je vis qu'il portait un loup. Je n'en avais jamais vu, ignorant même que cela s'appelât ainsi. J'eus un mouvement de recul. L'homme posa le bougeoir sur la table de nuit et porta sa canne dans sa lumière. À l'endroit de la cassure, un manchon de métal orné d'une élégante arabesque réunissait les deux morceaux brisés.

— J'ai dû la faire réparer. Tu as la tête dure…

Glacée par son calme, j'agitai négativement la tête.

— Je comprends pas, parvins-je à bafouiller.

— Tu peux faire l'andouille, je sais qui a volé le bristol d'étage de ma concierge.

Je restai muette, craignant qu'un mot m'enfonçât davantage.

— J'ignorais que Costefave était ta grand-tante.

Les salades que j'avais servies à la concierge résonnèrent à mes oreilles alors que le maquereau poursuivait :

— J'ai appris ton accident de pot de chambre… intervenu quelques minutes après que j'ai rossé cette gredine qui m'attendait tout près de chez moi. Et le rebouteux m'a confié que tes blessures n'avaient rien de celles d'une chute.

Je baissai la tête.

— Si tu me mens maintenant, tu le regretteras toute ta vie. Tu as compris ? Toute ta vie.

Les histoires entendues à la taverne à propos de « filles » récalcitrantes défigurées à l'esprit-de-soufre[1] par leur Jules me revinrent. Je hochai nerveusement la tête.

— Comment as-tu découvert où j'habite ?

J'entendis avec effroi les mots qui sortaient de ma bouche :

— Je vous ai suivi.

— Comment ça, suivi ?

— Le samedi où vous êtes venu parler avec monsieur Costefave…

Les répliques se posaient directement sur mes lèvres sans passer par la tête. Je les découvrais en même temps que je les prononçais.

— Comment sais-tu que j'ai parlé à Coste ?

— Je passais dans le couloir en regagnant ma chambre. Je vous ai entendus.

Ce que je disais me terrifiait. Étais-je folle à lier ?

— Tu as tout entendu ?

— J'ai entendu la fin, quand vous parliez de moi.

Je devais déraisonner. J'étais incapable de dire autre chose que ce qui s'imposait et venait de lui-même. Malgré son loup, je voyais l'étonnement de l'homme. Son ton et son regard sur moi avaient changé quand il poursuivit :

— Très bien… Mon petit doigt me dit que tu ne mens pas, cette fois. Pourquoi m'as-tu suivi ce soir-là ?

— Vous avez dit des choses qui m'ont fait mal.

— C'est m'entendre dire que tu es bien faite qui t'a blessée ?

1. Ancien nom de l'acide sulfurique ou vitriol.

Le ton était moqueur, cette fois. Mes répliques automatiques avaient retourné le regard que l'homme posait sur moi. Je prononçai les mots qui se posèrent sur mes lèvres avec davantage de confiance :

— Non pas. Je me suis sentie moins que rien, même pas bonne à… à faire la…

Je n'osais pas le regarder. Mes doigts tripotaient nerveusement un coin du drap.

— Ça alors ! Tu voudrais faire la putain ?

— Je la fais déjà. Pour rien. Pour Costefave. En plus de mes besognes. Alors…

— Alors ?

— Alors, je me dis qu'une fille n'est peut-être pas moins bien lotie qu'une servante aux *Clochers*. Peut-être que je mérite autre chose.

— Mais tu es nulle pour le sexe…

— J'ai bien compris, samedi. J'ai réfléchi. Je veux apprendre.

— Tiens donc !

— Je serais peut-être mieux dans votre établissement. C'est pour ça que je vous ai suivi, que j'ai volé la cartonnette et que je vous attendais l'autre soir. Pour savoir où vous trouver sans passer par monsieur Costefave, quand j'aurais appris à satisfaire les hommes.

Derrière son masque, l'homme me soupesait. Les dernières répliques qui m'étaient venues n'étaient que pur mensonge. Mais elles profitaient des accents de sincérité des premières. L'homme déstabilisé s'était départi de la colère qu'il avait en entrant dans la pièce. Les phrases que je prononçais ce soir me venaient de la même manière que celles de ce jour d'orage dans mon enfance. Elles s'imposaient, et sortaient par ma bouche sans que je la commande.

La voix de l'homme chassa ces pensées :

— Tu veux commencer à apprendre maintenant ? lança-t-il comme un défi.

Ma poitrine se serra, mais j'acquiesçai d'un battement de paupières.

— Bien, lâcha-t-il, dubitatif. Voyons… Mets-toi nue.

Je me levai, défis les boutons de ma chemise de nuit que je laissai glisser sur le plancher. Il considéra mon corps et je me vis approcher tout près de lui sans qu'il eût à le demander. Il se tenait toujours assis sur ma couche et j'étais nue, debout, si proche que je pouvais sentir son souffle sur mon ventre.

— Ça oui, tu es bien faite.

Il avait posé le pommeau d'argent sur ma cheville et le fit glisser jusqu'à l'aisselle. Je sentis le poids de mon corps se déplacer légèrement d'un pied sur l'autre. Il chercha mon regard. Impossible de savoir si cet imperceptible mouvement marquait de la gêne ou quelque invitation inavouée. Le contact du métal se fit plus précis sur mes seins. Je frissonnai.

— Hum… Il y a peut-être du mieux.

L'homme me regardait maintenant comme une candidate à la débauche, non plus comme une fâcheuse pouvant nuire à ses affaires.

— Tu me fais bander.

Il envoya sa main fouiller entre mes jambes.

— Tu veux que je te prenne ?

— Comme vous voulez, monsieur.

— Tsss, ce n'est pas une réponse, ça ! fit-il en enfonçant profondément ses doigts dans mon sexe.

— Oui, je le veux.

Mon esprit était vide. Je ne voulais rien en vérité, ni qu'il me prenne ni même qu'il s'en aille. Rien.

— Bien, tu progresses…

— Les sœurs disaient que j'apprends vite…

L'homme se leva, défit sa ceinture. J'allais m'étendre sur le lit, mais il m'arrêta du geste :

— Non, reste debout. Je vais te donner ta première leçon…

Son pantalon sur les chevilles, le sexe raide, il disposa mon corps à sa guise, les mains posées sur le lit, la croupe en arrière, disponible pour me prendre en restant derrière, comme faisait le bougnat. Mais, cette fois, je sentis parfaitement son vit s'enfoncer jusqu'au fond de moi.

Je ne garde aucun souvenir des instants qui suivirent, jusqu'au moment où je me retrouvai de nouveau face à lui alors qu'il guidait ma main vers son pieu qui tressautait déjà. Je le serrai fort et il en jaillit de longs jets tièdes qui giclèrent sur mon ventre.

Soigneusement rajusté, l'homme s'arrêta sur le seuil et me lança depuis l'entrebâillement :

— Si tu t'appliquais, tu pourrais devenir une catin de première classe…

Puis il agita le pommeau de sa canne dans ma direction dans un mouvement de menace :

— Mais ne t'avise surtout pas de revenir fouiner dans mes affaires. Je le saurais, sois en sûre. Et ça te serait fatal, cette fois. Tiens-le-toi pour dit.

Seule dans ma chambre, je sentais flotter le même sentiment qu'en découvrant le calvaire dévasté au lendemain de l'orage. J'eusse été bien incapable de jouer aussi parfaitement cette scène si je l'avais calculée. Les répliques s'étaient enchaînées toutes seules, chacune tombant à point nommé pour éloigner la perspective de sinistres représailles.

J'avais été incapable de noter le moindre mot de cet épisode dans mon carnet. Il me troublait trop. À ma grande surprise, percevant que j'avais moi-même ouvert toutes les portes pour que cet homme me prenne, je n'en concevais aucune noircissure. J'en ressentais au contraire un sentiment positif, un sentiment si nouveau que je ne savais pas le nommer. Car, si l'homme avait cru me soumettre, c'était bien moi qui avais, pour la première fois de ma vie, tiré les ficelles quoi qu'il m'en eût coûté.

Lundi 3 juillet 1871,
encore la dernière à veiller
À bord du *Flying Fish*

Une petite brise s'est levée, et l'océan s'est couvert de moutonnements d'écume. Le *Flying Fish* avance enfin après trente-six heures de surplace. Pourtant, toutes voiles dehors, nous filons tout juste dix nœuds. Après avoir tant espéré que les vents faiblissent, nous voilà à implorer qu'ils gonflent davantage nos toiles. Bon côté de ce calme, les manœuvres de voiles sont réduites car la petite brise souffle régulièrement dans le sens favorable. Victor est davantage disponible et j'ai pu lui parler de l'idée qui m'est venue quand le souvenir des discussions avec Flotte, au 9, est revenu rôder dans ma mémoire. Flotte-le-Cuisinier qui nous avait raconté comment il avait monté en Californie un petit restaurant qu'il avait rapidement dû agrandir devant son succès. Il nous disait qu'il y a un travail fou pour nourrir tous ces hommes qui s'activent à longueur de journée à construire des maisons, à conduire des troupeaux, à créer des chemins de fer, des routes, des magasins, des ports et des ponts, des villes entières. Cuisinière moi-même, je me pris à penser que suivre son exemple ne serait pas inepte.

D'un autre côté, je voyais bien que le projet des paysans de faire convoi ensemble vers l'Ouest commençait à prendre forme. J'ai pu suivre une discussion au cours de laquelle le charron affirma pouvoir construire un chariot par semaine sur le modèle traditionnel des Amériques dont ses cousins lui avaient envoyé un dessin : une charrette à quatre roues, avec trois arceaux de métal soutenant une bâche de lin écru. J'avais déjà vu des ribambelles de ces attelages traversant des plaines infinies sur les gravures de Flotte.

Quand j'entendis le charron estimer devoir vendre ses chariots autour de cent dollars pièce, les idées se bousculèrent dans ma tête. En investissant une partie de notre salaire dans l'achat du matériel nécessaire, il nous serait possible de commencer notre commerce de repas en rations dans les rues de La Nouvelle-Orléans. Avec le bénéfice ajouté à ce qui resterait de nos appointements, nous pourrions assez vite envisager de faire construire notre propre chariot et d'acheter deux mules pour nous joindre à un convoi en partance. Victor-la-bougeotte fut emballé par la perspective de ce long voyage dans des terres sauvages.

Il serait bien téméraire d'écrire que nous avons maintenant un projet, mais ce n'est déjà plus le néant, et nous avons du grain à moudre.

[1]

1. Ici encore, l'arabesque est remplacée par un dessin soigné. De moins bonne facture que le précédent, il représente un convoi de chariots bâchés dans une plaine parsemée de cactus candélabres.

Le bougnat arborait la mine des bons jours quand il parut dans la taverne. Avant même de réclamer la tranche de jambon et la chopine de son déjeuner, il lança :

— Hé… Milord avait l'air bien content en repartant, hier soir…

Peu importait le grasseyement de la réplique, il avait lâché le nom de l'homme. Je compris immédiatement que c'était un nom d'emprunt, bien certaine de ne pas l'avoir vu passer en recopiant la liste de la cartonnette. Mais un pseudonyme était un premier pas.

— Ça m'étonnait de toi, cette histoire d'espionnage. Je suis content qu'il se soit sorti cette idée de la tête… Ça n'arrangeait pas mes affaires.

Le bougnat me considéra de son air salace :

— Je me demande ce que tu as bien pu lui faire pour qu'il change si vite d'avis…

Je haussai simplement les épaules. Il goba en riant tout le gras du jambon qu'il gardait pour la fin, puis il déquilla sa chopine et étala *Le Temps* sur la table.

Des douze heures passées, j'avais à ruminer. Mes pauvres manigances n'étaient pas éventées. J'en avais payé le prix. Pour autant, les doutes du proxénète n'étaient sans doute qu'endormis. Je décidai de ne prendre aucun risque avant que les soupçons s'estompent. Pendant ce temps, je pourrais continuer à voir Honorine et à dévorer les volumes qu'elle me prêtait. Dans quelques semaines, je décevrais Milord de ne pas avoir su « progresser », et je redeviendrais la petite servante sans intérêt qu'il tenait en si piètre estime. Et c'en serait fini.

Tout au moins, c'est ce que je croyais à ce moment-là.

Mercredi 5 juillet 1871
À bord du *Flying Fish*,
mer belle, bonne brise

— Mais oui ! Cette idée de vendre des encas dans la rue est excellente. Tu te feras vite une clientèle.

Mister Cros m'expliquait que, dès qu'on s'éloigne vers l'Ouest, les villes sont pleines d'hommes qui n'ont pas vraiment de chez-eux ; des travailleurs itinérants, charpentiers, charrons, ouvriers agricoles qui se louent à la journée ici ou là, des garçons vachers sans feu ni lieu qu'on appelle cow-boys, des cochers de diligence, des mauvais garçons et des employés de chemin de fer toujours sur la route… Il faut bien les nourrir, tous ceux-là.

J'ai du mal à imaginer un pays où tant de gens sont sans cesse en vadrouille, où tant d'habitants n'habitent pas vraiment mais changent de lit chaque soir, mangent au petit bonheur quand l'occasion se présente. Nul doute que, dans pareilles contrées, Victor sera tout à son aise.

Voici comment, avec la bonne brise bien établie qui gonfle depuis hier le moral aussi bien que les voiles, nous filons vers ce qui ressemble de plus en plus à une terre promise où nous accosterons bientôt si les conditions demeurent favorables.

Milord.

Le bougnat avait lâché le nom. Si cela ne faisait pas avancer la question de l'identité du bourgeois, je savais comment se faisait appeler le proxénète. Ayant vu l'immeuble où il résidait, le raffinement de ses vêtements, de ses accessoires, et surtout – ce qui en disait le plus long – sa façon de s'exprimer, je ne doutais pas qu'il possédât, à côté de ses activités nocturnes, quelque affaire honorable et lucrative. Il n'était pas de ces truands enrichis qui venaient parfois flamber aux *Clochers* avec leur luxe clinquant et leur parler de racaille. Le sobriquet protégeait l'identité du bourgeois lorsque l'homme d'affaires s'encanaillait.

Mises bout à bout, les informations récoltées commençaient à brosser un portrait du bonhomme. Un portait bien flou dans les détails, peut-être, mais très parlant dans leur ensemble. Comme cette foule rassemblée sur les gradins du *Combat de taureau* qu'un ami du patron avait accroché aux cimaises de la librairie. J'avais été bien intriguée de voir comment toutes ces touches de couleur, qui ne représentent par elles-mêmes qu'un barbouillis lorsqu'on les regarde de près, rendent si justement l'impression saisissante[1] de

1. « Impression saisissante »… Francine ne croit pas si bien dire. Le mot « impressionnisme » apparaîtra trois ans après qu'elle a écrit ces

l'agitation d'un grand groupe humain pris de fièvre dès qu'on s'en éloigne.

Les semaines suivantes, je passais l'essentiel de mes jeudis après-midi à *La Joie de lire*, à discuter et à boire des tisanes avec Honorine et ses amies dans le petit salon qui occupait un recoin de la librairie. C'est lors de ces rencontres que je découvris vraiment les idées d'émancipation féminine. Anarchiste convaincu, le patron de *La Joie de lire* éditait de petits fascicules de promotion des théories sociales. L'exemplaire qu'il me donna fut le premier livre réellement mien. C'était une nouvelle édition d'un opuscule de Jeanne-Désirée Véret Gay et Marie-Reine Guindorf intitulé *La Femme libre*[1] et portant le mystérieux sous-titre *Apostolat des femmes*.

J'y découvrais des phrases qui resteront gravées à jamais dans ma mémoire : « La femme, jusqu'à présent, a été exploitée, tyrannisée. Cette tyrannie, cette exploitation, doivent cesser. Nous naissons libres comme l'homme, et la moitié du genre humain ne peut être, sans injustice, asservie à l'autre. »

Remettre en question à ce point l'ordre des choses me semblait déraisonnable. Toute mon expérience n'avait cessé de me montrer qu'il n'y avait pas d'autre alternative que de demeurer, tout au long de sa vie de femme, tyrannisée et exploitée par un homme. Quand mon esprit

---

lignes, sous la plume de Louis Leroy (*Charivari* du 25 avril 1874), avec une intention dépréciative. Le terme fut immédiatement repris par Jules-Antoine Castagnary (*Le Siècle* du 29 avril), chargé cette fois d'intentions positives. Détail croustillant, cet « artiste ami du patron » dont Francine a visiblement oublié le nom et qui a peint le *Combat de taureaux* vers 1867 n'est autre qu'Édouard Manet.

1. *La Femme libre*, fascicule paru en 1832. Présenté comme le premier numéro d'une revue, il ne connut qu'une diffusion confidentielle et restera finalement sans suite. Entièrement écrit et édité par des femmes, c'est sans doute la première publication collective à promouvoir des idées réellement féministes, bien avant que ce mot existe.

chamboulé, ébloui par ces lumières, commençait à s'y perdre, je quittais la librairie pour aller pendre l'air. C'est à ces occasions que je découvris, dans un bonheur entier, le sens du verbe « se promener ». Jusque-là, je ne m'étais jamais déplacée autrement que dans un but précis, pour une mission dictée par un homme – Costefave, le forgeron ou Dieu lui-même, cette espèce d'homme majuscule, énigmatique père inflexible qui logeait dans les cieux et m'imposait sa volonté par la bouche des nonnes, comme le forgeron le faisait par celle de ma mère.

Ce fut au cours d'une de ces promenades que je découvris que j'étais suivie. Au début, je crus me faire des idées. Cet homme que je remarquai pour la seconde fois, était-ce bien le même ? L'autre portait une gabardine semblable, mais il était coiffé d'une casquette de laine, la première fois. Je restais attentive sans le laisser paraître.

Lors de mes sorties nocturnes, j'avais appris les astuces de la filature. Changer les petits riens qui brossent une silhouette, se tenir voûtée ou bien droite, ôter ou remettre un fichu… ou une casquette. Dans le manège de l'homme, je reconnus plusieurs artifices que j'employais moi-même pour demeurer discrète.

Pourtant, un quart d'heure plus tard, peut-être, je ne parvins plus à repérer sa silhouette. L'homme avait disparu. J'étais certaine qu'il ne me suivait plus. Mais, une demi-heure plus tard encore, j'aperçus à nouveau son reflet dans la vitrine d'un grand magasin. Or, je me trouvais à ce moment-là dans un tout autre quartier où le hasard seul avait guidé mes pas et où, quelques minutes auparavant, j'ignorais moi-même que j'allais passer. Comment avait-il pu retrouver ma trace ?

Ce mystère me turlupinait jusqu'au jeudi d'après, où je compris ce prodige : c'étaient deux hommes qui me suivaient. Quand le premier me filait, le second restait plus loin, le suivant à distance, invisible à mes yeux.

Puis les deux comparses inversaient les rôles et c'est le premier qui devenait second, que je ne voyais plus.

Deux hommes sur ma piste ! Belle débauche de moyens pour une petite servante. À partir de là, je compris deux choses. D'abord, le proxénète n'avait gobé qu'à demi mon manège, puisqu'il n'y avait évidemment que lui pour me faire surveiller de la sorte. Ensuite, il craignait assez ce que je pourrais découvrir en fouinant dans ses affaires pour engager deux sbires afin de s'assurer que je n'avais pas l'intention de le faire. Investissant tant d'argent dans ma surveillance, Milord apportait encore quelques touches au portrait que je commençais à m'en faire. C'était un gros poisson, et il avait quelque chose à craindre.

Samedi 8 juillet 1871
À bord du *Flying Fish*

Réveillé en sursaut au milieu de la nuit par mon tambourinement, Mister Cros bougonna quelque chose qui ressemblait bien à des insultes. Je répondis dans notre patois à travers la porte :

— *Soui iou, Francino*[1]...

— *Boundiu, as bist l'ouro que sen ?*

— *Sabi bé, ma aquouo's gràbé, Mister Cros !*

Mal fagoté dans ses vêtements enfilés à la hâte, il m'ouvrit en clignant des yeux à la lumière de ma lanterne. Je lui expliquai, toujours dans notre patois, qu'il était vital d'amener les voiles. Il me regardait, abasourdi, les yeux ronds sur son visage ensommeillé.

— Les vents ont forci ?

— Pas encore... Mais il faut faire vite.

Cette pensée m'avait traversée quelques minutes avant : il y avait urgence à mettre le navire en sécurité, à affaler toute voile, à faire entrer tout le monde dans

1. « — C'est moi, Francine...
— Bon Dieu, t'as vu l'heure qu'il est ?
— Je sais bien, mais c'est grave. »

le ventre du navire, y compris la vigie, et verrouiller les écoutilles.

Mister Cros voulut monter sur le pont pour estimer la situation. Nous y trouvâmes les mêmes conditions idéales que nous avions laissées la veille au soir. J'étais fiévreuse, incapable d'argumenter sur les raisons à renoncer à profiter de cette bonne brise qui nous portait si bien. Victor improvisa, commença à raconter l'épisode de la barricade de la rue du Poteau. Le second, comprenant que nous avions été communards, tiqua franchement en penchant la tête. Nul doute qu'il aurait été du côté du manche et des culs bénis, lui qui portait un crucifix émergeant d'une gloire de lumière tatoué sur l'avant-bras. Son air circonspect n'arrêta pas Victor qui débita son récit. Alors que l'assaut des Versaillais commençait à refluer sous nos coups de canon et que nous redoublions d'ardeur pour les recharger plus vite, j'avais demandé aux artilleurs de retourner les affûts pour qu'ils pointent vers l'autre côté de la rue. Cela semblait pur délire, alors que nous étions en train de repousser les ennemis qui se repliaient, leur assaut prenant des airs de déroute. Seule ma position bien en vue dans la Commune fit qu'on ne me jetât pas aussitôt aux fers comme traîtresse. Comme personne ne bougeait, je me jetai sur la roue d'un affût et commençai à la pousser pour faire tourner le canon. Victor vint peser sur l'autre roue pour aider à la manœuvre, et la bouche à feu pointa vite en direction contraire. Je demandai aux artilleurs de recharger l'engin de mitraille et non pas d'un boulet, et de se tenir prêts à faire feu vers l'arrière. La demande semblait absurde, mais j'étais persuasive, et mes camarades ébranlés. Ils rechargèrent. Bien vite, tous nos canons se retrouvèrent dos à l'assaut qui nous menaçait quelques minutes plus tôt et face aux quartiers que nous tenions encore. Sur la barricade, chacun semblait abasourdi de nous voir dans une configuration aussi invraisemblable, les canons pointés sur nos propres positions. Mais, la seconde suivante, un vacarme effroyable s'éleva de la rue Letort et une charge de cavalerie versaillaise en jaillit, fondant sur nous sabres au clair, suivie de deux bataillons de fantassins se précipitant les armes à la main. Le commandement versaillais avait ordonné un repli pour contourner la barricade par la rue Championnet et nous prendre à revers… Des panaches de fumée fleurissaient déjà aux mousquets des assaillants et leurs balles sifflaient sur les pavés de la barricade. Les artilleurs firent feu. La première salve de mitraille décima la vague de dragons. Immédiatement, la rue fut jonchée de chevaux morts ou agonisants et leurs cavaliers de même. Une seconde salve arrêta aussi net l'élan des fantassins qui se débandèrent.

Si les canons n'avaient pas pointé dans la bonne direction, prêts à faire feu sur-le-champ, nous aurions tous péri car nous n'étions qu'une poignée à défendre la barricade.

— C'est un don de Dieu, Mister Cros, lança Victor. Elle voit les choses. Il faut la croire. Un grand péril guette le navire !

Debout dans les ténèbres du pont désert, Mister Cros restait dubitatif.

— Elle est touchée par la grâce, c'est Marie qui lui parle. Il faut la croire, elle était au couvent quand les voix lui ont parlé pour la première fois. Des voix, comme Bernadette Soubirous[1] !

Le second me regarda longuement, fouillant mes yeux. J'étais atterrée par les sornettes que Victor venait de débiter concernant Dieu, la Vierge et le saint-frusquin, mais je parvins à murmurer :

1. Les apparitions de la Vierge à Bernadette Soubirous, à Lourdes, défrayaient la chronique dans le monde entier depuis les années 1850, et elle devint une icône planétaire bien avant d'être canonisée.

— Il faut faire vite… ramener la toile, verrouiller les écoutilles, ou le navire pourrait périr…

Ce chuchotement eut plus d'effet que de grands cris. Cros capitula, fit un signe de croix en regardant le ciel, puis cria à la vigie :

— Serre les drisses, vigie, on amène tout. Tout le monde sur le pont dans une minute !

Lorsque le capitaine effaré arriva sur le pont, les voiles étaient déjà serrées sur leurs vergues. En haut du grand mât, la vigie assurerait la dernière dans le jour qui se levait.

— Mais, qu'est-ce qui vous a pris ? lança-t-il. Vous devenez fou, Mister Cros !

Le second soutint son regard :

— Peut-être… Mais peut-être pas, lui répondit-il en laissant glisser son regard sur moi. Nous le saurons bientôt. Au pire, nous perdrons quelques heures…

À ce moment, la vigie qui avait amené la dernière voile sur sa vergue en haut du grand mât, s'écria :

— Quelque chose, droit devant !

Les regards bondirent sur lui et on le vit sortir la longue-vue de son étui de cuir :

— Trombe ! Droit devant ! Trombe marine à l'horizon !

Il dégringola du nid-de-pie par les échelles de corde et retrouva le pont plongé dans une grande agitation.

— Une trombe, tu es certain ?

— Non, mon capitaine, je ne suis pas certain, c'était encore loin. Mais c'est grand, trop gros pour une trombe… C'est peut-être une tornade. Elle fonce droit sur nous.

Il désigna la direction de proue, et tous les regards se tournèrent dans cet axe.

Déjà, la colonne d'eau devenait visible à l'œil nu, masse blanche verticale dans le lointain du jour qui commençait à poindre. Elle grandissait à chaque seconde, se rapprochait aussi vite qu'un boulet de canon.

L'équipage se précipita vers les écoutilles et tous nous y engouffrions alors que le gigantesque entonnoir fondait sur nous et que des vents de plus en plus violents balayaient le pont.

En une minute, nous fûmes réfugiés dans le ventre du navire. Le dernier matelot eut toutes les peines du monde à refermer le volet d'écoutille sur lequel les vents poussaient trop fort. Trois hommes durent s'y mettre ensemble pour parvenir à le rabattre.

Un grand vacarme faisait passer le fracas de la dernière tempête pour un ronronnement. Les rugissements s'amplifièrent encore pendant quelques minutes, entrecoupés de mystérieux coups sourds qui ébranlaient le pont au-dessus de nos têtes. Des craquements montaient de toutes les pièces de bois que les branles du navire malmenaient lorsqu'il plongeait dans les creux de mer profonds comme des abîmes. Après ce paroxysme, la tornade s'éloigna aussi vite qu'elle avait fondu sur nous, et le navire retrouva rapidement son roulis ordinaire.

Loin derrière la poupe, la colonne ondulante de la tornade s'éloignait. Nous nous trouvions hébétés sur le pont constellé de poissons de toutes espèces gigotant sur les planches, jusqu'à des thons d'un quintal arrachés à l'océan, aspirés dans les airs et qui étaient retombés ici. C'était cela, les coups sourds qui frappaient sur le pont.

Les vents avaient retrouvé le régime de bonne brise qu'ils avaient une demi-heure avant, mais tous les matelots savaient bien que, si nous n'avions pas commencé la manœuvre avant que la tornade soit en vue, toutes les voiles auraient été arrachées avec leurs vergues et les drisses. À moins que le *Flying Fish* ne se fût tout bonnement abîmé en mer, la coque fendue en deux par la chute d'un mât.

Les jeudis suivants, je fus pistée dès que je sortais des *Clochers*. Deux paires d'hommes se relayaient, une semaine l'une, une semaine l'autre. Costefave, considérant que j'étais assez remise de mes blessures, m'envoyait de nouveau des clients. Désormais attentive quand ils venaient, je sus que l'un d'eux n'était pas un habitué des *Clochers*. Faisait-il partie des « deux ou trois » qui avaient apprécié leur visite ? Ou s'agissait-il d'un envoyé de Milord ? Je me sentais épiée à tout moment.

Une nuit, alors que je confiais quelques lignes à mon second carnet, je fus prise de panique à l'idée qu'il contenait les notes de mes recherches. Une terreur hors de mesure s'empara de moi à l'idée qu'un sbire de Milord pût mettre la main dessus. La cache ménagée dans l'ourlet de mon jupon me semblait soudain enfantine. Dès le lendemain matin, je déplaçai la pile de vieux journaux dans la cave, retirai le pavé descellé et sortis le premier carnet de sa cache. Je grattai un peu plus de sable dans le trou, de manière à ce que le pavé affleure le niveau des autres une fois le second carnet en place. Puis je reconstituai à la hâte la pile de vieux journaux qui masquait la cachette.

Lors de ces jours de liberté, je passais beaucoup de temps à *La Joie de lire*. Les idées de mes nouvelles amies sur le sort des femmes faisaient leur chemin et je commençais à leur trouver de la pertinence. Ma condition m'en semblait chaque semaine davantage pitoyable et il me devenait de plus en plus difficile de supporter mon quotidien aux *Clochers*, jusqu'à ce qu'un imprévu de taille vienne y mettre fin de manière définitive.

Lundi 10 juillet 1871
À bord du *Flying Fish*, à ma place habituelle, sur le gaillard d'avant

En traversant les Antilles, nous avons vu des oiseaux pour la première fois depuis Madère. Nous naviguons maintenant dans le golfe du Mexique, et le terminus est proche. Ce matin, lors de sa visite quotidienne à la cambuse, Mister Cros avait la mine joviale.

— Tiens, c'est pour toi.

Il me tendait la carte des États-Unis que j'avais si souvent regardée dans sa cabine.

— Elle te plaît. Garde-la, et pense au vieux Cros de temps en temps, quand tu t'en serviras.

Et en suivant, le voilà qui m'annonce que le capitaine s'était laissé convaincre que, au vu des services rendus puisque mon alerte avait épargné de sérieuses avaries lors de la tornade, nos appointements nous seraient versés au tarif ordinaire, et non pas divisés par deux comme initialement prévu.

Aussitôt les chiffres ont défilé dans ma tête : il devient envisageable de faire construire notre chariot dès notre arrivée à La Nouvelle-Orléans. Nous pourrons l'acheter avec le nécessaire à notre projet ou peu s'en faut, sans avoir à traîner dans les rues pendant des semaines, à dormir Dieu sait où pour économiser. Ensuite, le chariot nous servira de maison, et nous serons partout chez nous. Avec Victor, nous sommes maintenant sur des charbons ardents, impatients de faire route ensemble vers ces contrées majestueuses entrevues sur les gravures ; vers ces contrées, et vers ces gens aux regards si profonds, aux postures si nobles, vivant à demi-nus dans des maisons de cuir.

Milord m'attendait dans ma chambre, assis au bord de ma couche. Le bougnat se tenait debout près de lui, raide comme un enfant fautif.

— Tu ferais une bonne comédienne…

Le proxénète agitait doucement sa canne sous mon nez alors que je fixais le plancher.

— Comme ça, tu avais en tête de me nuire… Tu as la cervelle empoisonnée par les sornettes des mégères de l'Union des femmes que tu vois si souvent.

Je gardai le silence et mes yeux sur le sol.

— Regarde-moi quand je te parle !

Je n'obéis pas. Il posa quelque chose sur la table de nuit. Je levai les yeux. C'étaient mes carnets. La pièce vacilla.

— J'ai des gens plus malins que toi à mon service.

En reconstituant la pile de journaux qui cachait le pavé descellé, j'en avais changé l'ordre, et celui qui s'était trouvé dessus était exempt de poussière… Costefave écoutait sans rien dire, atterré.

— Tu te prenais pour monsieur Vidocq, peut-être ? reprit Milord. Tu pensais mener une enquête… Mais tu n'es bonne à rien !

Ma tête valdingua sous la gifle qui ponctua la réplique. Croyant au début d'une correction, le bougnat défit sa ceinture et commença à me cingler le corps. Terrorisée, je ne sentais même pas les coups. Le souteneur l'arrêta d'un geste.

— Laissez, Coste... C'est moi qui vais m'occuper d'elle maintenant. J'en fais une affaire personnelle. Sa place est dans l'établissement où on mate les têtes dures, à côté des casernes. Je m'occuperai personnellement de son cas.

La pièce tournait, mes jambes avaient du mal à me porter.

— Tu entends, traînée ? Je vais faire de toi une fille à soldats, tu n'es bonne qu'à ça. Ils vont te remplir de foutre jusqu'à ce que tu m'implores de te sortir de là, parce que toute autre alternative te semblera préférable... y compris l'enfer !

Il alla ouvrir la fenêtre, fit un signe.

— Voilà... Mes gens arrivent, allons à leur rencontre. Nous partons sur-le-champ pour le quartier des casernes. Suivez-moi, Coste, et veillez bien à ce qu'elle ne s'échappe pas.

Le bougnat, me tenant fermement le poignet qu'il avait fait passer dans mon dos en me tordant le bras, allait derrière moi et me poussait pour que je colle de près à Milord qui allait devant nous. Dans l'escalier, je m'engageai à la suite du proxénète, le bougnat sur mes talons. Quand Costefave posa le pied sur la première marche, je me retournai vivement vers lui en déroulant mon bras. M'agrippant au col de son veston de ma main libre, je me jetai en arrière dans le vide, l'entraînant dans ma chute. Nous avons percuté ensemble le dos de Milord qui fut emporté dans notre élan et nous dégringolâmes tous trois la volée de marches, pour de vrai cette fois. Protégée par les corps des deux hommes, je ne souffris pas de la chute. Milord restait inerte sur le sol, mais le bougnat se relevait déjà. Je fis un pas en arrière et lui décochai de toutes mes forces un coup du talon de ma galoche au milieu de la jambe. On entendit un claquement, et son genou se plia en sens inverse alors qu'il s'affaissait en hurlant.

Je ne savais plus ce que j'étais en train de faire, mon corps agissait de lui-même. Je me penchai sur le bougnat qui se tordait de douleur. Au risque qu'il pût me saisir, je glissai deux doigts dans la poche gousset de son gilet et saisis la clé de sa chambre. Milord gisait toujours sur le plancher, la main encore crispée sur mes carnets qu'il n'avait pas lâchés. Je m'en emparai et bondis dans l'escalier.

Parvenue au palier du premier, j'entendis le vacarme des hommes de Milord qui se précipitaient dans l'escalier.

Jeudi 13 juillet 1871
Dernière nuit à bord du *Flying Fish*, à quai

Je servais aujourd'hui le dernier repas de la traversée aux passagers. Au mouillage près de l'entrée du port, nous attendons le signal du pavillon qui nous autorisera à doubler la digue du brise-lames. Dans le brouhaha que provoque invariablement mon arrivée sur le pont lorsque j'amène le chaudron du repas, Dieu sait comment mon oreille a été pêcher ce nom noyé dans les jacasseries du groupe des filles.

— Tu as dit *Milord* ? demandai-je sans trop savoir qui l'avait prononcé.

— Oui… Milord, hésita-t-elle, circonspecte comme si elle répondait à une accusation. Tu le connais ?

— Un peu, oui…

Les filles commençaient à picorer ma rissolée de pois chiches au lard en m'écoutant leur expliquer comment j'avais eu affaire à ce triste sire. Cela suffit pour emballer la conversation : trois d'entre elles avaient débuté leur carrière dans un claque du proxénète. Elles commencèrent à vider leur sac avec leurs accents venus de différentes provinces. Je savais déjà l'essentiel de ce que j'entendais pour l'avoir rapporté dans mon article, mais je restais attentive. Maintenant que les vannes de la rancœur étaient ouvertes, c'était une surenchère de griefs qui éclairaient parfois des points restés obscurs lors de mes recherches. Les prostituées rencontrées alors craignaient toutes de payer cher leurs confidences. Mais aujourd'hui, au milieu de l'océan, s'éloignant chaque jour davantage de Paris et des risques de représailles, ces femmes devenues des amies me parlaient librement. Il me semblait entendre ma propre histoire, dont les détails se déclinaient de différentes manières. Nous avions tant en commun… mais la rencontre de mes amies libertaires m'avait sauvée de leur destin.

Mon esprit s'évada un instant. Je remontais la ligne de chance qui m'avait préservée du pire dans ma mer d'avanies. Elle avait suivi un chemin si improbable et remontant si loin qu'elle me colla le vertige. Sans les piles de journaux entassés dans les caves des *Clochers de l'Aubrac*, les feuilletons me seraient demeurés à jamais inconnus… Sans le couvent où j'avais appris à lire, les piles de vieux journaux seraient restées seulement un combustible pratique pour rallumer les poêles et j'aurais ignoré les trésors littéraires qu'ils recelaient… Et sans ma découverte des feuilletons qui me fit m'arrêter devant *La Joie de lire*, je n'aurais jamais rencontré les idées d'émancipation et les amitiés qui furent ma planche de salut. Les feuilletons… je leur dois tellement davantage que le plaisir qu'ils m'apportaient.

Partie dans ces songes, j'entendais sans vraiment écouter les filles qui parlaient entre elles, renchérissant sur les détails de leurs vies de putain. Mais, quand elles vinrent à évoquer le sort de celles qui se rebiffaient, je dressai l'oreille. Dans les claques de Milord, il était bien rare qu'une fille devînt trop vindicative, ou se refusât à ce qu'on attendait d'elle. Quand cela se produisait et qu'une d'entre elles se rebellait, c'était simple : elle disparaissait du jour au lendemain. Je signalai que j'avais eu vent de ces disparitions, mais qu'elles étaient restées bien obscures. Qu'y avait-il vraiment derrière ce « disparaître » ? Elles répondirent d'une même voix : aucune ne le savait. On enfermait l'indésirable dans une chambre sans fenêtre, et on ne la voyait plus jamais dans l'établissement. C'était tout. Tout au plus, celles qui ne dormaient pas encore aux heures blêmes du matin entendaient-elles qu'on l'emmenait dans une voiture. Le directeur et la mère maquerelle se débrouillaient pour ne rien révéler de tangible sur le devenir de ces filles, tout en laissant planer de lourds sous-entendus sur le sort misérable qui leur était réservé. Leur exemple était une arme dans le règne de la peur et de la soumission qui régissait le fonctionnement de la boutique.

Je savais que ces filles dont j'étais devenue proche se livraient avec une sincérité parfaite et qu'elles avaient à cœur de m'aider. Nous discutâmes longuement, elles me livrant leurs souvenirs, moi détaillant plusieurs points de mon article pour qu'elles trouvent dans leur mémoire des petites choses utiles pour combler ce qui me manquait.

— Vous en avez connu, vous, de ces filles disparues ?

Ah oui, elles en connaissaient plusieurs. Avant de ramener le chaudron à la cambuse, je notai tout ce qu'elles pouvaient m'apprendre sur ces six filles et je refermai mon cahier, songeuse.

Les hommes de Milord gravissaient les marches du premier, quatre à quatre. J'ouvris fébrilement la porte de la chambre du bougnat. Au moment où je tirais le battant derrière moi, les deux hommes surgirent sur le palier. Comprenant que quelque chose clochait, les deux hommes hésitèrent un instant, puis on entendit les cris de leur maître ayant recouvré ses esprits qui se mêlaient aux plaintes du bougnat. Les deux hommes se ruèrent dans la seconde volée de marches pour rejoindre leur maître.

Le dos contre la porte verrouillée, je savais que j'allais quitter les *Clochers* à jamais. En tout cas, je devais essayer. J'aurais besoin d'argent pour survivre et je savais que le bougnat planquait son magot dans cette chambre où il m'était interdit de faire le ménage. Lui seul en franchissait le seuil. Je vidai l'armoire sans trouver le moindre billet. Mais les draps dégagés révélèrent un coffret de chêne renforcé de ferrures. Je le jetai sur les ciments du sol, saisis une chaise et m'en servis à deux mains pour défoncer le coffre. Là-haut, Milord éructait, houspillant ses hommes de ne pas m'avoir prise en chasse. Aussitôt, leurs pas dévalèrent l'escalier alors que Costefave hurlait lui aussi qu'il fallait me sortir de sa chambre.

Le coffret creva enfin sous mes coups, libérant une grande boîte à biscuits en fer-blanc décorée d'un chromo de chasse aux faisans. J'y puisai deux poignées de billets de banque dont je bourrai ma poche par-dessus mes carnets. Je parvenais à la fenêtre lorsque les deux hommes commencèrent à défoncer la porte. Par bonheur, le bougnat l'avait prévue robuste.

La charrette à bras du commis aux livraisons chargée de sacs d'anthracite était rangée sur le trottoir. Au moment où la porte cédait, je sautai en visant les sacs pour qu'ils amortissent ma réception. Ma chute fracassa la charrette, éparpilla son chargement et je roulai-boulai sur la chaussée. Là-haut, à la fenêtre, les hommes hésitaient. Il ne restait rien pour adoucir leur saut dans le vide.

J'avisai un cabriolet sans cocher garé devant l'entrée de service, entouré d'une bande de titis admiratifs de la belle voiture. Le nom de Milord revenait sans cesse sur leurs lèvres. Un des nervis se suspendit à la rambarde de la fenêtre, se laissant pendre de tout son long contre la façade pour diminuer la hauteur de sa chute. La seconde d'après, il se relevait souplement. Je sus que je n'aurais pas ma chance à la course. Je sautai sur la voiture et fis claquer le fouet. Le cheval s'élança si brusquement que le frein sauta de lui-même. La voiture bondit en avant et l'homme qui se relevait dut faire un saut de côté pour ne pas périr écrasé.

Des coups de feu claquèrent derrière moi, les balles sifflèrent à mes oreilles. Je ne savais pas calmer le cheval qui filait à toute allure, effrayé par les détonations. Dans le chambardement de mon esprit, mon regard tombant sur la plaque de cuivre vissée au siège du cocher, je compris que ces « Milord » qui couraient sur les lèvres des gosses, c'était le nom du modèle de ce cabriolet[1]. Le proxénète avait adopté le nom de sa voiture en pseudonyme.

1. Le cabriolet Milord était un modèle de voiture de luxe décapotable (produit par la manufacture Belvalette Frères à Boulogne-sur-Mer entre autres).

Ce richard avait mis tant de moyens pour enquêter sur mon compte qu'il était facile d'imaginer ceux qu'il pourrait déployer pour me retrouver, maintenant qu'il savait que j'enquêtais sur ses affaires et que j'étais dans la nature. Ses hommes ayant noté mes liens avec *La Joie de lire*, la librairie serait vite placée sous bonne garde, mes amies peut-être inquiétées.

Mon cheval fonçait sans le moindre contrôle, les piétons s'égaillaient à mon passage. Après quelques minutes de ce train, j'étais déjà fort loin. Tirant de toutes mes forces sur le frein en criant « ooh ! ooh ! » comme je l'avais souvent entendu faire, je parvins à arrêter la voiture. La plantant au milieu de la rue, je sautai dans un omnibus pour m'éloigner encore. Je n'en descendis qu'un arrêt avant le terminus.

Du côté de la porte des Poissonniers, je repérai la boutique d'un tailleur dont la vitrine annonçait en belles lettres peintes : « Vêtements d'hommes et de femmes déjà cousus et prêts à porter, comme dans les Grands Magasins. » Plus bas, une ardoise écrite à la main indiquait : « Ici, avec retouche à la minute sans supplément ! » J'y choisis une robe élégante qui tombait parfaitement sans besoin d'y toucher. Je complétai ma nouvelle tenue d'un chapeau de crêpe et d'une paire de bottines de ville au coloris assorti. Dans le miroir en pied que le tailleur me présentait comme à une grande dame, j'aurais juré voir une autre personne avec cette nouvelle silhouette et ma chevelure brune qu'il avait libérée, laissant dépasser quelques boucles pour donner un côté distingué.

Au sortir de la boutique, je ne pus m'empêcher de regarder souvent mon reflet dans les vitrines alors que je marchais d'un pas qui n'était plus le même vers l'échoppe de garçons de courses que le tailleur m'avait indiquée. J'y rédigeai un billet pour Honorine, la priant de me rejoindre au *Café des bonnes affaires* dans la rue des Poissonniers à l'heure de sa coupure, pour lui parler « d'événements d'importance pour moi-même et pour la librairie ». Je ne négligeai pas de lui demander de prendre garde à ne pas être suivie, et je fis sceller le billet à la cire en payant le « supplément de 20 sous pour remise en main propre garantie ».

En attendant Honorine, j'eus le temps de marcher dans le quartier pour remettre un peu d'ordre dans mes idées. Je m'habituais aux talons de mes bottines qui me faisaient paraître plus grande et j'étais surprise chaque fois que mon regard accrochait ma nouvelle silhouette dans une vitrine. Plus jamais je ne reviendrais aux *Clochers*. Milord et sa bande sur les dents, il me serait impossible de poursuivre mon enquête avant longtemps. Mais Milord lui-même m'avait une fois encore dévoilé des indications précieuses. D'abord par la démesure des moyens mis en œuvre et par leur radicalité : ses hommes n'avaient pas hésité à me tirer dessus. On ne tue pas des gens pour des broutilles, fussent des boniches. Puis, parlant de l'établissement « disciplinaire » du quartier des casernes où ils mataient les récalcitrantes, il avait étayé l'idée qu'une partie au moins des filles se prostituaient sous la contrainte.

Lorsque Honorine entra dans le café, je fus fort aise de constater qu'elle ne me reconnaissait pas. Son regard qui me cherchait dans la vaste salle passa sur moi à plusieurs reprises sans qu'elle cille. Quand je lui fis signe pour me signaler, elle écarquilla les yeux et resta un instant interdite.

Je lui expliquai rapidement les raisons de ma métamorphose et de ce mystérieux rendez-vous dans un quartier excentré. Lui livrant seulement le nécessaire, je ne m'étendis pas sur les aspects sordides de l'histoire. Mais je lui racontai comment je m'étais enfuie des *Clochers* d'une façon qui n'aurait pas juré dans un feuilleton de

Rocambole, poursuivie par les sbires des proxénètes d'un réseau de prostitution forcée. Honorine comprit que je connaissais bien la question. Elle saisit aussi immédiatement que ces hommes n'ayant pas hésité à me tirer dessus, ils le referaient à coup sûr s'ils me retrouvaient.

Si elle n'en connaissait pas le menu, Honorine voyait bien quel avait été mon lot aux *Clochers*. Elle n'en concevait manifestement aucune mésestime. Les poils de mes bras se dressèrent quand je l'entendis dire :

— Tu aurais dû m'en parler plus tôt. Tu vas voir comme on est fortes, ensemble.

III

GO WEST

Jeudi 20 juillet 1871, début d'après-midi
La Nouvelle-Orléans, square sans nom
près de l'hôtel *Lucky Night & Day*

Une semaine que je n'ai pas ouvert ce cahier. Tant de choses à faire. Depuis notre débarquement, nous aidons le charron à construire notre chariot dans l'atelier improvisé à l'arrière de l'hôtel des cousins. Aussi, le chantier avance plus rapidement qu'il ne l'escomptait. À côté de cela, j'ai déjà pu acheter l'essentiel du petit matériel nécessaire au voyage vers la Californie et à la confection des repas que nous comptons vendre pendant le voyage. Les ingrédients disponibles dans les *grocery stores* sont différents de ceux qu'on trouve à Paris, mais je m'en suis débrouillée pour mettre au point des recettes pratiques à consommer sans besoin de s'attabler. Ceux qui les ont goûtées s'accordent à dire que ces encas n'ont rien à envier aux spécialités des *take away food* que l'on trouve en grand nombre en ville, comme Cros me l'avait dit.

Hier après-midi, j'ai fait mon premier essai de vente dans une rue animée d'un quartier voisin de l'hôtel en laissant Victor seconder le charron. Très vite, les clients ont défilé devant la caisse de bois renversée qui tenait lieu d'éventaire. En moins de deux heures, ma bassine était vide et j'avais vendu trente-quatre galettes de maïs roulées sur un ragoût de haricots rouges pimenté, à dix cents la pièce. Satisfaite de ce résultat, je terminais de remballer mes affaires quand trois garçons vachers sont venus me chercher noise pour me dissuader d'installer de nouveau mon éventaire dans ce coin. Hirsutes dans l'ombre de leurs chapeaux et revolvers à la ceinture, ils m'ont d'abord rudoyée avec des aboiements que je ne comprenais qu'à demi, puis ils ont envoyé valser la caisse que je tenais dans les bras. Tout mon matériel s'est éparpillé dans la terre battue et je suis tombée au milieu. Le plus jeune dégaina alors son arme et la braqua sur moi dans un rire si détraqué que je crus qu'il allait tirer, mais il détourna son canon au dernier moment pour faire feu à deux reprises, faisant exploser une boîte de haricots qui roulait sur le sol et perçant ma bassine émaillée. Les deux autres dégainèrent à leur tour et tous trois se mirent à vider leurs armes sur ma caisse jusqu'à la réduire en esquilles. Ils rengainèrent leurs revolvers encore fumants et, après m'avoir envoyé un dernier coup de pied dans les reins, ils s'en allèrent en me laissant au sol, totalement effarée.

J'avais choisi une rue passante pour tester mon petit commerce, mais aucun des quidams n'avait bronché pendant la fusillade. Une chose est d'avoir remarqué que beaucoup d'hommes gardent une arme à portée de main en toutes circonstances, autre chose est de savoir qu'ils peuvent s'en servir contre vous dans l'indifférence générale.

« Tu vas voir comme on est fortes ensemble. » Ces mots étaient précieux. Je n'étais plus seule. Honorine est un miracle. Je devrais écrire « Honorine était un miracle », mais cette pensée révolte chaque fibre de mon être.

Ce midi-là, dans ce café, comme en chacun des moments que nous avons partagés lors de ces trop brèves années, Honorine fut parfaite.

— Si tu restais à Paris, nous ferions un faux pas à un moment ou un autre, et tu serais découverte…

Huguette, une bonne amie d'Honorine, membre de l'Union des femmes de l'AIT[1] et partie étudier à Genève, possédait un petit pied-à-terre du côté de Carnetin, près du bois des Jablines[2]. Comme elle résidait en Suisse depuis un an, il n'y avait aucune chance qu'elle figurât

1. L'Union des femmes pour la défense de Paris fut le premier mouvement organisé ouvertement « féministe ». Mais je n'ai rien trouvé sur cette « Union des femmes de l'AIT ». Comme plusieurs femmes citées par Francine furent des fondatrices de l'Union des femmes pour la défense de Paris, il est vraisemblable que ce groupement la préfigura de manière informelle et disparut à sa création.

2. Carnetin est une petite commune de Seine-et-Marne. Si elle fait aujourd'hui partie de la grande ceinture parisienne, à la fin du XIXe siècle, c'était un village rural éloigné de Paris par des kilomètres de champs et de garennes.

sur les tablettes du proxénète. Elle ne devait pas revenir avant l'année suivante et je pourrais m'installer chez elle en toute sécurité pour un long moment.

— Une voisine paysanne entretient la maison, la veuve Turlan. Elle s'occupera de toi. De notre côté, à Paris, on se débrouillera pour donner à penser à Milord que tu t'es enfuie sans rien nous dire.

Ce même jour, je rencontrais Monique, une autre fille de l'AIT œuvrant dans la cellule clandestine. Elle organisa mon départ de Paris par l'express vers seize heures. Alors que nous pénétrions dans la gare de Strasbourg[1], elle se débrouilla pour entretenir une conversation légère et, découvrant notre reflet dans la vitre d'une réclame, je vis deux jeunes femmes élégantes au pas tranquille qui devisaient gentiment et non une petite servante effrayée fuyant éperdument la capitale. Un homme de Milord aurait-il déjà été en poste pour surveiller la gare, il n'aurait pas levé l'œil à notre passage. Mais il était peu probable qu'il ait eu le temps d'organiser si vite une telle surveillance.

Ce jour-là comme tout au long de mon séjour d'exil à Carnetin, Monique se débrouilla des impératifs de la clandestinité avec un naturel confondant. Elle fut le seul contact par qui transitaient tous les échanges avec mes amies. Comme elle était la seule avec qui je communiquais directement pendant toute une année, des liens particuliers se nouèrent.

Quittant les *Clochers* et la condition que j'y abandonnais, j'avais pénétré un univers inconnu. Un univers où les choses sont plus simples, d'avoir de l'argent et des gens sur qui compter, même si on ne les connaît pas. Mes nouveaux vêtements changeaient les regards que l'on posait sur moi. Où était la petite servante en blouse

1. Ancien nom de l'actuelle gare de l'Est, longtemps resté dans l'usage.

grise cachée sous son fichu en poussant sa carriole ? Je ressemblais maintenant à mes nouvelles amies, des femmes issues de diverses bourgeoisies – à l'exception de Nathalie, à qui le patron de la librairie confiait ses travaux de reliure[1]. Mon regard tomba sur mes mains. Je fus presque surprise de les trouver épaisses sous leur couenne rougeaude gercée de profondes crevasses. Mes amies avaient toujours des mains impeccables, des doigts qui semblaient faits tout exprès pour feuilleter des livres, jouer de la musique, des menottes à la peau blanche et fine toujours prêtes à ajuster un pli de leur robe sans crainte de la salir. Le monde où ces mains voletaient comme des tourterelles m'était étranger, et il venait pourtant de m'absorber dans sa bulle. Tant que je demeurais aux *Clochers*, le temps passé avec Honorine et ses amies à *La Joie* ne constituait que de brèves parenthèses dans le sinistre de mon existence. Si ma conscience commençait à s'éveiller, je restais pour l'essentiel la servante de Costefave.

D'avoir définitivement rompu ce lien, je venais d'entrer tout entière dans la parenthèse. Aussi brusquement qu'Alice chutant dans le puits, ce cabriolet m'éloignant des *Clochers* m'avait transportée dans un autre monde. Un monde où l'on part faire des études à Genève, où il semble naturel de posséder une résidence inoccupée entretenue par une voisine appointée, de dépenser de belles sommes pour éditer des livres socialistes. Le petit pactole volé à Costefave m'avait permis de changer

1. Nathalie Le Mel, ouvrière relieuse et socialiste radicale, fut une ardente défenseure de l'émancipation des femmes. Elle dirigea un bataillon féminin qui s'illustra durant la Commune, et fut directrice de *La Marmite* de Varlin. Condamnée à la déportation pendant la Semaine sanglante, elle fit le voyage vers la Nouvelle-Calédonie avec Louise Michel. De retour à Paris après l'amnistie des communards, elle resta fidèle à ses engagements jusqu'à sa mort, à l'hospice pour indigents d'Ivry en 1921.

d'apparence et de contacter mon amie à distance presque aussi facilement que si j'avais possédé une baguette magique.

Le soir même, je m'installai dans la maison de Huguette Di Chieri, dont je ne connaissais même pas encore le patronyme. Le « petit pied-à-terre » dont Honorine m'avait parlé se révéla être une jolie demeure trônant au fond d'un vaste jardin. J'apprendrais que cette *folie* avait appartenu à la famille de Broglie dont Huguette était petite-cousine. Lorsque la veuve Turlan m'y conduisit à la lumière de sa lanterne, je fus impressionnée par le faste du lieu que j'entrevoyais dans la nuit tombante.

J'allais vivre plusieurs mois entre ces murs où je n'occupais que l'appartement du jardinier, un deux-pièces en rez-de-jardin que je voyais comme un palace. Durant ces mois, il m'était inconcevable de considérer la veuve Turlan comme une servante et je trouvais dans les travaux de la terre partagés avec elle une espèce de communion et de satisfaction profonde.

Je restais en contact avec Honorine et Nathalie, toujours via Monique qui, œuvrant dans l'ombre, n'entretenait aucun rapport direct avec le petit monde de *La Joie de lire.* C'est ainsi que je suivis les avancées que plusieurs camarades apportèrent à ce qui était désormais notre enquête.

Dimanche 27 juillet 1871, en soirée
La Nouvelle-Orléans, arrière-cour
de l'hôtel *Lucky Night & Day*

À la suite de ma mauvaise rencontre avec les hommes de main qui ont détruit mes affaires, plusieurs discussions avec les tenanciers du *Lucky Night & Day* ne laissèrent pas de doute : chacun, ici, est plus ou moins responsable de sa propre sécurité, surtout lorsqu'on s'éloigne des grandes villes du nord-est. Il est impossible d'envisager de partir vers l'Ouest sans être armé et sans s'assurer que c'est aussi le cas des autres pionniers de la colonne. Quand je leur ai affirmé que nous étions déjà armés en déballant mon pistolet, ils ont agité la tête d'un air navré. Ici, beaucoup de simples citoyens possèdent depuis belle lurette des carabines et des revolvers à répétition, capables de tirer plusieurs coups à la suite sans qu'on les recharge quand, en Europe, les soldats eux-mêmes ne sont encore dotés que de mousquets à un coup. Et l'épisode d'hier m'a montré que ces armes portées ostensiblement en toute occasion ne sont pas des accessoires de mode.

Les hôteliers ont bien compris que ma première expérience de vente, si mal terminée, s'est aussi révélée plutôt lucrative. Auvergnats avisés, ils nous ont offert d'installer notre éventaire en sécurité dans l'espace laissé libre par l'atelier du charron dans leur arrière-cour, moyennant de leur céder quinze pour cent des gains.

Le soir même, simplement informés de la possibilité de manger sur place par une affichette posée au comptoir, de nombreux clients de l'hôtel se sont délestés de deux nickels[1] en échange d'un encas cuisiné. Dès la fin du service, les patrons m'ont proposé d'enseigner ma façon de faire à leur commis afin de continuer à proposer ce service quand nous serons partis, et de renoncer à leur commission en échange.

Le commis devra apprendre vite, car le forgeron a livré aujourd'hui les dernières pièces de fer que nous poserons bientôt. Le travail de construction du châssis est terminé, pour moins cher que prévu grâce à notre travail qui a diminué les coûts.

Le chef de convoi que les tenanciers nous ont recommandé est loin d'être le moins cher, mais ils affirment que cette dépense est un bon placement. Rejoindre la caravane qu'il est en train de monter serait une opportunité, car il est le meilleur et ne fait qu'un convoyage par an.

Par ailleurs, le bureau de l'immigration nous a remis ce matin nos certificats d'immigration et j'ai glissé au fond de mes fontes le précieux document au nom de Francine Vay.

Tout se met en place et, dès que les finitions de notre chariot seront terminées, nous achèterons deux mules pas trop mauvaises et les armes d'occasion que les hôteliers ont dégottées pour nous : une carabine Henry à levier

1. Le nickel est une pièce de monnaie états-unienne qui correspond à cinq cents de dollar.

sous garde réformée de l'armée sudiste, et un revolver Remington 1858 en bel état qui nous attendent sur les râteliers de l'armurier du quartier.

Recluse dans ma prison dorée, je découvrais paradoxalement le plaisir d'être libre, d'avoir du temps que l'on utilise à sa guise. Honorine m'envoyait des liasses de feuilletons qu'elle découpait chaque jour dans plusieurs quotidiens et je m'en délectais toujours avec la même gourmandise. Je pouvais lire autant que je voulais, écrire sans contrainte. Je couvrais des pages entières de considérations vagabondes inspirées du travail de la terre qui m'enchantait le cœur. La veuve Turlan devint vite Geneviève et nous prenions plaisir à discuter à l'occasion de repas partagés. Au fil des mois, je me rendais compte que l'argent du bougnat, que j'avais tenu pour un pactole, ne durerait pas des éternités. Je découvrais seulement la valeur de l'argent. Je n'en avais jamais possédé, hormis les rares piécettes d'un sou données parfois en pourboire, et les seules choses que je n'aie jamais eu à acheter par moi-même avec cette ferraille étaient mes deux premiers carnets.

Deux fois par mois, peut-être, je recevais des nouvelles, toujours via Monique qui m'apportait quelquefois en main propre les missives et les livres transmis par mes amies au lieu de les envoyer à Geneviève Turlan par la poste comme à l'ordinaire. À ces occasions, nous nous découvrîmes des atomes crochus, et elle prit l'habitude de me rendre plus souvent visite pour ses livraisons. Ces jours-là, nous passions des heures à discuter et je la raccompagnais sur le chemin de la gare.

Par les lettres qu'elle m'apportait, j'appris que les filles avaient fait paraître un « avis de recherche » à mon sujet dans le bulletin de *L'Union des femmes*. Les hommes de Milord ne pouvaient pas le rater. Cela n'empêcha pas qu'Honorine et Nathalie fussent constamment pistées durant le premier trimestre de ma « disparition » et encore surveillées, quoique de manière de plus en plus lâche, après qu'eut été publié mon avis de décès. Mon avis de décès… C'est une camarade de la section du Midi de l'Union des femmes qui l'avait fait paraître dans la rubrique nécrologique du *Journal de Toulouse*. Puis elle avait envoyé à Paris la coupure de presse accompagnée d'une lettre annonçant que j'avais succombé à une attaque de phtisie pulmonaire en cet hiver polaire[1], et que, faute d'argent et de famille, mon corps avait rejoint la fosse commune. Les sbires de Milord avaient certainement déjà lu cette lettre lorsqu'Honorine décacheta le pli mais, pour faire bonne mesure, elle avait remplacé « l'avis de recherche » encore affiché sur la porte de *La Joie de lire* par la coupure de journal bordée d'un crêpe noir. La camarade du Midi ayant payé de sa poche une messe du souvenir à ma mémoire au curé de la paroisse qui en garderait trace dans ses registres, au cas improbable où Milord enverrait ses gens fureter jusque là-bas. De ce moment-là, pour les proxénètes, pour Costefave, et pour ma famille là-bas dans mon village, Anceline Viala était morte et enterrée.

1. Les archives météo indiquent un hiver 1868 exceptionnellement glacial. Dans le Sud-Ouest, la Dordogne est entièrement prise par les glaces à Bergerac.

La surveillance sur mes amies se relâcha aussitôt, puis cessa tout à fait un mois durant. Nous fûmes bien inspirées de ne pas baisser la garde, car les filatures reprirent pendant une dizaine de jours après cette trêve. Puis elles s'arrêtèrent définitivement lorsque Milord fut convaincu qu'Anceline, servante appliquée et mauvaise putain, avait définitivement disparu. Il avait raison sur ce point. Mais je l'ignorais encore moi-même.

14 août 1871, sans doute. Je perds le fil des jours et m'en trouve fort bien. Près de notre feu dans le campement du convoi

Nos éclaireurs biloxis[1] mènent la caravane à travers d'interminables forêts entrecoupées de marécages et rivières peuplés d'alligators qui compliquent le voyage. Ces paysages bien éloignés des horizons sans fin des gravures de Flotte seraient presque oppressants par la densité des arbres qui masquent souvent le ciel. Leurs sous-bois sont toujours encombrés de plantes inconnues qui ne laissent aucun pouce de sol libre et se mêlent aux lianes tombant des hautes branches. Les cahots incessants de ces pistes qu'on discerne à peine m'empêchent d'écrire, perchée sur ce chariot sans suspension. Les beautés de cette nature inconnue ne suffisent pas à tromper l'ennui de ces longues journées passées au cul des mules. La lourdeur des chariots et les pistes défoncées ralentissent tellement notre progression que, marchant à côté de l'attelage pour se dégourdir les jambes, on doit ralentir le

1. Les Biloxis forment une Nation indienne implantée en Louisiane. Ils ont très tôt collaboré avec les colons français et adopté leur langue qu'ils utilisent toujours au XIXe siècle, comme d'autres tribus du territoire.

pas pour aller de concert. Pour tromper l'ennui de ces journées interminables, avec Victor, nous avons cherché notre position sur la carte de Mister Cros. Mais nous avons vite vu que les vagues traces que nous suivons pour aller au plus court n'ont aucune chance de figurer sur une carte dont l'échelle permet d'embrasser l'Amérique tout entière. Nous ne sommes parvenus qu'à imaginer l'endroit où nous pouvons nous trouver, quelque part au milieu d'une vaste zone vert pastel dans le bas de la carte.

Calhoun, notre chef de convoi, s'ennuie moins que nous. Il galope sans cesse sur sa jument, allant et venant de la tête à la queue du convoi pour veiller à ce qu'il ne se crée pas d'espace entre les attelages car groupés, nous sommes plus difficiles à attaquer. De ce fait, nous allons toujours au rythme du chariot le plus lent de la colonne. Calhoun n'est pas un perdreau de l'année. Il a connu les guerres indiennes des années 1850 et ses cheveux grisonnent. On dit qu'il s'est d'abord illustré en dirigeant des unités de l'armée mexicaine dans nombre de coups de main, avant de rejoindre le 2e TCR[1], et de prendre le commandement de la célèbre « colonne noire » qui défit nombre de bandes d'Apaches. À sa démobilisation, auréolé de ce pedigree, il devint convoyeur ; un chef de convoi qui peut imposer ses conditions, et choisir ses clients, car les attaques d'Indiens sont la bête noire des pionniers ralliant leurs concessions et ils sont prêts à payer ceux qui peuvent les en préserver.

En constituant son convoi, il s'est montré tatillon sur la sélection des équipages. Il vérifia systématiquement l'état de chaque voiture et s'assura que chacun fût sérieusement armé avant d'inscrire un nouvel attelage sur son

1. Le 2nd *Texas Cavalry Regiment* était une unité de volontaires du Texas qui ont combattu dans l'armée des États confédérés, pendant la guerre de Sécession

registre. Il exigeait au minimum une carabine par voiture et un revolver par personne. Lors de l'inspection, Calhoun a tiqué devant le pistolet que je lui présentai, puis on est passé à l'essai de nos armes sur des boîtes de conserve disposées dans le terrain vague derrière son chariot. Mon tir de pistolet chargé d'une mitraille de plombs, qui envoya valser en l'air quatre boîtes d'un seul coup, lui tira un petit sifflement. Il prit l'arme dans ses mains, l'examina en murmurant : « Ça ressemble à rien, mais ça vaut un *coach-gun*[1] », puis il hocha la tête et mouilla son crayon pour inscrire nos noms sur sa liste en échange d'un rouleau de billets verts.

Tout en remplissant ses papiers, il nous demanda où nous avions appris à manier les armes. Il parut satisfait d'entendre que nous avions eu à combattre et à connaître le feu de l'ennemi. La plupart des pionniers qui voyagent avec nous sont des paysans immigrés qui n'ont jamais tiré avec une arme et Calhoun est obnubilé par la capacité du convoi à se défendre. Dès notre départ, alors que nous traversions encore les faubourgs de La Nouvelle-Orléans, il a vérifié que chacun portât son arme en évidence, afin que tout le monde puisse voir, même de loin, que cette colonne solidement armée ne ferait pas une proie facile. Comme je ne tiens pas à m'encombrer de la Henry toute la sainte journée, c'est mon pistolet que j'arbore en travers du corsage. Pour la même raison, Victor a choisi de porter le Remington à sa ceinture pour satisfaire à la règle, mais la carabine chargée reste à sa portée, sur la planche faîtière au-dessus du banc, accrochée à deux chevilles de bois.

L'autre soir, alors que Calhoun passait près de notre feu, je dus avoir des intonations taquines en lui disant

1. « Fusil de cocher », c'est-à-dire un fusil à canons sciés, redoutable à courte distance.

qu'à l'entendre, les pires périls guettaient la colonne, alors qu'il était toujours là, lui qui avait conduit de nombreux convois arrivés à bon port. Il m'a rétorqué qu'il est toujours vivant parce qu'il connaît son affaire, puis il a tourné les talons d'un mouvement nerveux en me lançant par-dessus l'épaule : « Tu peux bien te moquer de mes règles que tu trouves stupides… Mais prie Dieu pour n'avoir jamais à comprendre pourquoi je les impose. »

Notre petit commerce ne marche pas fort depuis le départ de La Nouvelle-Orléans. Les animaux de plume et de poil abondent dans les forêts que nous traversons et les gens du convoi se nourrissent de ces gibiers faciles qu'ils tirent pour se familiariser avec leurs armes, comme Calhoun les y engage. Seul le médecin, que tous appellent Doc et qui ne possède pas d'arme, est un client fidèle qui vient me voir presque chaque soir avec son écuelle. Passablement poivré plus souvent qu'à son tour, il n'en est pas moins sympathique avec son frac poussiéreux et son chapeau claque. Il ne renonce jamais à tenter de nous refourguer un flacon de l'élixir dont une enseigne fait la réclame au flanc de sa voiture, le seul fourgon du convoi à être carrossé d'un lambris brun qui le clôt totalement. À part cet hurluberlu, les autres clients sont rares. Mais peu importent nos maigres bénéfices ; nous n'avons rien à dépenser. Je cuisine moi-même ce que ces contrées nous offrent. De toute façon, les occasions de bourse délier sont inexistantes.

Peu débordée par le travail, je mets à profit nos campements quotidiens pour rédiger une longue lettre. Elle me tient éloignée de mon journal, mais elle m'emplit du souvenir de ma vie parisienne, de nostalgie et de vague à l'âme.

Lorsqu'elles furent certaines de n'être plus épiées, mes amies reprirent les recherches laissées en suspens depuis le début de ma cavale. La prudence fut de mise et l'on n'y dépêcha que des camarades, des hommes inconnus des cerbères. La première étape fut de localiser l'établissement où Milord comptait m'envoyer pour « mater ma tête dure ». Ce fut long, car des garnisons se trouvaient concentrées en plusieurs arrondissements, et chacun d'eux pouvait être ce quartier des casernes dont le proxénète avait parlé[1]. De plus, les maisons closes abondent autour des casernements et beaucoup de ces établissements discrets n'ont pas pignon sur rue. Reléguées dans les étages sans la moindre réclame, leurs adresses ne circulent que par le bouche-à-oreille.

Pourtant, dans la dernière livraison de courrier, une lettre de Nathalie m'avait appris que le bordel aux soldats était peut-être localisé. Des camarades se faisant passer pour des clients en quête de filles avaient pu repérer plusieurs établissements susceptibles de correspondre.

1. Les maisons closes, autorisées depuis 1804, se comptent par centaines à Paris durant le XIXe siècle. Elles doivent cependant rester discrètes car il est interdit de voir leurs activités depuis la rue, d'où leur nom.

L'un d'eux avait attiré l'attention de Nathalie et elle se débrouillait pour passer régulièrement devant cette bâtisse du 11 de la rue Militaire[1] dont une maison de plaisir occupait, avait-on dit, tout le premier étage. Malgré la position excentrée, elle tâchait d'y aller à différents horaires, flânant en promeneuse d'un terminus d'omnibus à l'autre dans ce quartier auquel de nombreux bosquets et quelques jardins donnent encore des airs de campagne. Un soir, vers six heures, les on-dit rapportés par les camarades s'étaient avérés quand elle avait vu un homme tiré à quatre épingles descendre d'un cabriolet qui venait de s'arrêter en face de l'immeuble. Le cocher avait ouvert un journal, comme quelqu'un qui sait qu'il va attendre longtemps, et lorsque l'homme traversa la rue elle vit qu'il s'aidait d'une canne. Mais il n'y avait que moi pour identifier Milord avec certitude. J'étais la seule à connaître son visage depuis notre dernière rencontre.

L'envie de regagner Paris m'avait immédiatement tarabustée. Toute la semaine, j'avais pesé les risques. J'en arrivais à penser qu'ils seraient limités, puisqu'Honorine elle-même ne m'avait pas reconnue alors qu'elle me cherchait du regard parmi les clients du *Café des bonnes affaires*. Tout au long de cette année, mon visage qui ne voyait jamais la lumière du jour chez Costefave avait profité du grand air, et j'avais retrouvé de bonnes joues roses que j'avais pris l'habitude de rehausser de craie de Briançon aux pommettes, comme font les dames. Une chevelure libérée tombant sur mes épaules, une mouche *galante* sur la joue et un ras-du-cou en sobre velours noir finissaient de me rendre méconnaissable, grandie par les talons de mes bottines et ma coiffe de crêpe.

1. La rue Militaire est devenue le boulevard Mortier lors de la création du boulevard des Maréchaux, en 1864. L'ancienne appellation est donc restée en usage plusieurs années après.

Milord me pensant morte et Monique m'ayant promis une identité nouvelle, je pensais pouvoir revenir à Paris dans une relative sécurité, si je m'abstenais de fréquenter le quartier de *La Joie de lire* et celui de la rue de Lappe.

J'abandonnai mes cogitations et me plongeai dans la lecture du *Catéchisme révolutionnaire*[1] quand Geneviève arriva en courant, saisie d'une excitation inhabituelle chez elle, agitant un pli de pelure bleue scellée de gomme arabique.

— Le coursier du télégraphe ! Il vient de me l'apporter ! Il est pour toi bien sûr… Qui m'écrirait ?

Le télégramme se résumait à trois mots calligraphiés en lettres capitales : « ÉMEUTES EN COURS – STOP – M. »

La semaine d'avant, lors de sa visite désormais hebdomadaire, Monique m'avait annoncé que l'ambiance de la capitale devenait explosive à l'approche des législatives[2]. Tout au long de cette année, les réflexions solitaires, alliées à mes lectures et aux échanges avec mes amies avaient aiguisé mes convictions libertaires… et l'Empire vacillait. Les perspectives de l'abattre pour instaurer la République devenaient moins utopiques, et nous rêvions qu'elle fût sociale. Le télégramme m'annonçant le soulèvement populaire emporta mes dernières hésitations. Je sautai dans le premier train pour la capitale.

1. Ouvrage écrit en 1866 par l'anarchiste Mikhaïl Bakounine qui détaille son programme révolutionnaire.

2. Dans l'Empire déclinant, les élections des 24 mai et 7 juin 1869 donnèrent lieu à des émeutes qui furent le premier épisode de la série de soulèvements qui accompagneront la chute de Napoléon III l'année suivante, puis l'insurrection de la Commune quelques mois plus tard.

18 août 1871
Un autre campement, quelque part dans la zone uniformément verte de notre carte

Enroulé dans sa couverture à l'écart du feu, Victor dormait déjà quand les Indiens nous ont quittés. Perdue dans le brasillement des derniers tisons, dernière éveillée près des flammèches mourantes, je restai longtemps songeuse en mesurant tout ce que ces hommes m'apportent soir après soir.

Lors des négociations d'embauche, il a été convenu que, pour satisfaire à l'usage, notre convoi devrait nourrir ses guides indigènes toute la durée de leur contrat en complément de leurs gages, et Calhoun a trouvé naturel de nous confier cette tâche moyennant un vague défraiement. Cela ne nous rapporte pas vraiment d'argent, mais je tire de grands bénéfices de ces moments partagés avec nos hôtes du soir. Les premiers jours, ils ne faisaient que passer nous voir pour remplir leurs écuelles émaillées, puis ils ont pris l'habitude de rester pour souper. Tous deux se plaisent à discuter et, passant toute leur journée d'éclaireur seuls sur leurs mustangs tachetés à chevaucher à l'avant du convoi, ils semblent avoir le soir venu un trop-plein de paroles qui ne demande qu'à se déverser. Ils se nomment Pablo et Esteban, et nous échangeons parfois longtemps, le plus souvent en français. Je commence à m'habituer à leur étrange façon de le pratiquer, avec ces tournures et cet accent si singuliers à nos oreilles. Au fil des jours, je découvre dans leurs propos des fulgurances qui m'ébranlent. À partir des Indiens que j'avais découverts sur les gravures de Flotte, de leurs habitations sommaires, leur habillement, j'avais imaginé un peuple un peu rustique, des gens qui maniaient le raisonnement de manière rudimentaire, n'ayant à exprimer que des choses assez frustes. Tout ce que j'avais pu lire à propos des peuplades indigènes allait dans le même sens. Découvrant nos guides avec mon esprit nourri de cette matière, j'avais d'abord vu les plumes vives qui ornent leurs chapeaux, leurs chevaux et leurs carabines, leurs bijoux en os, en cuir ou en pierres de couleur, comme l'expression d'une âme enfantine gourmande de jeux et de déguisements.

Il n'en est rien. Et j'ai souvent honte de la façon dont je me suis adressée à eux les premières fois, en utilisant un parler primitif où je ne conjuguais même pas les verbes pour rester facile à comprendre par des esprits que je supposais simples.

Mais j'ai très vite perçu que c'était mon entendement, ma façon de comprendre et de penser le monde qui m'empêchaient de saisir d'emblée la profondeur de ce qu'ils étaient en train de me dire. Les premiers jours, je ne comprenais pas sur-le-champ le sens de leurs paroles, dont je n'entrevoyais la portée que bien après, en y réfléchissant encore. Je les soupçonne de se moquer souvent de moi lorsque nous discutons car, quand ils échangent en aparté dans leur langue, ils ont parfois du mal à contenir des sourires goguenards, quand ce ne sont pas des éclats de rire. Nos façons d'être et de penser doivent leur paraître bien futiles. Ils ont manifestement du mal à concevoir ce qui anime les Blancs, eux qui se soucient davantage de communion avec les esprits de la nature que de quête de possessions matérielles ou de pouvoir. Pablo et Esteban ne possèdent que ce qui tient sur leur monture, une couverture tissée de couleurs vives qu'ils déroulent le soir, une carabine, une gourde et une sacoche de cuir fauve polie par l'usage où tient tout le reste. Ils n'en paraissent pas moins invariablement heureux, avec cette présence tranquille des gens satisfaits de leur sort en communion avec la nature. Leurs chevaux, ils les montent sans selle et ne les entravent jamais. Ils vont librement et accourent vers eux lorsqu'ils les sifflent.

Leurs deux pieds sur la Terre, ils ne connaissent pas Dieu, mais se soucient à tout moment des esprits. De leur propre esprit, d'abord, qu'ils s'appliquent à garder sans tache, parce que c'est le vaisseau qui leur permet de commercer avec les autres esprits, qui animent toute chose. Avec l'esprit des bêtes qu'ils chassent ou contemplent simplement, avec celui des arbres et des prairies, avec l'esprit du vent, du soleil, des montagnes, des orages et des étoiles dont ils m'apprennent les mystères, le doigt tendu vers le ciel. Je suis souvent saisie lorsque, au détour d'une phrase anodine, leurs mots me dévoilent des continents inconnus, qui me semblent pourtant familiers lorsque je les découvre. Les échos de ces visions du monde résonnent jusqu'au profond de mon être. Ils éclairent des choses que je pressentais sans savoir les dire, sans même savoir que je les savais ; des pensées brumeuses qui flottaient dans les recoins obscurs de ma conscience sans oser en sortir et qu'un éclair jailli de leurs paroles met soudain en lumière. Chaque soir, je les écoute jusque tard dans la nuit pendant que Victor, sur qui ces discussions semblent avoir un pouvoir narcotique, ronronne déjà depuis longtemps au royaume des songes.

Parfois, ils s'amusent à m'apprendre quelques mots dans leur langue et j'avoue être loin de tout comprendre lorsqu'ils s'emploient à décrire les relations compliquées tissées au fil des âges entre les nombreuses tribus indigènes disséminées dans toute l'Amérique – celles qui sont alliées, celles qui sont ennemies, celles qui ont pactisé avec les Blancs, celles qui demeurent sur le sentier de la guerre, contre les Mexicains, contre les Américains, contre une autre tribu indienne… quand ce n'est pas contre les trois à la fois. J'ai aussi du mal à imaginer par quels mystères ces Indiens connaissent des faits d'armes lointains dont les récits sont colportés par le bouche-à-oreille, comme la bataille de Wood Lake qui se déroula à plus de deux mille miles, ou comme les exploits des guerriers cheyennes de Dull Knife qui se battent au Montana[1].

En revanche, je perçois de plus en plus clairement au fil de nos échanges que partout où les Blancs sont arrivés en nombre, les tribus indiennes n'ont eu d'autre alternative que de se soumettre, renonçant à leurs terres ancestrales annexées par les colons pour ne pas périr jusqu'au dernier, sous la mitraille des canons de la troupe envoyée pour les mater. Mais je comprends aussi que, partout où la domination des Blancs n'a pas encore brisé les peuples indigènes, dans les Grandes Plaines, dans les montagnes Rocheuses, plusieurs tribus demeurent en guerre pour préserver leurs territoires les armes à la main.

1. Alors que les guerres indiennes étaient le plus souvent faites d'escarmouches et d'accrochages de guérilla, Wood Lake (Minnesota) fut en 1862 le théâtre d'une bataille d'ampleur où les Dakotas parvinrent à réunir mille deux cents guerriers pour contrer deux mille soldats de la cavalerie dont sept cents officiers états-uniens.

La résistance du chef cheyenne Dull Knife reste légendaire, car elle permit à son peuple – au prix de pertes humaines massives – de continuer à vivre sur ses terres ancestrales du Montana jusqu'à aujourd'hui encore.

Dans le jour qui tombait, je retrouvai un Paris bruyant, plein d'une agitation dont j'avais oublié le rythme. En sortant de la gare avec la petite valise dénichée dans le grenier, je fus saisie par l'agitation de la ville que j'avais oubliée. Dans ce brimbalement de voitures, de chevaux et de fiacres, je retrouvai la même inquiétude qu'en débarquant de Sainte-Geneviève quelques années plus tôt, à cela près qu'une odeur de poudre s'immisçait cette fois dans les effluves de la ville. Des coups de feu claquaient dans le lointain. Me laissant guider par le tumulte, je retrouvai vite mes amies au pied d'une barricade qui protégeait les émeutiers du feu de la troupe empêchant la foule d'approcher du palais du Louvre[1].

Cette fois, le vent de révolte fit long feu. Mais lorsque nous abandonnions ce soir-là cet amas de pavés et de meubles brisés aux soldats en surnombre, j'étais une autre femme. Au pied de la barricade, Louise m'avait appris que le prénom Anceline que je devais abandonner provenait du latin *ancillia,* qui signifiait « servante » ou « esclave ». Francine, avec ses sonorités proches et plaisantes à mon oreille, s'imposa alors à moi, avant même

1. Le palais du Louvre n'était pas encore musée et abritait les « appartements Napoléon III », symbole de l'Empire.

que Louise m'explique que *francus* signifie « personne libre ».

Je venais de choisir ma nouvelle identité devant mes amies et tous mes camarades. Elle fut officialisée, en quelque sorte, la semaine suivante lorsque Monique me délivra un livret d'ouvrier[1] si bien réalisé par les faussaires de la cellule clandestine qu'il aurait pu sortir de la préfecture de police. Il portait le nom de Francine Vay soigneusement calligraphié, née à Caylus, dans le Tarn-et-Garonne, en 1847. Ces informations collaient avec mon accent et je devenais d'un seul coup une personne majeure. Les camarades avaient bien travaillé.

Les temps suivants, malgré mon apparence que je m'attachais à garder toujours élégante, je survivais d'ouvrages de cousette que quelques couturières me donnaient en sous-main et de petits travaux de reliure lorsque Nathalie en avait en surplus. Malgré le temps passé à gagner ma subsistance et à m'activer aux affaires de la révolution sociale, je prenais chaque fois que possible l'omnibus jusqu'à la rue Militaire où je faisais mine de me promener en fin d'après-midi, à l'heure où Nathalie y avait repéré cet homme boitillant qui m'avait décidée à revenir en ville. Les premières fois, je fis chou blanc et ne vis que le ballet des soldats qui fréquentaient l'immeuble, soit pour rendre visite aux filles du premier, soit pour se soûler dans le bouge du rez-de-chaussée en hardes bruyantes, ou peut-être les deux.

Lorsque le cabriolet apparut ce mardi-là au bout de la rue en soulevant un nuage de poussière, je reconnus immédiatement la voiture que j'avais volée devant les *Clochers*. Je conservai le même pas tranquille en faisant

1. Le livret d'ouvrier (étendu aux femmes en 1855) servait de document de contrôle de l'identité et des déplacements des travailleurs et travailleuses.

tourner mon ombrelle autour de sa baguette comme une promeneuse insouciante. Quand la voiture passa à ma hauteur, je m'appliquai à garder un visage impassible et les yeux sur le sol, comme il convient à une jeune fille de bonne famille sous le regard d'un homme. Il était évident qu'il me reluquait, le cheval avait changé d'allure lorsqu'il me dépassait. Je savais que c'était lui, c'était une certitude depuis la seconde où j'avais vu le cabriolet. Il ne pouvait en être autrement.

À ce moment-là, un détail auquel je n'avais pas pensé me sauta soudain au visage : s'il m'adressait la parole, je serais perdue. Mon apparence pouvait facilement le tromper, mais ma voix, mon accent me trahiraient à coup sûr. Le cocher arrêta la voiture quelques dizaines de mètres plus loin, devant l'immeuble du 11, et Milord en descendit. Découvrir sa silhouette ne fut qu'une confirmation. Un éclat de soleil ricocha sur le pommeau d'argent de sa canne quand, s'arrêtant au milieu de la rue, il s'en servit pour relever le bord de son chapeau pour regarder vers moi. Je m'efforçais de conserver le pas nonchalant qui me rapprochait de lui. Je pouvais maintenant distinguer son visage, comme il voyait le mien. Le cœur battant, je sentis qu'il allait m'apostropher.

— Bien le bonsoir, madame.

Je le vis incliner le buste dans un salut fort civil et je lui rendis une courbette circonspecte dans un léger mouvement d'ombrelle et formai un « bonsoir » avec mes lèvres sans qu'un son n'en sorte. Il me sourit alors, puis il se détourna et pénétra dans le hall de l'immeuble.

21 août 1871
Campement près du fleuve

À la nuit tombante, nous sommes arrivés près du Mississippi qui barre notre route. Longeant sa berge dans la pénombre, on se sent minuscule en pensant qu'il faudra bien franchir l'immensité de ses eaux inquiétantes. Profondes, sombres, agitées de puissants remous changeant sans cesse de place, elles sont effrayantes, et l'autre rive bien lointaine.

Pablo et Esteban nous avaient rejoints pour souper. Nous discutions tous les quatre comme à notre habitude quand ils se turent brusquement. Pablo releva la tête, aux aguets, et Esteban appliqua délicatement sa main à plat sur le sol, puis ils échangèrent un long regard attentif. Après plusieurs secondes, ils hochèrent lentement la tête de concert en saisissant leurs carabines dans le crépitement du feu. Je devinai alors le martèlement d'un galop dans le lointain.

— Il est seul, murmura Pablo après quelques secondes.

Esteban confirma d'un nouvel hochement de tête et ils reposèrent leurs carabines sur leurs genoux, sans les lâcher pour autant.

Le cheval écumait en arrivant au camp, sa robe luisait dans la lueur des flammes. Son cavalier, un grand type large d'épaules entièrement vêtu de sergé de Nîmes à la manière des garçons vachers, semblait à demi évanoui, désespérément accroché à l'encolure de sa monture dans une bien piteuse posture. Lorsque le cheval s'ébroua, l'homme s'en laissa tomber plus qu'il n'en descendit et resta allongé sur le sol, révélant une vilaine blessure à l'aine. Il avait du mal à parler et demandait de l'aide. Sa voix était si faible qu'il fallait s'approcher pour l'entendre : ce matin-là, son cheval, effrayé par un cerf bondissant à leur passage, s'était cabré si brusquement qu'il avait failli en tomber et son Colt, glissé dans la ceinture de son pantalon, avait percuté dans le tressautement en causant la blessure.

Le Doc examina la plaie sans rien dire et fila vers son fourgon dont il revint aussitôt, muni de la pince dont je l'avais vu se servir deux jours plus tôt pour arracher une dent à une vieille Irlandaise. Il tira de sa poche un de ses flacons, en fit boire une rasade au blessé, versa sur la blessure un large trait qui provoqua un hurlement, et liquida lui-même le restant de la fiole à grandes goulées en basculant la tête. Lorsqu'il enfonça les mors de sa pince à l'intérieur de la plaie, l'homme eut un brusque sursaut qui souleva son corps, et il en retomba évanoui.

— Elle était mal placée... lança le Doc en faisant sauter la balle de plomb sanguinolente dans le creux de sa main rougie. Amenez-le dans ma voiture, je le surveillerai cette nuit. S'il est encore vivant demain matin, il sera sauvé.

Il se dirigea vers son fourgon dans le silence incertain qui s'était fait et ne se retourna pas quand quelqu'un lança à son adresse :

— S'il s'était vraiment blessé aujourd'hui, il n'aurait pas autant de fièvre. Il doit chevaucher depuis des jours pour que sa blessure soit infectée à ce point.

Tout le monde avait bien compris que l'histoire du cerf était une fable. Si l'homme s'était blessé de cette manière, son pantalon aurait été largement brûlé par la flamme de bouche. Mais le Doc haussa simplement les épaules avant d'entrer dans sa roulotte en répétant simplement :

— Amenez-le dans ma voiture, je le surveillerai. Soyez délicats, j'ai dû toucher l'artère pour extraire la balle. Jusqu'à demain matin, la moindre secousse peut lui être fatale.

À la fin de l'année 1869, nous travaillions tant à la promotion des idées sociales pour ébranler l'Empire que je n'avais guère loisir de me soucier des affaires de Milord. Un jour de décembre, je me résolus enfin à voler un peu de temps à la cause révolutionnaire pour tenir la promesse que je m'étais faite plus d'une année et demie auparavant en allant surveiller les abords du 32 de la rue Saint-Sulpice où j'avais vu entrer le grand roux au chapeau melon, lecteur du *Figaro*.

Au bout d'une heure passée à faire mine de lécher des vitrines dont je n'avais que faire, je n'avais rien remarqué qui m'intéressât du côté du 32. Seuls quelques inconnus avaient franchi la porte de l'immeuble dans un sens ou dans l'autre.

Les vendeuses commençaient à me jeter des regards en coin lorsque je m'arrêtai une nouvelle fois devant leur boutique, et je ne pouvais rester davantage, car j'avais promis d'assister à une importante réunion de propagande de l'autre côté de Paris. Je me résignai à repartir bredouille sans avoir récolté d'autre information que le nom d'une société gravé en lettres anglaises sur une plaque de cuivre à l'entrée de l'immeuble : *L'IMPÉRIALE D'ORIENT*. Au-dessous, une ligne de caractères plus petits indiquait : « Négoce de matières premières pour les manufactures ».

J'étais déjà loin quand la porte de la bâtisse s'ouvrit une nouvelle fois. Un petit maigrichon en livrée de domestique en sortit pour aller vider le broc des cendres dans le tombereau stationné de l'autre côté de la rue. Je pressai le pas pour l'aborder avant qu'il s'en retourne :

— Je suis ennuyée, vous pouvez m'aider ?

Il me considéra d'un air amène et je lui expliquai que, dans un dîner, j'avais entendu mon voisin de table se plaindre qu'il peinait à trouver un secrétaire commercial compétent et disponible pour sa société. Bien que je sois une femme, l'homme avait paru intéressé par ma candidature et m'avait priée de lui rendre visite au siège social de *L'Impériale*, ici-même, au 32. Mais j'avais stupidement oublié le nom de cette personne, un grand type roux coiffé d'un chapeau melon. À cette fable qui était sortie toute seule, l'employé répondit aussitôt :

— Ah, non… Le grand rouquin, c'est monsieur Sullivan. Il vient chaque jeudi à cinq heures pour son rendez-vous avec monsieur Langlade. Mais il ne travaille pas du tout à *L'Impériale*, lui. C'est le patron qu'il faudrait voir pour une embauche… monsieur Langlade, justement.

Ce nom résonna étrangement dans ma tête. Je m'entendis dire :

— Ah, oui… Ce soir-là, nous avons également discuté avec un homme élancé, très élégant, avec une belle canne à pommeau d'argent et…

— Ben, voilà ! me coupa-t-il, l'air satisfait. C'est lui, monsieur Langlade. Vous avez dû vous mélanger les pinceaux entre les deux…

Je dus prendre sur moi pour rester impassible le temps de le remercier. Je venais de comprendre pourquoi ce nom titillait ma mémoire. Je l'avais lu maintes fois sur une cartonnette bleutée.

22 août 1871
Campement près du fleuve

Convoi à l'arrêt. Le bac qui doit nous amener de l'autre côté du fleuve repose sur la berge et les passeurs ont trimé toute la journée pour rafistoler les cordages qui maintiennent les troncs de sycomore grossièrement équarris formant la plate-forme. À l'ouest du campement, le Mississippi qui interrompt notre progression ; à l'est, à deux miles peut-être, une ville – à condition de considérer que cette longue rue poussiéreuse flanquée de boutiques de planches aux enseignes criardes est bien une ville. Mais c'est ainsi qu'on les appelle en Amérique. Celle-ci se nomme Natchez, du nom de la tribu indigène qui vivait ici, m'a expliqué un gars basané portant l'étoile de sheriff-adjoint avant de m'indiquer le guichet du *post office* d'où je pourrais envoyer ma missive à Paris.

Remettre ce pli au préposé en chemise blanche et brassards grenat m'a emplie de satisfaction, comme si j'étais soudain plus proche de mon amie. Je sais pourtant que c'est une bouteille à la mer que je lance, car j'ignore comment la destinataire aura traversé la répression qui a brisé nos rêves et tant des nôtres.

Après mon passage à la poste, j'ai pu dégotter deux cahiers neufs dans le bric-à-brac du *general store*, et j'allais remonter sur la mule que j'avais dételée pour venir en ville quand le gars à l'étoile s'adressa à moi depuis le seuil du *sheriff's office*. Avant de l'avoir vu, j'avais reconnu ses étranges intonations râpeuses, singulières pour un homme aussi jeune.

— Tu es française… m'avait-il lancé avec un sourire en coin.

Ce n'était pas une question. Il l'avait deviné lors de notre premier échange.

— Ça s'entend tant que ça ?

Il hocha gravement son visage mat taillé à coups de serpe.

— Mon accent est si mauvais ? insistai-je.

Il sourit plus franchement :

— Pas seulement ton accent. Ton anglais aussi.

Pour la dernière réplique, il avait employé cet étrange français des gens de Louisiane. Il rit vraiment, cette fois, puis il me demanda :

— Tu fais partie du convoi qui campe près du fleuve ?

Question de pure forme, il ne pouvait en être autrement. Nous échangeâmes quelques mots et je compris qu'il était indien, un Natchez, précisa-t-il sans que je puisse savoir si c'était une pointe de fierté ou de l'amertume qui perçait dans son ton.

— Votre caravane passera par Abilene ?

J'avais effectivement entendu nos guides prononcer ce nom dans la liste des villes où nous ravitailler.

— Abilene du Texas ? questionna-t-il encore.

Je ne savais même pas qu'il existât plusieurs villes de ce nom, et encore moins dans quels États elles se trouvaient. Il devrait demander au chef de convoi.

[Lettre de Francine à Monique – fragments]

Ma chère Monique,

Je t'écris sans savoir si tu seras en mesure de me lire. J'espère de toutes mes forces que tu as échappé aux horreurs qui ont jeté tant des nôtres dans les geôles et les bagnes, lorsqu'ils ont survécu.

Si tu reçois cette lettre, tu seras surprise de reconnaître mon écriture en décachetant le pli, et plus surprise encore d'apprendre que ces lignes ont été écrites à la lumière d'un feu de bûches, dans le campement d'un convoi de pionniers quelque part dans le Sud de l'Amérique, alors que l'enveloppe portera la flamme de Genève[1]. Avec Victor qui m'accompagne, nous progressons chaque jour vers l'Ouest mais les contretemps qui surgissent sans cesse ralentissent notre progression.

1. Ces premiers échanges ont donc transité par un intermédiaire de Genève, peut-être Huguette Di Chieri. Cette procédure compliquée a sans doute été imaginée pour que Francine, recherchée en France, n'apparaisse ni en expéditeur ni en destinataire sur les enveloppes afin de ne pas compromettre Monique dans la répression féroce qui sévit à Paris après la Commune. Aucune enveloppe n'ayant été conservée, cette explication reste une hypothèse.

[...][1]

Les chaos de mon long périple de cavale me feraient croire que je vous ai quittées depuis des années alors qu'il y a douze semaines à peine, si je compte bien (je me perds un peu dans les jours qui se ressemblent tous sur la piste). Peut-être as-tu appris qu'avant de quitter Paris, j'ai échappé à la mort de justesse. Mais il faut que tu saches aussi que le Versaillais qui m'avait prise en chasse et que j'ai dû occire sous les yeux de ses hommes n'était pas un simple officier zélé poursuivant une communarde anonyme. Il connaissait mon nom, mon visage et il savait où me trouver. Il était missionné pour me prendre personnellement pour cible, et c'est en cherchant à m'atteindre qu'il a assassiné nos amies qui se trouvaient entre nous. Inutile de te préciser qui étaient les commanditaires du soudard. Sache bien qu'ils n'ont pas déposé les armes après la destruction des archives du 9. Tu dois continuer à surveiller tes arrières, il en va de ta vie.

[...]

Sur le bateau, mes amies prostituées n'ont pas su m'en dire beaucoup plus sur ces disparitions, mais elles m'en ont encore confirmé la réalité. Je connais grâce à elles les noms de six de ces filles évanouies dans la nature, les villages d'où venaient cinq d'entre elles, ainsi que d'autres détails peut-être utiles. Après leurs enlèvements, car il s'agit bien de cela, aucune des filles n'a donné le moindre signe de vie. Mes amies ont connu ces disparues personnellement, et elles accepteraient de témoigner ouvertement, depuis l'Amérique où elles se sentent à l'abri. Au moment où

1. J'ai retenu des lettres les seuls fragments qui apportent des précisions utiles. J'ai laissé de côté les passages, et parfois des lettres entières, qui seraient des redites d'événements évoqués dans le journal ou des considérations qui n'avaient de sens que pour les protagonistes et sans rapport avec le propos de ce livre. Inversement, lorsque le texte d'une lettre sert mieux la narration que celui du journal, c'est lui qui a été préféré.

nous avons quitté La Nouvelle-Orléans, elles n'avaient que des adresses provisoires, mais les tenanciers du *Lucky Night & Day* ont accepté de nous servir de boîte à lettres pour que nous restions en contact. Je ne désespère pas de pouvoir revenir en France, un jour lointain peut-être… Flotte y est bien revenu, lui, plusieurs années après avoir été interdit de séjour à sa sortie de prison. Si le destin veut bien que ce jour-là advienne pour moi aussi, il me sera peut-être possible de retrouver leurs familles grâce à leurs noms et lieux d'origine. J'ai recopié tout cela sur une feuille séparée que tu trouveras dans ce pli, pour ne pas rester seule à connaître ces informations, au cas où il m'arriverait malheur.

Je t'en prie, très chère Monique, ne te départis pas de la plus grande prudence et essaie de m'écrire. J'espère tant avoir de tes nouvelles, et qu'elles soient bonnes. Il ne sera pas facile de recevoir ta réponse, car les aléas de notre voyage empêchent nos pisteurs indiens eux-mêmes d'estimer le rythme de notre progression. Néanmoins, nous connaissons le nom de quelques villes sur notre plan de route, près desquelles il est prévu de faire étape pour nous ravitailler. Si tu m'adresses ta lettre en poste restante à cette adresse : *General Delivery, Albuquerque, New Mexico, USA*, je pourrai récupérer ta lettre car, dans ces régions où les gens sont souvent en vadrouille, les plis sont conservés en poste restante toute une année, et parfois davantage. Et, s'il existe mille raisons qui pourraient retarder le convoi, je ne vois pas comment notre progression pourrait être plus rapide. Le temps que nous arrivions là-bas, ma lettre aura eu le temps de te parvenir et la tienne de faire le chemin inverse, si tu ne tardes pas trop à répondre[1].

[…]

1. En 1870, les paquebots à vapeur qui prenaient en charge l'acheminement du courrier traversaient l'Atlantique Nord en deux semaines.

23 août 1871
Au petit matin

Le jour déclinait. Toute la journée, nous avions vu les attelages amenés un par un sur la plate-forme de troncs pour s'aventurer sur les remous du fleuve, tirés depuis l'autre rive par quatre chevaux de trait dont seul le nuage de poussière demeurait visible quand ils s'éloignaient de la berge.

Au moment où on chargeait l'attelage, le radeau s'enfonçait tellement dans les eaux du fleuve qu'il disparaissait presque totalement sous la surface et, tout au long du quart d'heure que durait l'équipée, l'embarcation plongeait dans les tourbillons et en remontait comme un bouchon de liège. Les roues à fleur d'eau, le chariot et son équipage semblaient danser sur la surface liquide selon le caprice des flots. Bien qu'il fût relié à un second cordage retenu par deux percherons qui le ramèneraient sur cette rive, le radeau emporté par le courant ne progressait qu'au prix d'un large arc de cercle qui le faisait accoster sur l'autre berge bien loin en aval de son point de départ. Je n'osais imaginer ce qui se passerait si une des cordes venait à céder.

Nous restions le dernier chariot en attente sur cette rive du fleuve. Comme le jour finissait et que la nuit tombe vite sous ces latitudes, je pensais que les passeurs allaient décider de laisser le bac à l'amarre sur cette berge et de nous faire traverser à l'aube. Mais ils tenaient à boucler leur contrat ce soir pour finir leur journée de l'autre côté du fleuve, et ils ont décidé de nous embarquer. Comme je le craignais, il faisait déjà bien sombre quand nous terminions de charger l'attelage sur la plate-forme et un passeur agita le fanion blanc donnant le signal de départ des chevaux sur l'autre rive. Je doutais qu'il pût être vu dans la pénombre, mais le cordage se tendit aussitôt et nous larguions les amarres. Dès que les chevaux commencèrent à tirer, nous mesurâmes combien les traversées incessantes effectuées depuis l'aube avaient malmené la barge. Les cordages de chanvre détrempés s'étaient distendus et les billes de bois s'éloignaient les unes des autres puis s'entrechoquaient dans de sinistres claquements au gré des fantaisies du fleuve. Je levai les yeux vers le passeur le plus proche. Il comprit que j'étais alarmée et, avant que je pusse ouvrir la bouche, il cria pour couvrir le tumulte : « Ça va tenir… On réparera demain… C'est chaque fois pareil quand il y a une grosse journée. »

Tout le temps de la traversée, je fus terrorisée par l'idée que notre destin dansait sur l'équilibre entre la puissance du fleuve et la résistance des cordes, sans rien pouvoir entreprendre pour améliorer nos chances. Cette impuissance me vidait de mes forces dans le vacarme des flots giflant la plate-forme. Le corps tendu autant que nos cordages, je fermai les yeux pour ne plus voir les reflets brillants de cette eau noire qui venait lécher nos roues et les sabots des bêtes.

[Lettre de Monique à Francine – fragments]

Bien chère Francine,

Comme je suis heureuse d'avoir reçu ta lettre ! Je me faisais un sang d'encre depuis la découverte de ton portrait sur les murs de la ville. Je pensais bien que tu n'avais pas été arrêtée ou pire, car la presse de Thiers en aurait fait des gorges chaudes. Je suis tellement soulagée d'en avoir la confirmation certaine.

À mon tour de te rassurer. Les bouleversements des mois passés m'ont laissée dans une situation plutôt incertaine, mais enviable lorsqu'on sait le sort de bien des camarades. Je dois à coup sûr cette chance à l'Organisation qui m'a demandé de continuer à agir dans l'ombre tout au long de l'insurrection, alors que je désirais tellement y participer en pleine lumière. Bien m'a pris de me soumettre aux directives, ce qui a préservé mes actions de toute réclame et ma personne de toute visibilité dans les affrontements.

Tu étais tellement en vue, toi, au journal, au Conseil, à *La Marmite*, sur les barricades, que je t'ai bien souvent enviée. Tu étais devenue un emblème de notre lutte de citoyennes. Je suis bien certaine que, même sans l'épisode du capitaine, tu n'aurais pas eu d'autre alternative que l'exil. À la fin mai, Louise a dû se rendre aux hommes de Thiers qui avaient pris sa mère en otage. Nathalie aussi a été arrêtée. Toutes deux ont été condamnées à la déportation par un simulacre de justice. D'après les informations récoltées par la cellule, elles moisissent en prison en attendant le bateau qui les emmènera au bagne de la Nouvelle, à Nouméa, de l'autre côté du monde.

[...]

Aujourd'hui, ton exil est bien plus lointain que celui de Carnetin et il ne suffit pas de sauter dans un train pour venir discuter avec toi. J'ai du mal à réaliser que vous avez déjà traversé l'océan et que vous faites route vers la Californie dans un convoi que j'imagine semblable à ceux qu'on voit sur les gravures des magasins[1]. Tout a été si vite ! J'ai bien su que Victor avait quitté Paris à ta suite, mais comment imaginer que vous étiez partis si loin ? J'imagine les difficultés que tu as affrontées, et j'ose quand même écrire que c'est une grande chance que vous partagez là. La solitude que la clandestinité m'impose me pèse, et il m'arrive quelquefois de désirer plus que tout retrouver une existence ordinaire, avec des amis que je pourrais voir autrement qu'à la sauvette. Cette envie est d'autant plus forte aujourd'hui que, privée de la partie officielle de l'organisation pratiquement détruite, notre cellule se trouve réduite à l'impuissance et le travail que nous continuons à accomplir n'a plus beaucoup d'utilité ni même de sens à l'heure actuelle.

[...]

C'est une belle malice du destin qui a voulu que, perdue au milieu de l'océan, tu sois parvenue à trouver davantage d'informations que nous avions pu en récolter toutes ensemble à Paris même.

1. Comprendre « magazines ».

Peut-être ce que tu m'as envoyé va-t-il me décider à quitter la capitale, la clandestinité et à oublier un temps l'organisation où mon rôle est devenu assez stérile. Vois-tu, les seuls moments où il m'a été donné de partager un peu d'humanité ces dernières années, c'était à Carnetin, à la campagne, lorsque nous passions des heures à discuter ensemble et que tu me raccompagnais à la gare pour prolonger ce plaisir le temps de ce trajet. Ce que je ressentais alors que tu marchais à mes côtés est le souvenir le plus chaleureux que j'ai pu me construire depuis bien longtemps. Paris me pèse et, en lisant ta feuille sur les disparues, l'envie m'est venue de me rendre dans les villages natals de ces filles comme tu parlais de le faire. Si je n'y trouve rien d'utile en rencontrant leurs familles, au moins profiterais-je de l'air de la campagne et du plaisir de circuler librement et sans crainte. Une manigance que nous mijotons avec nos deux faussaires m'en donnera peut-être bientôt l'occasion.

[...]

Comme tu as raison de reprendre depuis l'origine toute cette sombre histoire. Ta plume est ton arme, plus puissante qu'un canon. Un nouveau vent de justice se lèvera un jour, c'est inéluctable, et la condition des femmes sera plus justement prise en compte. Cette fois, ce sera pour de bon, pour la révolution sociale et féminine, enfin ! À ce moment-là, tes pages seront précieuses. Mais, pour l'heure, les malfaisants que nous avions démasqués ont retrouvé leur place. Ceux qui avaient fui avec Thiers sont revenus à Paris et ceux qui étaient restés en faisant mine de soutenir la Commune collaborent maintenant ouvertement avec le gouvernement. Je bous de colère en passant devant leurs manufactures, leurs établissements ou quand je lis leurs noms dans les journaux qui font de ces capitalistes les héros du regain de l'économie parisienne après l'insurrection. Il t'avait déjà été bien difficile de décider nos camarades masculins à dénoncer publiquement ces tristes sires dans le Paris révolutionnaire… Aujourd'hui que l'ordre bien-pensant règne de nouveau à coups de sabre, ces gibiers de potence se croient invulnérables. Le sont-ils vraiment ? J'enrage. Mais j'ai appris que Karl Marx vient de publier un livre intitulé *La Guerre civile en France* qui parle de notre combat et il est rassurant de savoir que, si les forces révolutionnaires et progressistes ont été brisées à Paris, il en existe bien d'autres de par le monde, qui vont nous donner l'énergie de nous relever et de continuer à combattre.

[…]

Voilà que j'en viens encore à t'envier ; à envier ta liberté de vivre au grand jour, dans cette Amérique qui semble forgée dans la matière des rêves. Peut-être ton exil vaut-il mieux que les murs invisibles dressés autour de moi, alors que je semble aller librement dans les rues de Paris. Quoi qu'il en soit, j'ai hâte de recevoir d'autres lettres. Celle-ci m'apporte un parfum de liberté dans ma cage de verre. Alors, oui, continue à me raconter ton périple. Tu l'ignores peut-être encore, mais tu as une grande chance. Je t'en conjure, par-delà tous les malheurs, goûte chaque instant de cette liberté que tu as chèrement payée, savoure la découverte de mondes nouveaux. Et continue à me les donner en partage.

Même jour
En soirée

Pablo et Esteban rentraient d'une longue chevauchée de reconnaissance sur la piste vers l'Ouest et nous rejoignirent plus tard que d'habitude, fatigués, avec une mauvaise humeur qui ne leur ressemblait guère. Ils me répondirent à peine quand je les saluai dans leur langue. Nous avions installé notre feu entre notre chariot et le fourgon du Doc qui en sortit à ce moment-là avec la gamelle pour son repas et une grande timbale en fer-blanc qu'il me demanda de remplir de bouillon.

— C'est pour votre menteur ? aboya Esteban.

— Mon patient, corrigea doucement le Doc, mon patient. Il doit reprendre des forces. Sa plaie s'est rouverte dans la traversée.

— S'il pouvait en crever !

— Hippocrate, mon cher, Hippocrate… murmura le toubib d'un air lointain, sachant très bien que les Indiens ne pouvaient pas comprendre cette explication lapidaire.

Je savais la cause de l'amertume des éclaireurs envers le Doc qui les avait doublés ce matin. Avant l'aube, quand les passeurs étaient arrivés au ponton pour préparer leur grosse journée, le Doc était déjà sur place. Ravis de commencer plus tôt que prévu en améliorant les chances de boucler le contrat avant la nuit, les passeurs avaient embarqué le fourgon aux toutes premières lueurs.

Le radeau revenait à vide quand Calhoun arriva à l'heure convenue la veille, suivi de près par les éclaireurs. Le Doc avait déjà installé le fourgon sur la rive ouest, à l'ombre d'un bosquet de chênes de Virginie. Le hic, c'était le passager qui était avec lui. Un gars qui avait raconté des fables pour expliquer son état, qui avait chevauché assez longtemps avec une balle dans le corps pour que sa blessure s'envenime, un fuyard épuisé, au bord de l'évanouissement qui, arrivant en vue des lanternes d'une ville où il aurait à coup sûr trouvé un docteur, avait préféré user ses dernières forces pour guider son cheval vers les lueurs d'un campement dont il ne savait rien. Quelle raison à ce choix, à part la crainte de croiser un *marshal* en rentrant dans la ville ?

Calhoun se mordait les doigts de ne pas avoir conduit le blessé à Natchez la veille au soir. Dès qu'on avait compris que le fuyard nous mentait, il aurait dû l'y amener pour que le toubib de la ville s'en débrouille. Le toubib et le sheriff, s'il le fallait.

Au lieu de ça, on avait laissé le Doc extraire la balle avant que personne ait eu le temps de réagir. Et ce matin encore, il avait pris tout le monde de court en amenant son patient sur la rive ouest, où Red Rock Creek, la ville la plus proche, se trouvait à plusieurs jours de marche.

Bien sûr, Calhoun avait récupéré le Colt du fuyard quand le Doc le soignait. Ce soir, l'homme est désarmé, incapable de se mouvoir, et son cheval est attaché au chariot de Calhoun sous la garde de son cocher et de son fusil à canons sciés… Il n'empêche qu'à cette heure, personne n'est ravi de cette compagnie.

La guerre contre la Prusse, le pourrissement de l'Empire, la défaite à Sedan, puis la chute de Badinguet[1]… Il n'a pas été facile de poursuivre mes investigations dans ces bouleversements empilés. L'agitation permanente, les blocus et les poussées insurrectionnelles dévoraient notre temps car, avec les femmes de l'AIT, nous y étions toujours en première ligne aux côtés des camarades. Quand je n'étais pas d'un coup de main ou d'un autre, je passais des heures à gratter du papier dans mon rôle de secrétaire. Pourtant, je gardais toujours un coin de ma tête et un peu de mon temps disponibles pour ne jamais laisser mon enquête tomber aux oubliettes. Je savais maintenant que le proxénète se nommait Langlade.

1. Sobriquet de Napoléon III imaginé par les caricaturistes et repris par le peuple.

Les événements cités situent cet épisode à la fin 1870. La bataille de Sedan (le 2 septembre) se solde par une défaite française, la capture de Napoléon III, la chute de l'Empire et la proclamation de la IIIe République. Mais de nombreuses « communes insurrectionnelles » refusent de reconnaître la « République de Versailles » et récusent le traité de défaite contre la Prusse. La situation de la France est particulièrement instable durant cette période qui verra naître dans la capitale des insurrections massives qui déboucheront sur la Commune de Paris, à la suite de celles de Lyon et de Marseille et en précédant une douzaine d'autres (Grenoble, Narbonne, Toulouse…).

Une recherche au greffe de la Chambre de commerce et d'industrie m'apprit qu'il était propriétaire de la société *L'Impériale d'Orient,* dont je connaissais le siège social parisien, mais je découvris qu'elle avait aussi deux succursales, l'une à Bordeaux sur le quai Richelieu, l'autre à Cette[1] dans la rue de la Savonnerie[2]. Je garde souvenir de ces noms de rue, mais j'ai oublié les numéros que j'avais notés dans mes carnets disparus.

Par ailleurs, les camarades avaient localisé deux autres maisons de plaisir qui appartenaient à un homme répondant au signalement de Milord. Il aurait fallu vérifier que c'était bien lui, et je restais seule à pouvoir le reconnaître à coup sûr. Mais la sainte trouille qui m'avait submergée lors notre dernier face-à-face m'a finalement décidée à considérer que les indices du cabriolet et de la canne suffisaient pour établir une certitude.

Depuis mon retour en ville, j'avais noué des liens avec les camarades qui avaient repéré les établissements de Milord pendant que je me cachais à Carnetin. Je prenais parfois le temps de discuter avec Fernand, qui m'emmenait au *Grand Café polonais* où il s'envoyait cul sec des petits verres de vodka sortis de la glacière, sans oublier de me conter fleurette – comme à tout ce qui portait jupon, ce n'était pas mon privilège. Il a vite compris qu'avec moi, c'était en pure perte, mais il ne se lassait jamais de tenter sa chance. Mes rebuffades devinrent un jeu, un jeu qui m'amusait parce que Fernand demeurait toujours léger et drôle, même lorsqu'il finissait invariablement éméché. C'est lui-même qui s'est « dévoué » pour faire le pilier de bistrot dans un estaminet dont les vitres donnaient sur le porche d'un claque de la rue de Rome

1. Ancienne orthographe de la ville de Sète jusqu'en 1927.

2. *L'Impériale d'Orient* a été créée en 1856 par Eudes Langlade qui en était actionnaire à quatre-vingts pour cent, d'après les archives du greffe de la Chambre de commerce de Paris.

appartenant à Eudes Langlade. Il avait vu y entrer et en sortir plusieurs fois dans la journée un grand roux coiffé d'un chapeau melon. Je compris que c'était ce Sullivan, dont le domestique au broc de cendres m'avait appris le nom. Me souvenant qu'il rendait visite à Langlade tous les jeudis à cinq heures, je pensais qu'il devait diriger ce claque et aller au siège de *L'Impériale* rencontrer son patron pour son rapport hebdomadaire.

Fernand, qui me racontait tout ça entre deux allusions égrillardes qui faisaient brasiller ses yeux clairs, n'était pas un militant enragé. Né dans les beaux quartiers, d'une bonne famille largement à l'abri du besoin et vivant d'une bonne rente, il faisait partie de ces révolutionnaires dilettantes, prompts à faire le coup de poing quand ça chauffait, mais sur qui il ne fallait pas compter pour les tâches quotidiennes, parce qu'il préférait de beaucoup passer son temps à polir les comptoirs avec son coude et à courir le guilledou. Il n'en faisait pas mystère, toujours jovial et bon copain. Soucieux de m'être agréable, Fernand se « dévoua » encore pour surveiller les autres bordels de Langlade, pourvu qu'il y ait à proximité un bistrot où se poster. Il récolta ainsi une foule de renseignements bien utiles en repérant les allées et venues autant qu'en discutant avec les tenanciers des bistrots proches et leurs habitués. Les autres directeurs furent repérés et les mères maquerelles avec ; seuls leurs noms manquaient. Il apprit aussi que l'homme au cabriolet Milord ne rendait guère visite à ses établissements de luxe qu'une fois le mois, peut-être. En revanche, il passait chaque semaine à sa maison de la rue Militaire. Pour celle-là, située à l'étage d'un immeuble isolé dans ce quartier encore assez agreste, il n'y avait d'autre poste d'observation que le bouge à soldat situé au rez-de-chaussée de la même bâtisse.

Le taulier de la guinguette, un ancien légionnaire de la campagne d'Italie aux deux bras tatoués d'un glaive, était un dur à cuire qui avait décoré son établissement d'une grande gravure de *La Bataille de Solférino* dans un cadre rococo. Dans un coin de l'image en couleurs, il avait épinglé la médaille militaire au ruban jaune et vert qu'il avait ramenée de cette bataille en même temps que la profonde cicatrice qui fendait son front et se prolongeait jusqu'à l'oreille. La balafre et la breloque en imposaient beaucoup aux jeunes recrues fréquentant son bistrot.

Fernand comprit tout de suite que le tenancier ne portait pas le directeur du bordel dans son cœur, et détestait encore plus l'aristo « aux manières de tante » qui en était propriétaire. Il avait vite déballé tout ce qu'il savait du claque et de son proprio. L'aristo y venait tous les mardis. Il arrivait vers six heures et il était encore là quand le légionnaire fermait boutique, vers huit heures, pour « filer à Ménilmuche retrouver sa régulière ». Aux dires des clients du bordel qui défilaient là-haut jusque tard dans la nuit, l'aristo s'en allait en général vers dix heures. Il se disait que Milord passait des heures à regarder les filles se faire prendre par des soldats ivres à travers les œilletons dissimulés dans les moulures des murs avant de choisir celle qu'il allait saillir ce soir-là. Il arrivait parfois qu'il propose à plusieurs soldats de s'en occuper ensemble sans débourser un sou pendant qu'il les regardait faire. La fille criait ensuite quand il restait seul avec elle pour la prendre couverte de foutre en la traitant si fort de catin qu'on l'entendait lui aussi depuis les chambres voisines. Fernand me déballait tout ça en déquillant ses petits verres couverts de buée et je réprimai un frisson quand les mots de Milord me promettant à « l'établissement du quartier des casernes » sonnèrent dans ma mémoire.

Ces pauvres filles, le légionnaire ne les voyait jamais. Jamais elles ne sortaient du claque où elles restaient sous la surveillance de la maquerelle à travers les œilletons.

Et deux portiers armés postés dans le hall d'entrée gardaient l'unique porte.

Les soldats disaient qu'il y avait parfois du changement dans le cheptel de la boutique, mais on ignorait à quel moment les filles débarquaient et quand elles repartaient. Les mouvements se faisaient sans doute au tout petit matin, quand le bordel avait fermé et que la rue était déserte.

Le légionnaire en était là de son récit quand les pas d'une femme résonnèrent dans l'escalier comme pour le contredire, et le patron leva machinalement les yeux vers l'horloge. Derrière les vitres du couloir, une fille se pressa jusqu'à la porte qui donnait sur la rue. Le légionnaire haussa les épaules : « Elle, c'est la bonne, une gentille petite de la campagne. Tous les vendredis, la maquerelle l'envoie faire les courses à Ménilmontant, vers onze heures. Il faut bien les nourrir, ces filles. » La jeune femme sortit, contourna le bâtiment et revint de l'arrière-cour en tirant une petite charrette à bras. Puis elle s'engagea sur le chemin de Saint-Fargeau qui longe le mur du nouveau réservoir d'eau pour déboucher sur la rue de Ménilmontant.

Je n'écoutais plus Fernand. Cette fille connaissait le lupanar de l'intérieur. Elle en sortait seule chaque semaine, à la même heure. Et je connaissais son trajet.

27 août 1871, en soirée
Nouveau campement

De temps en temps, la réalité me tombe dessus comme une ivresse. Je regarde tout autour, et je ne suis pas très sûre que ce soit vraiment moi, au milieu de ces bois, assise sur ce banc de planches, les rênes dans mes mains. Ces mains, je les regarde un instant – sont-elles vraiment les miennes ? – puis je suis les rênes des yeux, passe sur les mules, le chariot du Doc qui bringuebale quelques mètres devant, puis Calhoun passe au galop, son revolver sur la cuisse… Je vois tout ça comme on voit dans les rêves.

Sous un soleil de plomb, je me perdais dans les flous de ces songes. J'ai sursauté en reconnaissant sa voix :

— On va souper ensemble. Je te donnerai des leçons d'anglais si tu veux…

Il arrivait de l'arrière, remontant le convoi au pas sur son cheval et je me demandai comment il avait pu me reconnaître avant que je l'entende arriver.

— Calhoun m'a indiqué ta voiture…

Il ne portait plus l'étoile d'adjoint et commença à me parler, tout en sourires qui pâlirent d'un coup quand Victor rejoignit le chariot et jeta à mes pieds les deux poules faisanes accrochées à sa ceinture.

Je ris en voyant le sourire du gars se décomposer, et il rit de me voir rire. Retenant l'allure de sa monture pour rester à nos côtés, il nous expliqua qu'il s'appelait Heck et qu'il accompagnerait le convoi jusqu'à Abilene. Il avait dû rester à Natchez le temps que le *marshal* trouve un nouvel adjoint quand il avait rendu son étoile. Ensuite, à cheval sur la piste, il nous avait vite rattrapés. Pendant notre halte devant le fleuve, il avait proposé à Calhoun de le seconder en se joignant à nous. Comme il n'exigeait pas de gages mais seulement un repas chaque soir et qu'il portait l'étoile, le chef de convoi n'avait guère hésité à engager un homme averti à si bon marché.

— Tu as à faire à Abilene ? je lui ai demandé.

Il s'est contenté de hocher longuement la tête en guise de réponse.

— Mais maintenant aussi, j'ai à faire, a-t-il lancé en éperonnant son cheval qui bondit en avant.

Il n'alla pas loin, et tira sur les rênes à hauteur du Doc qui conduisait son fourgon juste devant nous. Ils échangèrent quelques mots, puis Heck sauta de sa monture à la voiture pendant que son cheval avançait seul à côté. Assis près du Doc, il discuta un peu avec lui, puis nous entendîmes la portière avant qui s'ouvrait. Quelques minutes après, Heck regagna sa monture et continua à remonter le convoi pour saluer chaque équipage.

Ce soir, l'ancien sheriff est arrivé à notre campement en grande discussion avec Pablo et Esteban. Ils parlaient du protégé du Doc auquel Heck avait rendu visite. Il le connaissait.

— Mais toi aussi, tu dois le connaître, puisque tu es allée à la poste… me dit-il entre deux bouchées de ragoût.

Je ne compris pas tout de suite. Puis l'avis de recherche placardé sur la porte du *post office* que j'avais enfoui au fond de ma mémoire en resurgit soudain. Un nom, un visage, une somme. La ressemblance avec l'affiche me concernant, découverte à Cent-Noix, était frappante. Une improbable compassion m'était venue alors, comme si nous partagions un peu le même destin. Mais c'est la mention *dead or alive* barrant le cou de l'homme à la manière d'une corde de potence qui m'avait saisie, et je n'avais pas vraiment observé son visage.

— Big Jim Weeks, fit Heck, sa tête est mise à prix pour une tripotée de meurtres, dont celui du *marshal* de Waynesboro, quand il s'est évadé en plein procès.

Il marqua un temps pour nous laisser soupeser le palmarès de l'homme qui voyageait avec nous. Cette après-midi, le Doc avait changé de mine quand Heck lui avait annoncé le genre de racaille qu'il avait sauvée. Mais le médecin avait soutenu son regard et murmuré :

— Chacun son job, Heck. Je fais le mien, et il y a un sheriff à Red Rock Creek. Vous pourrez toujours l'y conduire, si vous tenez à le faire pendre.

Lorsque la fille apparut, je crus me voir moi-même, en remontant le temps. Pareille était sa blouse, pareille sa posture et pareil le fichu. En la voyant tirer sa charrette sur le chemin en pente, je sentis son poids peser sur mon échine, tirer sur mes jarrets. Arrivée au carrefour, elle posa la carriole pour essuyer son front du revers de ses manches. Je l'abordai en me plaignant de la chaleur qui nous faisait tant suer. Elle me répondit chichement, sans faire de phrase et releva bien vite la béquille pour repartir. Je lui emboîtai le pas, lui demandant si elle venait de loin. Elle répondit de mauvaise grâce, prononçant tout juste le nom de la rue Militaire à mi-voix. Elle aurait préféré que je lui fiche la paix.

— Ah oui, essayai-je encore, la rue du bistrot du légionnaire…

Elle ébaucha un hochement.

— Un héros de guerre, poursuivis-je, qui a reçu une mauvaise blessure à Solférino.

Surprise que j'en sache tant, elle me demanda :

— Tu le connais ?

— Pas moi, non, mais mon fiancé, oui, il est soldat. Mais on dirait que tu le connais, toi, ce légionnaire…

— Non pas, non. Défense de lui parler si je le croise. Mes maîtres le détestent.

— Mon fiancé dit qu'il est sympathique. Pourquoi ils l'aiment pas ?

— Veut pas vendre sa guinguette.

— Ils veulent l'acheter ?

— Ils disent que ça irait bien avec leur affaire.

— Et c'est quoi leur affaire ?

— Au-dessus, les filles… ils… il y a des filles, quoi. Pas moi, hein ! Enfin, pas comme elles. Moi, je suis juste la servante de monsieur et de madame.

— Et Milord, tu le connais ?

La question avait jailli trop vite. La fille se figea, effrayée de s'être laissé entraîner dans la conversation tout en cheminant. Je compris qu'elle ne devait parler à personne, que ses horaires étaient surveillés, comme l'étaient les miens aux *Clochers* et je fus certaine qu'elle connaissait le même sort. Je décidai de laisser tomber avant qu'elle me vît comme une source de tracas qu'il faudrait fuir à la prochaine rencontre.

— Je m'arrête là, dis-je en désignant un immeuble du menton. Je te laisse, on se reverra peut-être, on a les mêmes horaires. Je te vois passer depuis des semaines…

Elle me regarda pour la première fois bien en face, et me dévisagea, surprise qu'on pût la remarquer. Son regard était limpide, et moi, je lui mentais.

La semaine suivante, je l'attendais dans l'encoignure de l'immeuble que je lui avais montré. Je fis mine d'en sortir par hasard et je lui adressai un signe. Quand elle me reconnut, elle réprima un sursaut, tourna la tête vers l'arrière. Cherchant ce qu'elle regardait, je vis deux cavaliers, tout au bout du chemin en pente douce. Ils allaient au pas jusque-là mais, à ce moment, ils lancèrent leurs montures au galop et foncèrent vers nous.

— Pardon, pardon, je voulais pas, murmura-t-elle.

J'étais maintenant assez près d'elle pour voir les larmes dans ses yeux rougis. J'écartai d'un doigt le fichu qui cachait la moitié de son visage et dévoilai de larges ecchymoses mauves étoilées de croûtes brunes. La foudre me traversa quand je compris que j'en étais la cause. Je serrai sa main dans la mienne. Aussitôt, ses sanglots éclatèrent alors qu'elle continuait à murmurer sans cesse : « Pardon, pardon, pardon. » Je la pris dans mes bras et ses larmes coulèrent sur ma joue.

— C'est à moi de demander pardon.

D'un seul coup, tout fut clair dans ma tête. Je connaissais le sort des servantes avec cette engeance. Ils l'avaient battue jusqu'à ce qu'elle leur répète tout ce que je lui avais demandé. Ses aveux avaient scellé son destin. Aujourd'hui, ils l'avaient laissée sortir pour qu'elle serve d'appât et attraper cette fille qui s'intéressait à Milord, mais elle finirait dans le quartier des filles prisonnières.

Au loin, les cavaliers cravachaient leurs montures. Ils approchaient vite.

J'agrippai son poignet et je courus. Elle ne résista pas, se laissa entraîner, abandonnant ses galoches pour courir plus vite. Nous filions à toutes jambes, mais les cavaliers gagnaient du terrain à chaque seconde. Arrivée à l'orphelinat Saint-Vincent-de-Paul, je remarquai une porte entrouverte dans l'aile de service. Nous traversâmes les massifs du jardin Carré-de-Baudouin et nous engouffrâmes dans le bâtiment. Je tirai le verrou, et nous fonçâmes dans le dédale de la bâtisse inconnue. Deux coups de feu claquèrent. La seconde suivante, un martellement de bottes ébranla le couloir que nous avions suivi. La serrure n'avait pas fait un pli. J'ôtai moi aussi mes chaussures pour avancer sans bruit, changeant de direction chaque fois que possible, et les bruits de bottes se firent plus lointains dans le labyrinthe désert. Nous cessâmes de courir, montâmes les étages par un escalier de service ajouré de minces meurtrières. Sur le dernier palier, une trappe au plafond nous permit de rejoindre les combles. Une fois là-haut, je tirai l'échelle et refermai la trappe. Sur les toits, nous passâmes d'un immeuble à l'autre jusqu'à ce que nous butâmes sur une venelle qui donnait sur la rue de l'Ermitage où nous courûmes vers le centre de Paris.

Après un quart d'heure de course, nous nous arrêtâmes sous un porche à bout de souffle. Nous leur avions échappé pour de bon. Quand elle commença ses explications, les mots se bousculaient dans sa bouche pour en sortir plus vite. Des soldats en goguette nous avaient vues alors que nous cheminions ensemble tout en discutant, le vendredi d'avant. Le dimanche soir, l'un des soldats était venu au bordel et, la croisant dans l'antichambre du quartier des filles, il l'avait reconnue et l'avait plaisantée à ce sujet. La maquerelle avait dressé l'oreille. La suite, je la connaissais, elle la portait sur son visage. Je lui dis :

— Ils étaient trop loin pour savoir qui je suis, moi… Mais toi, ils vont te rechercher, c'est certain. Tu vas rester chez moi le temps qu'il faudra…

Elle posa la main sur son visage et je vis l'anneau qu'elle portait. Un air venu de loin vint tourner dans ma tête, se poser sur mes lèvres. Je commençai à fredonner à voix basse :

— *Sanctus Sanctus Dóminus Deus Sábaoth…*

Elle ouvrit grand les yeux, caressa machinalement l'anneau de saint Benoît avec son pouce, et chantonna avec moi :

— *Pleni sunt caeli et terra glória tua, Hosánna in excélsis…*

Elle avait grandi chez les nonnes. Elle s'appelait Babeth.

29 août
Qu'importe d'où j'écris, ce soir

Le sommeil ne viendra pas, les images de cette effroyable journée défilent.

Je dégourdis mes jambes sur la piste qui file droit dans des bois maintenant moins denses. Je dépasse un à un les attelages, jusqu'à la voiture de tête où le cocher de Calhoun m'interpelle :

— Tu as vu le chef ? Il faut que je…

Un coup de feu couvre la suite. Il a claqué quelque part dans le convoi, il me semble. Je ne suis pas sûre. Ça résonne dans ce vallon.

Le cocher s'est figé, l'oreille aux aguets. Second coup de feu, des cris embrouillés s'élèvent, tout un tumulte. Le cocher saute au sol, son fusil à la main. C'est bien dans le convoi que ça barde. D'autres coups de feu encore, une fusillade. Je cours derrière le cocher. On remonte la colonne, la haute voiture du Doc en ligne de mire. L'attroupement est à sa hauteur, juste derrière elle. Mon cœur s'affole. C'est autour de notre chariot qu'on s'agglutine. Des tirs épars, encore, dans les bois de chênes cette fois, des cris étouffés. Je dépasse le cocher, bouscule les gens pour arriver à notre chariot. Tout un groupe est rassemblé autour des marchepieds, me cachant le banc de conduite, mais je vois le corps du Doc, étendu dans la poussière de l'autre côté de la colonne, au milieu de débris de lambris brun. Quelqu'un, agenouillé près de lui, pose les doigts sur son cou. La foule autour du chariot s'écarte quand on me reconnaît. Je m'avance dans le couloir qu'on me laisse. Je découvre Victor, affalé en travers du banc, le corps déjeté en arrière sur le sol du chariot, encore hors de ma vue. D'autres coups de feu là-bas, loin, d'autres cris. Heck se tient près de Victor. J'avance encore et je découvre le corps inerte sur le plancher, les jambes encore posées sur le banc forment un angle bizarre. Ses yeux gris roulent en tous sens. Sur son visage pâle, les lèvres s'agitent. Puis il me voit. Ses yeux m'accrochent, s'agrandissent. Sa bouche s'ouvre comme pour m'appeler dans un cri de silence. Je serre sa main dans la mienne. Ses yeux se ferment. Sa joue tiède au revers de ma main. Un pli imperceptible naît au coin de ses paupières closes. Un sourire peut-être.

La voix d'Heck me murmure :

— C'est ton nom qu'il prononçait. On pouvait l'entendre, au début.

La poitrine se soulève régulièrement sous le foulard rougi que Heck presse sur la plaie.

— C'est grave ? je demande.

Heck hoche lentement la tête, soulève le tissu sanglant pour que je voie la blessure : un trou pourpre liseré de sombre au milieu de la poitrine, le sang qui sourd en faisant des bulles rose au rythme de la respiration.

— J'en ai vu se tirer de pire, tu sais… tente doucement l'Indien en remettant le foulard en place.

Je sais qu'il veut me rassurer. Les mots tournent dans le vide où mes yeux se perdent. Le visage inerte, les boucles blondes, la poitrine tranquille sous le foulard poisseux. Je n'ose plus un geste. Tout autour, la petite foule immobile, plantée dans le silence qui s'est fait depuis que j'ai grimpé sur le chariot. Le ciel, là-haut, le frémissement des hautes branches. Les bottes de Victor, ses jambes encore posées sur le banc. Le bois du plancher. Tout est vide, plaqué, sans réalité.

— La balle est ressortie ?

Heck secoue la tête.

30 août 1871

Je suis ce matin aussi incapable qu'hier soir de poursuivre le récit de l'affaire Langlade à la suite de mon journal du jour, comme j'en avais pris la discipline[1]. J'escomptais que l'écriture de ces lignes tienne mon esprit éloigné des horreurs qui l'assaillent. Mais rien ne pourra l'en distraire aujourd'hui. Un destin féroce a voulu que coïncident exactement l'accident de Victor et le moment de mon récit où mes investigations me font rencontrer Babeth. Ses derniers instants ont resurgi avec une netteté glaçante, alors que Victor gît à mes côtés, brûlant de la fièvre qui l'a pris cette nuit. Les images de la fusillade qui l'a laissé sur le carreau, je ne peux que les imaginer. Mon esprit les invente sous cent formes différentes à partir de ce qu'il en sait. Le premier coup de feu, tiré dans la voiture du toubib. Un tir de fusil assez puissant pour projeter le Doc à travers la paroi de lambris et le faire atterrir dans la poussière de la piste. À ce moment-là, Victor a dû saisir une arme, j'en suis sûre, pour la pointer vers le danger. Mais il n'a pas eu l'occasion de l'utiliser, car le tueur a tiré à nouveau, sur

1. Avant ce paragraphe, plusieurs essais ont été raturés jusqu'à être à peu près illisibles.

Victor cette fois, à travers un interstice ménagé entre deux lattes de lambris à l'arrière du fourgon. Heck a retrouvé cette minuscule fente roussie par la flamme de bouche, près du plancher de la voiture. Ensuite, l'assassin a eu le temps de bondir hors du fourgon pour s'emparer des armes de Victor avant que les voisins accourent. Puis il s'en est servi pour les tenir éloignés par un tir de barrage, le temps de dételer la jument du toubib. Abrités derrière les chariots, les pionniers répliquèrent, et ils continuèrent à faire feu alors que le tueur s'enfuyait dans le sous-bois. Calhoun le prit en chasse dès qu'il arriva sur place, dépassant vite les pionniers qui avaient entrepris de le poursuivre à pied, et nous avons entendu les échanges de tirs s'éloigner dans les bois. C'est à ce moment que j'ai découvert Victor. De longues minutes, nous ne sûmes prodiguer d'autre soin que ce foulard sanglant pressé contre sa poitrine. Lorsque les Biloxis nous rejoignirent, ils saupoudrèrent la plaie d'un mélange de plantes pilées et posèrent par-dessus un emplâtre d'argile qui arrêta l'hémorragie.

À la fin du jour, les pionniers enterrèrent le Doc sur le bord de la piste. Ils venaient de poser la réclame de son élixir miracle sur sa tombe en guise d'épitaphe quand Calhoun surgit de la pénombre, tenant la jument du toubib en remorque par son licol. En découvrant le cadavre de Big Jim Weeks sur le travois qu'elle traînait, le regret de ne pas l'avoir tué moi-même me cingla. Je dus me faire violence pour que ma main accepte de lâcher la poignée de mon pistolet sans l'avoir déchargé sur sa dépouille.

Calhoun écouta Heck lui expliquer comment il avait trouvé les deux armes abandonnées dans la voiture du Doc : un antique Brown Bess[1] à un coup dont on avait

1. Fusil à silex de très fort calibre (.75) encore réglementaire dans l'armée britannique au tout début du XIXe siècle et capable d'arrêter le cheval d'un cavalier chargeant un carré de fantassin.

scié le canon et la crosse, et un minuscule pistolet à coffre à silex de calibre .45. Des souvenirs de famille, enfouis au fond d'un coffre qu'on avait vidé de ses bibelots, gravures et de la poire à poudre en corne de la même époque – qui avait servi à charger les armes. Sans doute le Doc n'avait-il jamais vu ces reliques oubliées depuis longtemps comme des armes. Ce détail lui a coûté la vie.

Calhoun hocha la tête et pointa l'index sur l'aine ensanglantée du cadavre. Sa blessure n'était pas encore cicatrisée, mais Big Jim avait eu assez de force pour fouiner dans le fourgon et, quand il avait découvert les vieilles armes dans le fourbi du Doc, il avait décidé de tenter sa dernière chance avant d'arriver à la potence qui l'attendait à Red Rock Creek.

C'est finalement son cadavre que Calhoun remettra au sheriff quand nous y parviendrons, après une journée de route, peut-être, et la population sera privée du spectacle d'une pendaison.

Pablo et Esteban restèrent tard avec moi au prétexte de remplacer leur emplâtre de temps en temps, mais je sais bien que c'était surtout pour ne pas me laisser seule près de Victor qui s'agitait sans reprendre connaissance. Vers le milieu de la nuit, ils m'ont dit qu'ils allaient danser avec les bons esprits pour attirer la guérison sur notre chariot et ils sont partis dans les bois, loin des regards en emportant leurs musettes. Mais, quand ils sont revenus quelques heures plus tard, le teint terreux et les yeux rougis par la *tchanoun'pa*[1], Victor était toujours sans connaissance et la fièvre ne l'avait pas quitté.

1. « *Chanunpa* » est l'orthographe la plus courante du nom de cette pipe rituelle.

IV

APACHES

Dimanche 5 juin 1881
Window Rock, *Navajo Reservation*, Arizona

Après avoir jeté la dernière pelle de terre rouge sur la tombe de Victor, je fus incapable d'écrire. Le monde s'était vidé. J'y errais comme un fantôme perdu dans un décor de théâtre où des ombres jouaient une pièce navrante. Puis, sans me laisser le temps d'épuiser les larmes, les bouleversements se sont succédé dans un torrent qui me projetait chaque jour contre une nouvelle urgence et je fus longtemps ballottée dans ce tumulte sans que vienne m'effleurer l'idée que je pourrais écrire. Quand le cours de la vie devenait plus calme, les histoires que racontent ces pages me semblaient tellement éloignées du quotidien de ma nouvelle existence que, lorsque la velléité de reprendre l'ouvrage me venait, il y avait toujours un bon prétexte pour me détourner vers quelque occupation plus facile qui laisserait en paix les démons du passé.

Pourtant, tout au long de ces dix années, j'ai toujours conservé ces cahiers dans mes fontes avec mes biens les plus précieux : un carré de drap grège ayant servi de balluchon, un vieux dictionnaire d'anglais et une poignée de cartouches en réserve. Quelque chose au fond savait que leur histoire n'était pas scellée.

Je ne suis plus la jeune femme qui brossait l'histoire de sa vie, jour après jour, touche après touche, avec une obstination confondante, mais je ne suis pas tout à fait quelqu'un d'autre. Si cette jeune Française que les hasards ont jetée toute crue dans le fourmillement de l'Amérique est aujourd'hui bien loin, je ne serai jamais vraiment une Indienne, bien que je partage depuis longtemps le quotidien, les combats, les espoirs, les déroutes et un peu de l'esprit des peuples indigènes.

Lorsque je découvris la façon de penser des Indiens, leur conscience de faire partie d'un tout qui nous accueille et nous dépasse, ce fut un éblouissement. Épousant la cause des peuples indigènes que les Blancs traitent avec tant de morgue, d'injustice et de violence, j'en vins bientôt à prendre en abomination tout ce qui était lié à la société qui m'a construite. La honte d'avoir fait partie du peuple dont les armées déciment les tribus indiennes pour que des nuées de colons arrivent par convois entiers s'accaparer leurs terres me poussait à rejeter en bloc ce que j'étais moi-même, alors que je débarquais sur le sol d'Amérique dans un de ces convois maudits et que j'écrivais le récit de mon histoire à chaque étape.

Avec le temps, mon esprit s'est habitué aux lumières des philosophies indiennes qui ne m'éblouissaient plus mais qui éclairaient simplement le monde et le chemin que je devais y tracer. Je redécouvris alors peu à peu la juste valeur de ce qui m'animait pendant que j'écrivais. Je retrouvais de l'estime pour cette jeune femme qui se tenait debout dans l'adversité, faisant tout ce que peut un humain animé du désir de justice et de fraternité qu'il sert comme il le peut dans des circonstances contraires, mais de toute son âme.

Aujourd'hui, après toutes ces années, lorsque je relis ces lignes il me vient des élans de tendresse pour la jeune écorchée un peu trop romantique qui les a écrites. Je veux rester fidèle à cette jeune femme. C'est elle qui m'a faite.

Je veux poursuivre son ouvrage, et tâcher d'en conserver l'esprit autant que la méthode.

Évidemment, je ne serai pas capable de dater les épisodes de ce feuilleton avec la même précision qu'à l'époque. Mes souvenirs ayant dix ans de plus, bien des détails seront passés par maille. Mais la chronologie sera juste, car quelques dates dont je demeure certaine permettront de jalonner le récit avec des repères solides.

Les premiers temps qui suivirent notre fuite, Babeth ne quitta pas notre mansarde de la rue des Carrières[1] où un étroit fenestron apportait un semblant de lumière en offrant vue sur le cimetière de Montmartre – à condition de se pencher au-dehors. Nous avions la certitude que les hommes de Milord la recherchaient, mais la colère qui bouillait dans la capitale et les troubles politiques de la fin 1870 ne facilitèrent pas la tâche des crapules qui ne retrouvèrent jamais sa trace.

En intriguant pour la rencontrer, j'espérais beaucoup de ce que pourrait m'apprendre cette inconnue sur le claque où elle travaillait. Elle était maintenant mon amie et parfaitement disposée à me dire tout ce qu'elle savait, mais c'était finalement peu de chose : le quartier des filles de l'établissement était parfaitement étanche. Babeth préparait bien leurs repas, mais c'est toujours la maquerelle qui amenait les marmites, et les filles s'occupaient elles-mêmes de leur linge, du ménage et des poêles. Les prostituées n'avaient aucun contact extérieur à leur quartier, hormis avec les patrons, les deux cerbères, et évidemment le défilé des soldats qui venaient en clients. Même quand elles les recevaient, tout restait

1. Devenue rue Ganneron en 1875.

sous contrôle. Chaque chambre était équipée d'un œilleton et d'un cornet acoustique qui permettait de voir et d'entendre à tout moment depuis un couloir dérobé tout ce qui s'y passait. On pouvait ainsi vérifier que les filles n'échangeaient avec leurs clients que le strict nécessaire à leur service. De toute façon, la durée des passes dans cet établissement d'abattage permettait tout juste aux clients de bâcler leur affaire à la hussarde et certainement pas de faire la causette. Babeth n'avait pas pu m'en apprendre beaucoup davantage. Mais le secret auquel ces filles séquestrées étaient tenues constituait à lui seul un bel élément à charge sur les méthodes de Milord.

À cette époque, Honorine et Nathalie étaient trop absorbées par la révolution pour m'aider dans mes recherches. Monique, je ne la voyais jamais dans cette période de bouleversements politiques où le travail souterrain prenait une importance capitale. Usant moi-même mes journées à courir après des jours meilleurs, je n'avais pas une minute à consacrer à l'affaire Langlade.

Pourtant, au moment où j'y pensais le moins, cette affaire endormie fut soudain relancée par le poing de Fernand qui frappait à ma porte.

Lundi 6 juin 1881
Window Rock, *Navajo Reservation*, Arizona

Le lendemain de la mort de Victor, sans doute le 1er ou le 2 septembre 1871, nous sommes arrivés à Red Rock Creek au milieu de l'après-midi. Calhoun déposa le corps de Weeks devant le *sheriff's office*, puis il brada le fourgon du Doc au charron de la ville et sa jument au relais postal.

Ce soir-là, les Indiens sont restés silencieux, ne parlant que le nécessaire en faisant rôtir le cuissot qu'ils avaient ramené de leur reconnaissance. Il n'en restait que l'os quand Calhoun sortit de l'ombre pour s'asseoir avec nous. Il se servit un café qu'il avala d'un trait, puis il tira de la poche de son gilet un rouleau de billets de cinquante dollars qui représentait l'essentiel de la somme encaissée pour la prime de Weeks et le fourgon du Doc, et il me le tendit. J'hésitai à le saisir malgré les hochements de tête de mes amis.

— Ça te revient. Je suis responsable de tout ça. La place de cet assassin n'était pas dans notre convoi. J'aurais pas dû me… enfin, je… Bah, peu importe, mes excuses n'y changeront rien… Et cet argent non plus. Mais je… je voulais te…

Il ne trouva pas les mots, jeta le fond de son quart dans le feu et disparut dans la pénombre en laissant près de moi le rouleau vert que je n'avais pas saisi. C'était une grosse somme, qui me serait parfaitement inutile tout au long du voyage, mais qui changerait du tout au tout les chances de mes projets une fois en Californie. Pourtant, le mot « projet » n'avait plus de sens pour moi. Pendant des jours, j'allais naviguer dans un brouillard dont il ne me reste que de vagues images, et le sentiment de la présence de mes amis indiens à mes côtés chaque fois que leurs missions le permettaient. Dans ces jours qui se ressemblaient tous à force de mélancolie, je me souviens fort bien du réconfort qui me venait des moments partagés avec eux qui me permirent de tenir le coup.

Un matin, alors que les Biloxis venaient de partir en reconnaissance, Heck resta seul avec moi. Tout en commençant à ranger les affaires pour lever le camp, je lui demandai une nouvelle fois ce qu'il comptait faire à Abilene où nous allions arriver. La première fois que je lui avais posé la question, à son arrivée dans le convoi, il avait esquivé d'une pirouette. Cette fois encore, il ne répondit pas tout de suite, m'aidant d'abord à ramener le fourbi du campement dans le chariot. Puis il m'avoua qu'au fond, il ne savait pas trop. Seulement, quelque chose lui disait qu'il devait aller là-bas. Je pensais qu'il allait poursuivre car son ton n'était pas celui d'une fin de réplique. J'attendis, et il s'adossa à une roue du chariot, le regard fixé sur la pointe de ses bottes. Je ne savais pas s'il cherchait les mots pour continuer sa phrase ou s'il s'était perdu dans des pensées lointaines.

— Pourquoi il faut le faire ? essayai-je.

— Je sais pas… Abilene est à la limite de… du territoire où les Apaches mènent des raids ces derniers temps.

Je me souvins de l'étoile qu'il portait quand je l'avais rencontré.

— Tu veux rejoindre les Rangers pour les combattre ?

Il avala sa salive d'un claquement de langue et répondit :

— Non, non, pas les combattre.

— Pour les rejoindre, alors ? Tu connais des Apaches ?

Il agita la tête.

— Je suis un Natchez, je te l'ai dit…

Pour sûr que je m'en souvenais, et je lui avouai n'avoir jamais su s'il aurait fallu entendre des nuances de fierté ou de dépit dans ses intonations. Il ferma les yeux et les garda fermés en répondant. Oui, il devait y avoir de la fierté d'appartenir à un peuple indien. Et l'amertume d'appartenir à une Nation vaincue, qui a perdu son âme en même temps que ses terres, un peuple dispersé dont la flamme s'est éteinte.

— Les Apaches, ils se battent encore, souffla-t-il. Ils n'ont pas abdiqué. Ils gardent leur fierté, ils vivent à leur manière. Ils restent des Indiens. Ils ne sont pas obligés de se vendre pour survivre, et de servir ceux qui les ont brisés.

Un soir de février 1871, je crois – il gelait à pierre fendre –, Fernand vint toquer à notre porte pour m'entraîner dans son repaire polonais. Il semblait excité, et j'abandonnai le brûlot de propagande que nous étions en train de rédiger pour le suivre, laissant Babeth terminer le travail toute seule. Chemin faisant sur le pavé gelé, je sentis qu'il faisait des mystères et, en arrivant dans l'établissement, je compris pourquoi quand il me conduisit à une table où une femme entre deux âges nous attendait. Bien mise et trop fardée, elle semblait un peu gênée et tripotait un petit verre encore couvert de buée entre ses doigts, comme si elle ne comprenait pas vraiment ce qu'elle fichait là. Fernand commanda de la vodka à la cantonade avec sa véhémence joyeuse qui fit se retourner plusieurs clients :

— Une petite carafe, dans un bloc de glace ! Et deux verres de plus ! Si, si deux ! pour la jeune dame aussi… Elle a quelque chose à fêter, mais elle ne le sait pas encore !

Fernand semblait le seul à l'aise autour de notre table, et, quand un serveur eut déposé les verres et le flacon glacé sur le guéridon, il baissa la voix pour les civilités. Il me présenta comme une militante de *La Ligue des sept vertus* et je dus cacher ma surprise. Ensuite, il ne prit pas de gants pour expliquer que cette dame inconnue avait été prostituée durant plus de dix années dans les établissements de luxe de Milord avant de se remettre à son compte. Il avait une telle verve que les choses les plus extravagantes semblaient naturelles quand il les présentait. Il raconta que je préparais un article sur la prostitution pour la revue de ma ligue de vertu, et qu'il avait pensé qu'il serait intéressant que nous nous rencontrions. Fernand avait bien emballé ses salades et la discussion s'engagea aussitôt par un sourire canaille de la dame qui affirma sur un air de défi qu'elle doutait que son témoignage pût être bien utile pour un article défendant la vertu ; elle en avait si peu et s'en trouvait fort bien.

Il avait croisé cette femme dans un bistrot presque fréquentable connu pour ses rencontres faciles. Elle discutait avec une amie, et il l'avait immédiatement regardée comme une conquête possible, s'installant non loin d'elles au comptoir. Il avait attrapé « au 23, boulevard Exelmans » dans leur conversation et il avait dressé l'oreille : il avait surveillé cette adresse quelques semaines auparavant.

La dame avait accepté de le suivre en échange d'un joli billet. Elle était loin de son premier verre et nous ne savions d'elle que le prénom à l'exotisme fantaisiste qu'elle avait livré à Fernand. Elle ne fit pas de manières pour se livrer librement. Elle avait travaillé de son plein gré au « 23 Ex ». Et aussi dans l'autre établissement de Milord, celui de la rue de Rome. Parisienne depuis toujours, elle était venue frapper d'elle-même à la porte pour proposer ses services. Bien faite, avec une certaine expérience de la profession qu'elle exerçait avec bonne humeur et un certain talent depuis son jeune âge, elle voyait une promotion inespérée dans le fait d'exercer dans une maison dont le prestige et la clientèle bourgeoise lui en mettaient plein la vue. Pas une seconde elle avait regretté la chambre douteuse et la clientèle peu reluisante qui faisaient son ordinaire de jeune putain des faubourgs. Je n'eus pas à beaucoup insister pour qu'elle m'explique qu'à côté des filles comme elle, parisiennes pour la plupart et professionnelles délurées, il y avait aussi des filles aux manières rustiques et aux accents des provinces qu'elle ne tenait pas en haute estime, mais qui satisfaisaient une clientèle gourmande d'exotisme campagnard. En général, la maquerelle leur faisait porter quelque accessoire qui forçait le trait, des sabots de paysanne, une coiffe de lavandière, un bonnet de bergère pour compléter la tenue affriolante de rigueur pour toutes. Notre dame les trouvait ridicules attifées comme au carnaval, et le fait que leur rémunération fût proche de zéro ne la poussait pas à les considérer comme des égales.

Après toutes ces années, je n'ai plus souvenir du menu de la conversation, mais je me rappelle avoir eu ce soir-là confirmation que ces filles étaient bien des servantes venues de lointaines campagnes, placées dans de bonnes familles ou des établissements prospères, et qui étaient devenues prostituées sans l'avoir choisi. Bien peu de celles-là entraient dans les cercles d'affinités qui se créaient entre les vraies professionnelles, qui les regardaient comme des putains de troisième classe qu'elles tenaient au ban.

Les deux coudes sur le guéridon, la femme inconnue suivait le rythme de Fernand dans la descente des petits verres de vodka. Elle s'appliquait à en donner pour l'argent reçu, racontant comment les filles passaient régulièrement de l'établissement de la rue de Rome à celui du « 23 », puis inversement quelques mois plus tard pour satisfaire le désir de changement de la clientèle. Mais quand je lui parlai de la troisième maison, celle de la rue

Militaire, elle se tint coite et me regarda en penchant la tête. Puis une moue dédaigneuse déforma son visage :

— Rien à voir, murmura-t-elle sur un ton dégoûté. Là-bas, c'est la lie…

Comme personne ne relançait, elle liquida son verre avant d'ajouter :

— Un claque d'abatage, un établissement indigne de Milord, à mon avis. Milord… un homme de cette classe. Ah, Milord…

L'admiration éclairait son regard et elle répétait ce nom à l'envi, comme s'il lui faisait du bien à la bouche. Fernand lui glissa qu'il s'était laissé dire qu'un homme de cette classe ne détestait pas tant les filles de cette lie qu'il allait baiser chaque mardi. La femme eut un tressaillement outré et un mouvement de bras scandalisé qui envoya dinguer les verres. L'incident suspendit la conversation le temps qu'un serveur s'empresse de réparer les dégâts, et, quand il eut terminé, elle avait retrouvé un peu de calme. Pour faire oublier la sortie de Fernand, je l'engageai à parler de Milord, et je compris qu'elle ne connaissait pas son patronyme parce que, lorsque je glissai un « monsieur Langlade » à propos de je ne sais quoi, elle ne réagit pas le moins du monde. Pour Milord, elle n'eut que des louanges, prestance… élégance… goût exquis… Il l'avait manifestement baisée à l'occasion, et elle avait été largement amoureuse. J'essayai ensuite de mettre les disparitions de filles sur le tapis et elle fit d'abord la sourde oreille, continuant son panégyrique. Je revins plus franchement à la charge et elle comprit qu'elle ne pouvait plus éluder. Elle me fixa de son regard où l'alcool provoquait un léger strabisme et chercha loin ses mots pour répéter simplement :

— Les disparitions…

Elle ferma les yeux dans un long soupir désabusé avant de poursuivre :

— Que voulez-vous, madame… Il y a de mauvaises têtes dont on ne peut rien tirer. Des filles qui ne comprennent que la trique. Le monde tourne plus rond sans elles, et il s'en trouve mieux.

Sidérée par la réponse, je souris comme une bécasse pour n'en rien laisser paraître, et j'essayai de pousser le bouchon un peu plus loin pour voir si elle savait ce que devenaient ces filles évanouies.

Son regard me transperça. Elle se leva, furieuse, de cette fureur de poivrote qui a atteint sa dose, en tendant le bras vers le ciel dans un geste de théâtre et un équilibre instable pour réclamer son paletot, jusqu'à ce qu'un serveur accoure pour lui enfiler la manche. Elle ajusta un peu trop nerveusement son manteau de lapin et gifla Fernand à la volée d'une claque sonore en éructant :

— Tu m'as bien eue, mon salop.

Puis elle se tourna vers moi alors que tout le monde nous regardait et me cracha au visage :

— Et toi, la pouffiasse, si t'es une dame des ligues de vertu, alors moi, je suis la Vierge Marie en jupons de dentelle… et je m'en vais lécher la rosette de saint Pierre et notre Seigneur dans les nuages.

Mercredi 8 juin 1881
Window Rock, *Navajo Reservation*, Arizona

Le convoi avait dépassé Abilene depuis deux semaines, peut-être. Nous avancions vers Albuquerque, traversant de vastes plaines poussiéreuses à la végétation rare et Heck faisait toujours partie du voyage. Il restait souvent à veiller avec moi après que les Biloxis étaient couchés. Depuis la mort de Victor, tous trois avaient pris l'habitude de dormir près de mon chariot. Cette présence était mon réconfort lorsque je devais affronter les nuits où l'absence creusait des gouffres sous la toile écrue qui me servait de ciel.

Le monde qui séparait ce que je voyais de la bienveillance des indigènes qui m'entouraient et ce que j'entendais de la bouche de Calhoun à propos de la cruauté sauvage des Indiens des plaines me laissait souvent pensive. Je savais bien que Calhoun parlait des Indiens qu'il avait combattus lorsqu'il était un soldat en guerre contre les tribus rebelles, et que mes amis appartenaient à des tribus vaincues qui avaient pactisé avec les Blancs depuis belle lurette.

J'avais parfois essayé de comprendre le point de vue de Calhoun en imaginant quelles avaient pu être ses guerres. Ce qui me venait lorsque j'y songeais, c'était d'abord les images des seuls combats que j'avais eu à connaître, dans les rues de Paris sous le feu versaillais, que je mélangeais avec celles que j'imaginais des guerres indiennes. Et chaque fois, Calhoun m'apparaissait sous l'uniforme des Versaillais qui nous faisaient face, alors que je sentais la présence des Indiens à mes côtés sur la barricade assiégée. Ce n'étaient que des images pétries du flou des songes, mais elles me venaient ainsi, car je sentais bien que Calhoun avait un regard forgé dans l'armée régulière, alors que ses ennemis étaient des insurgés dans leurs Rocheuses, comme nous l'étions sur nos barricades. Ils se battaient pour leur liberté, eux aussi. Je percevais de manière de plus en plus claire que le combat des Indiens était aussi juste que le nôtre dans le Paris fédéré, et que les tuniques bleues de la cavalerie remplaçaient, ici, le sinistre bicolore des uniformes versaillais. Des deux côtés de l'océan, c'était finalement la même guerre qui se jouait, où l'armée des puissants brisait les élans de justice et de liberté qui mordaient la poussière.

J'avais bien compris que les tribus rebelles tombaient les unes après les autres, comme tombaient nos barricades. Parmi les dizaines de peuples indigènes que comptait jadis la géographie des Amériques, une poignée seulement demeuraient debout, faute d'être encore maîtres chez eux sur leurs terres volées.

À force de discussions avec Heck, je ressentais de mieux en mieux ce qu'il ne savait pas me dire à propos des Apaches, et commençais à comprendre pourquoi il ne savait pas le dire. Il est si difficile d'expliquer les émotions qui nous gouvernent davantage que les mots savent le dire pour l'expliquer.

Le convoi avançait maintenant moins lentement sur ces grandes plaines où la piste filait droit, présentant un profil plus commode. Mais, parfois, une rivière qu'il fallait franchir à gué compliquait le voyage et les incidents de traversée nous faisaient perdre du temps pour réparer la casse.

Ce jour-là, nous marchions depuis le matin vers une de ces lignes d'horizon à la végétation plus haute, plus verte qui signalaient de loin la présence d'une nouvelle rivière descendant des Rocheuses et encore invisible.

Le soleil avait atteint le zénith, et il semblait que nous ne nous étions pas rapprochés d'un pouce de cette ligne verte qui nous narguait et semblait reculer d'autant que nous avancions à chaque tour de roue. De sombres pensées planaient comme des vautours dans ma tête. Dans ma mémoire, le champ des souvenirs semblait un cimetière sans croix où les visages aimés, légers comme des spectres, flottaient en suspens et remplaçaient les tombes.

J'étais perdue dans ces macabreries lorsque la pensée qu'un danger nous guettait me traversa la tête une première fois. Je la chassai, tâchai de m'occuper à autre chose. Mais elle revint, plus insistante. Évidemment, je reconnus ce genre d'intuitions. Mais jusque-là, les quelques fois où elles étaient arrivées, ç'avait toujours été sous la forme d'une espèce d'injonction à faire quelque chose de précis, qui ne me sortait plus de la tête. Cette fois, c'était autre chose. L'intuition d'un danger devenait de plus en plus précise, je le voyais maintenant tapi dans le lit de cette rivière inatteignable, mais je ne savais rien de la forme qu'il pourrait prendre, et encore moins de ce qu'il faudrait entreprendre pour lui échapper. J'étais désemparée. Ni Calhoun ni les éclaireurs n'étaient sur place, partis dans la matinée pour reconnaître la piste jusqu'au gué que l'on devrait franchir. Je ne parvenais pas à me raisonner, il fallait que je leur parle. Je courus jusqu'à la tête de convoi, sautai sur le cheval de Weeks toujours attaché à la voiture de Calhoun et fonçai vers la rivière.

Je galopais depuis une demi-heure, peut-être, quand je vis les quatre hommes, là-bas, tout au bout de la piste. Quand nous nous rejoignîmes, j'étais fébrile, mes mots se bousculaient. L'idée que je devais prévenir Calhoun m'avait envahie, m'avait poussée à sa rencontre. Mais maintenant que j'étais devant lui, qu'avais-je tant à dire ? Qu'un danger nous guettait ? Un danger impalpable dont j'étais incapable de dire le premier mot ? Et comment le saurais-je ? Je m'embrouillai. Plus j'essayais d'expliquer raisonnablement ce que je voulais dire, plus il devenait évident qu'il n'y avait rien de raisonnable dans mon propos calamiteux.

— Calme-toi, me dit Calhoun sur un ton apaisant. Tout va bien. Avec Esteban, on a inspecté les berges de la rivière tout autour du gué. Heck et Pablo ont patrouillé dans les chaos rocheux qui longent ses berges. Je peux t'assurer qu'il n'y a rien d'inquiétant là-bas et que tout est tranquille.

Les Indiens hochèrent la tête pour confirmer ce qu'il disait, et je me trouvai bête. Que valaient des impressions fumeuses devant ce qu'ils avaient constaté de leurs propres yeux ? En rejoignant le convoi avec les hommes, je ravalai mes intuitions aussi bien que je le pouvais en tâchant de faire bonne figure. Mais, jusqu'au soir où nous faisions halte à une heure de marche de la rivière peut-être, ces impressions ne cessèrent pas de m'empoisonner la cervelle.

L'ancienne putain de luxe avait fini par comprendre que je ne la cuisinais pas pour le triomphe des « sept vertus ». Par bonheur, elle n'en savait pas davantage sur nous que nous n'en savions sur elle, et il lui serait difficile de renseigner Milord si l'envie lui venait et qu'elle fût en mesure de le faire. Néanmoins, craignant la possibilité d'une souricière qui serait le seul moyen de le retrouver, Fernand se résolut à faire des infidélités à son quartier général polonais pendant quelque temps. Il n'eut pas à s'en priver bien longtemps, parce que les propriétaires du café suivirent le gouvernement à Versailles dès le début de l'insurrection, en emportant toutes caisses et barriques de la réserve. La vitrine du café fut passée au blanc d'Espagne et le rideau de fer tiré dès la proclamation de la Commune.

Repensant aujourd'hui à cette période, je me demande bien comment je pus mener de front tout ce que j'entrepris durant l'insurrection. De *La Marmite* de Varlin au Conseil de la Commune, du coup de feu sur les barricades à ma chronique dans *Le Cri du peuple* et aux activités de *L'Union des femmes*, j'étais toujours sur la brèche. Je trouvais pourtant moyen de me soucier de temps en temps de mon enquête.

Dès les premiers jours de la Commune, vers le 20 mars, je pense, j'allai trouver Fernand dans un des bistrots où il avait ses habitudes. Bien qu'incomplet, son uniforme des cavaliers volontaires de la République qu'il avait rejoints au premier jour de l'insurrection lui donnait une belle prestance sous le képi noir à bande verte qui répondait à l'eau émeraude de ses yeux clairs. Je le plaisantai sur toutes les femmes que cet habit ferait tomber dans ses bras, et il fit mine de s'offusquer que je puisse penser qu'il eût besoin de ça pour faire des conquêtes. Nous avons ri, et je lui demandai s'il pourrait prendre le temps, à un moment ou un autre, d'aller jeter un coup d'œil du côté du siège de *L'Impériale d'Orient* et de l'immeuble de la rue Militaire pour voir comment ces affaires traversaient les événements.

L'uniforme lui permettant de pénétrer à peu près partout, il passa bientôt me voir dans la chambre de Montmartre pour m'annoncer que Langlade était parti avec sa famille pour son fief du Bordelais avant même que l'insurrection éclate, laissant le siège de sa société et ses appartements sous la garde de nervis armés.

Du côté de la rue Militaire, l'ancien légionnaire arborait le foulard rouge des communards et tenait un fusil Chassepot quillé sur la paillasse derrière le comptoir de sa guinguette pour souligner sa conviction. La clientèle de l'armée régulière repliée à Versailles ayant déserté son bouig-bouig, elle avait été remplacée par des fédérés aux uniformes disparates, en moins grand nombre, mais qui se soûlaient avec le même entrain.

Grande nouvelle, le légionnaire avait pu entrevoir des prostituées du claque pour la première fois. Deux jours avant l'insurrection générale, alors qu'il arrivait plus tôt qu'à l'ordinaire pour réparer les dégâts d'une fermeture agitée la veille pour la dernière soirée parisienne des Versaillais, il avait vu de loin une douzaine de ces filles sortir du bâtiment sous bonne escorte pour s'entasser dans une diligence à trois corps des *Courriers d'Aquitaine*. Les six chevaux de l'attelage les emportèrent toutes portes fermées avant qu'il arrive à sa guinguette. Aux dires des insurgés qui avaient remplacé, là-haut aussi, la clientèle de soldats, il ne restait que quelques prostituées, une demi-douzaine peut-être, sous la garde des deux cerbères du hall et de la maquerelle qui acceptait toujours les clients qui se présentaient. Le directeur semblait avoir déserté les lieux, et, les deux mardis précédents Milord n'était pas venu se livrer à ses fantaisies hebdomadaires.

Entendant tout cela, j'entrevis qu'avec l'insurrection qui chamboulait les règles, l'occasion se présentait de délivrer ces femmes du destin auquel j'avais échappé et de comprendre, peut-être, ce que devenaient les filles enlevées.

Jeudi 9 juin 1881
Window Rock, *Navajo Reservation*, Arizona

La veillée fut brève et d'un silence étrange à mes oreilles. À aucun moment les Indiens ne parlèrent de notre rencontre de l'après-midi, ni de la réponse que Calhoun m'avait faite. Mais avant de s'éloigner du feu pour préparer leur nuit, Esteban m'annonça qu'avec Pablo, ils iraient faire demain à l'aube une nouvelle reconnaissance autour du gué avant que le convoi y parvienne. Il avait prononcé ça sur un ton parfaitement neutre, et je ne savais pas s'il cherchait seulement à calmer mes inquiétudes ou s'il accordait une parcelle de foi aux paroles embrouillées que je leur avais servies sur la piste.

Ma nuit fut interminable. Bien après minuit, je venais de m'assoupir lorsque les aboiements de trois chiens de prairie s'élevant du lointain déchirèrent le voile fragile de mon premier sommeil. Ils hurlaient à la lune, là-bas, du côté de la rivière. Ce n'étaient que des chiens de prairie mais je m'imaginai que ces cris me disaient quelque chose. Puis je me raisonnai. Mon imagination me perdait. Je me penchais vers l'ouverture pour regarder le ciel. Demain, la lune serait pleine. Près du chariot, tout était calme. Seuls les ronflements d'un des Indiens enroulé dans sa couverture hachaient régulièrement le silence. Je me concentrai sur les aboiements pour ne pas laisser mon esprit libre de ruminer les pensées qui l'assaillaient, et leurs modulations lointaines finirent par faire tomber mes paupières aussi sûrement qu'une berceuse. Peu après, lorsque les chiens cessèrent leur concert aussi subitement qu'ils l'avaient entamé, ce fut le silence, retombant d'un seul coup, qui me réveilla brusquement cette fois, et je passai une nuit blanche.

Au matin, Calhoun vint nous voir pendant que nous prenions le premier café, comme il en avait pris l'habitude. Il remplit son quart à la grande cafetière et Esteban, déjà prêt à monter en selle, lui annonça qu'ils allaient repartir à la rivière en éclaireurs, ce matin. La réplique interrompit Calhoun dans son geste. Ses yeux sautèrent sur l'Indien :

— Ah ? Pourquoi ? On a bien vu, hier, et…

Esteban haussa les épaules et répondit d'un air détaché :

— Parce que c'est notre job, monsieur Calhoun.

Le chef laissa tomber et passa directement aux mises en garde pour le franchissement du gué, où il avait remarqué de profondes ornières creusées aux deux tiers du passage.

Au fur et à mesure qu'approchait l'heure de lever le camp, je devenais nerveuse. Les échos de ce fichu signal gonflaient dans ma tête. Je faisais mon possible pour n'en rien laisser paraître mais, quand le convoi démarra, j'étais de nouveau fébrile.

Au bout d'une demi-heure, alors que nous approchions de la rivière, la pensée impétueuse que je devais fuir me tomba sur le râble, comme un bloc compact cette fois, qui occupait tout l'espace pour ne laisser de place à rien d'autre. Cette fois, je reconnus ce genre d'injonction, plus semblable à celles que je connaissais. Je sautai sur la piste, laissant les mules mener seules le chariot et je courus jusqu'à la tête de convoi où se tenait Calhoun.

Je le suppliai d'arrêter, le danger était là, je le savais. Il m'envoya paître vertement cette fois :

— Encore cette histoire ! Tu m'emmerdes, Francine.

Il se mit en colère, fulminant parce que, croyait-il, j'avais déjà intrigué pour pousser les Biloxis à retourner patrouiller du côté du gué… Il avait eu la gentillesse de céder à mes délires d'exaltée… mais il fallait en finir maintenant ! S'ils avaient vu quoi que ce soit d'inquiétant autour de cette fichue rivière, ils auraient déjà accouru pour nous le dire.

Je compris que je n'arriverais à rien avec lui. Je me précipitai alors vers la queue de convoi pour tenter ma chance avec Heck. Il m'accueillit avec davantage de bienveillance, mais son discours fut à peu près le même.

Le convoi continuait à se rapprocher des arbustes de berges. Je regagnai mon chariot. Les fesses sur le banc de conduite au cul des mules, je ne tenais pas en place. Je n'étais pas parvenue à donner l'alerte pour préserver le convoi tout entier… Le besoin de m'enfuir pour m'éloigner au plus vite des malheurs qui nous guettaient s'empara de moi, irrépressible cette fois.

Fuir, fuir, fuir, je devais fuir, il n'y avait rien d'autre. Je me vis fourrer à la hâte quelques affaires dans mes fontes de cuir que je jetai en travers de mon épaule. Je glissai le revolver dans ma ceinture, décrochai la carabine et sautai du chariot pour m'enfuir en courant, soulevant une ligne de poussière sur la perpendiculaire qui m'éloignait le plus rapidement de la piste où le convoi continuait d'avancer vers la rivière. Calhoun, en tête de convoi, n'avait sans doute pas pu me voir m'ensauver. Mais Heck, qui fermait la marche, avait nécessairement repéré la ligne de poussière que soulevait ma course.

Je courus longtemps dans la poussière. J'avais dû parcourir deux bons miles quand le souffle vint à me manquer. Je m'arrêtai, regardai en arrière. Personne ne m'avait suivie. Là-bas, dans le lointain de la plaine, je distinguai tout juste la fin de la colonne qui disparaissait lentement dans la longue pente douce qui menait au gué où les premières voitures devaient être en train d'arriver.

Je pris soudain conscience d'être là, debout sur la plaine poussiéreuse, parfaitement visible à des miles à la ronde. Devant moi, à cent mètres peut-être, une touffe de végétation un peu plus haute, vaguement moins sèche que celle qui m'entourait. J'y découvris une petite mare asséchée, à peine assez grande pour m'y tenir allongée. Je me laissai tomber sur le fond d'argile craquelée, la tête et les pieds dans les vagues bouquets d'herbe grise qui la bordaient. Mon cœur se calma et je retrouvai mon souffle. L'oreille aux aguets, j'attendis longtemps, à scruter le silence sous le soleil vertical qui tombait droit sur moi et commençait à me griller. Aucun bruit que le silence de la plaine déserte, rien ne venait du côté de la rivière. Peut-être Calhoun avait-il raison, et rien n'arriverait. J'imaginais déjà la honte de rejoindre le convoi après les poussées hystériques qui m'avaient fait m'enfuir comme une folle. Mais, à ce moment, les coups de feu commencèrent à claquer. Un tir nourri, qui n'avait rien à voir avec ceux que j'avais pu entendre à Paris, auquel se mêlaient d'étranges cris de guerre qui modulaient deux notes aiguës. Les détonations se succédaient dans un roulement rapide, le tir simultané de nombreuses armes à répétition. Là-bas, mes compagnons de voyage essuyaient une pluie de balles. La fusillade dura moins de deux minutes, puis les tirs devinrent plus sporadiques et les cris cessèrent. Il y eut encore quelques coups de feu isolés, puis ce fut le silence qui me laissa désemparée à contempler trois colonnes de fumée qui s'élevaient dans le lointain.

Des heures passèrent sans que je parvienne à imaginer ce qui se passait là-bas, sans savoir ce que je devais faire. J'avais peur. J'avais soif. Rien ne pouvait me protéger du soleil qui me rôtissait, ma bouche était plus sèche que le sable autour de moi. Il fallait que je boive. À la nuit tombée, je pourrais essayer de ramper jusqu'à la rivière. Mais le soir était encore loin.

Les images que j'imaginais de l'attaque tournaient dans ma tête quand un crissement de pierre me fit tressaillir. Ce n'était pas un bruit de la plaine. Je n'osai pas élever ma tête au-dessus des herbes sèches pour regarder au loin. Un autre froissement, plus proche, cette fois. Mesurant chaque geste, je saisis la Henry, actionnai le levier pour chambrer une cartouche et la disposai sur la terre, pointée dans la direction du bruit, à portée de ma main. Puis j'attrapai la poignée de mon pistolet et armai les deux chiens. J'écartai doucement les herbes pour voir un peu au-delà et je ne compris pas tout de suite ce que mes yeux voyaient dans l'éclat du soleil. Je levai lentement la tête pour suivre du regard ces lignes verticales mal dessinées dans le contre-jour. C'étaient les antérieurs d'un cheval, à trois mètres de moi peut-être. Un mustang à la robe pie fauve décorée de dessins à l'ocre jaune. Il était arrivé si près de moi sans autre bruit que les deux frémissements. Sur le cheval, un Indien au visage barré de quatre traits blancs, qui le montait à cru. Dans ses mains, une carabine Spencer pointait sur ma poitrine.

Quelques mois seulement après notre rencontre, Babeth et moi étions devenues inséparables. Nos trajectoires se ressemblaient tellement. Nous nous comprenions souvent sans un mot. Durant la période où elle avait dû rester enfermée dans ma chambre, elle avait dévoré toute la littérature d'émancipation féminine qu'elle y avait trouvée et épluché les comptes rendus des réunions durant lesquelles nous nous efforcions de réfléchir ensemble aux conditions de l'oppression des femmes et aux moyens d'y remédier. Lorsque les troubles avaient secoué la ville assez violemment pour estimer que personne ne songerait plus à la pister, elle avait pris une part active à nos actions et n'était pas la moins radicale dans ses engagements.

Elle rentra fort tard le soir où Fernand était venu me décrire l'état actuel des affaires de Langlade. J'étais sans doute un peu trop excitée en lui expliquant que les nouvelles conditions de notre Paris insurgé nous offraient l'occasion de libérer les filles de la rue Militaire, de comprendre ce que devenaient celles qui avaient été enlevées, et de faire payer ceux qui les séquestraient. Cette perspective l'animait beaucoup et, de toutes les nouvelles apportées par Fernand ce jour-là, seule la fuite du directeur et de Milord sembla ternir son entrain. Je sus exactement pourquoi, d'avoir partagé la même déception en comprenant que ceux qui échafaudaient ce trafic de femmes seraient, pour un temps au moins, à l'abri d'un juste châtiment dans leurs retraites.

En moins d'une semaine, un bataillon d'une douzaine de femmes libertaires radicales fut constitué. L'air du matin commençait à sentir le printemps, les premières grappes de lilas bourgeonnaient sur le chemin de Saint-Fargeau. Nous nous étions regroupées à l'ombre du réservoir d'eau, armées de mousquets, de pistolets et de sabres. Je me sentais un peu gauche avec ce gros pistolet que l'arsenal m'avait remis quelques jours auparavant et dont je ne m'étais encore jamais servi. J'avais du mal à trouver une contenance en me préparant à ce qui allait être mon premier assaut. Babeth, pourtant pas mieux aguerrie que moi aux périls du combat, prit les choses en main. Elle connaissait l'endroit, savait où se tiendraient les nervis qui gendarmaient les lieux. Elle brossa un vague plan d'attaque en deux phrases et nous fonçâmes vers le bordel, Babeth courant la première pour entraîner les autres.

Quand nous déboulâmes dans la rue Militaire, le bruit de notre course attira le légionnaire jusqu'à ses fenêtres où il apparut armé de son fusil qu'il pointa vers nous. Voyant les foulards et les bonnets rouges que nous arborions toutes, il baissa son arme et courut dans le couloir pour nous ouvrir la porte. Il avait compris en reconnaissant Babeth à la tête du groupe, et, quand elle passa devant lui, il lui lança :

— Règle bien tes comptes avec ces salops. Vive la Commune !

Et quand nous nous précipitions dans l'escalier, il ajouta en criant pour couvrir le martellement de nos pas sur les marches :

— Et foutez pas le feu, quand même ! J'y tiens à mon bouig-bouig !

À l'étage, nous trouvâmes la lourde porte à vasistas du claque verrouillée, mais la serrure ne résista pas aux décharges de pistolet que j'y envoyai. Le grand hall où les cerbères auraient dû se tenir était désert, comme les appartements de « monsieur ». C'est dans la dernière pièce de ceux de « madame », que nous découvrîmes la maquerelle agenouillée qui réclamait pitié. Nous étions une douzaine d'insurgées en armes qui remplissions la pièce, et elle était terrorisée. Babeth s'approcha d'elle, le pistolet braqué sur son front. Arrivée à bout touchant, elle arma le chien et son cliquetis imposa le silence. La maquerelle s'était mise à pleurer en psalmodiant un *Ave*. Seuls les pleurs de sa mélopée emplissaient la petite pièce bondée.

Babeth rabattit le chien sans tirer et lui décocha un coup formidable de son bras lesté du poids de l'arme. La pommette éclata et du sang jaillit. La maquerelle dingua contre le mur où sa joue laissa une traînée rouge alors qu'elle glissait sur le sol. Elle gisait sur le plancher, la face ensanglantée et Babeth lui demanda :

— Ils sont dans le quartier des femmes, les salopards ?

La maquerelle hocha la tête. Je suivis Babeth qui ouvrit une porte dérobée donnant sur un long corridor où nous découvrions, tous les quatre ou cinq pas, les œilletons et les cornets qui permettaient de surveiller les chambres de part et d'autre du couloir. Les trois premières étaient vides. Dans la quatrième, les deux nervis avaient regroupé les cinq filles restantes et tenaient les canons de leurs armes posés sur la tempe de deux d'entre elles. Eux aussi nous avaient vues arriver dans la rue et, découvrant Babeth en tête, ils avaient compris aussi bien que le légionnaire qu'elle venait régler ses comptes. Armées comme nous l'étions, une fusillade leur aurait été fatale. Ils avaient pris les filles en otage.

Samedi 11 juin 1881
Window Rock, Arizona

Du haut de son mustang, l'Indien me regardait, impassible sous ses peintures de guerre. J'éloignai lentement ma main de mon buste et déposai mon pistolet sur l'argile du sol. Aussitôt, l'œil noir de la carabine cessa de me pointer. Toujours silencieux, l'Indien lâcha l'arme qui lui resta en bandoulière par un lien de cuir passé en travers des épaules. Il resta longtemps à me considérer en silence. Les traits blancs tracés sur ses pommettes saillantes durcissaient son visage tanné et un collier de longues perles d'os barrait son torse nu de trois lignes blanches tranchant sur sa peau glabre aux reflets de châtaigne. J'étais déroutée qu'il m'en imposât autant, à demi nu dans sa belle prestance.

J'avais tressailli en le voyant, mais je n'avais plus peur. Son regard d'acier qui me détailla un long moment n'était pas celui d'un qui va tuer. Je compris qu'il m'évaluait comme je le faisais moi-même. Puis il éleva sa main droite à hauteur de son épaule en me montrant sa paume. Je me redressai lentement et lui rendis son salut de la même manière. Il porta alors ses doigts à sa bouche et siffla trois longues stridulations pénibles aux oreilles.

Puis il me jeta sa gourde et, le temps que je boive, un autre mustang s'ébrouait à nos côtés. Je compris que je devais l'enfourcher. Je jetai mes fontes en travers de son encolure. Comme celui de l'Indien, ce cheval ne portait qu'un licol de cordelette tressée et n'avait pas de selle. Je cherchai du regard, mais il n'y avait rien alentour qui pût servir de marchepied. L'Indien comprit que je ne saurais pas grimper sur la monture sans étrier et il sauta à terre pour me faire la courte échelle. Puis il alla chercher les armes que j'avais laissées sur l'argile de la mare, n'ayant pas osé les effleurer quand je m'étais redressée.

Il s'approcha de moi et me les tendit. Comme je restais interdite, il hocha pour que je les saisisse. Puis il grimpa sur sa monture avec une agilité étonnante pour son âge, car il n'était plus tout jeune, et il engagea son mustang en direction de la rivière. Mon cheval le suivit de lui-même et j'avançai dans ses pas pendant plusieurs minutes, un peu sonnée par l'assurance qu'il avait à me laisser derrière lui, mes armes à la main, sans se retourner. Mon regard sautait de son dos nu à la carabine chargée que j'avais dans les mains, et finit par accrocher le petit paquet qu'il portait noué à sa ceinture de daim, sans parvenir à comprendre ce que c'était. Une bourse de fourrure grise, peut-être. À ce moment, il amena sa monture dans une courbe qui les fit tourner autour de moi, et il se retrouva à cheminer à mes côtés.

— Tu as fui le convoi pour te mettre à l'abri…

Sa voix était profonde et il s'exprimait dans un bon anglais, autant que je pusse en juger, moi qui cherchais encore mes mots dans cette langue. Mais je n'avais jamais entendu pareil accent de rocaille dans la vaste palette que j'avais rencontrée. Sa réplique n'était pas une question, mais j'y répondis d'un hochement doublé d'un battement de paupières.

— Et hier après-midi, qu'avais-tu tant à dire pour laisser tes mules conduire ton chariot toutes seules et galoper si vite pour parler à Calhoun et ses hommes ?

Il connaissait le nom du chef de convoi, et nous observait depuis la veille sans que personne s'en fût rendu compte. Il savait que je n'allais pas répondre. Après un silence, il garda ses yeux perdus dans l'horizon pour me dire :

— Tu savais qu'il y avait un danger, mais ils ne t'ont pas crue quand tu as couru à la tête et à la queue du convoi, tout à l'heure, pour tenter une dernière fois de prévenir tes chefs. Alors, tu as fui pour y échapper.

Sidérée est un mot faible pour exprimer ce que je ressentais, mais je confirmai d'un nouveau signe de tête. Il parut satisfait et il laissa encore un temps avant de poursuivre. Je saurai plus tard que c'était sa façon de s'exprimer, pour laisser à chacune de ses répliques le temps de faire tout son chemin.

— Tu es une chamane[1], je le sais.

J'ignorais le sens du mot. Avec des phrases simples, il m'expliqua ce que les Indiens appelaient ainsi. Je compris que c'était une personne plus perméable que

1. Le texte original indique « femme médecine », traduction littérale de l'anglais *medicine woman*. Cette substitution que nous nous autorisons, la seule de tout le texte, se justifie par le fait que, dans les langues amérindiennes anglicisées, la locution *medicine man* recouvre un sens bien plus large que celui de la traduction française « homme-médecine » et peut s'appliquer à toute personne douée – par la nature, par les esprits – pour une activité particulière, la chasse, la religion, la guerre, et toute autre utilité. « Sorcier » – qui n'est pas vraiment le masculin de « sorcière » – fut utilisé en français jusque dans les années 1950 mais n'est pas satisfaisant pour ses connotations restrictives. Magicien ne convient pas non plus. Au XIXe siècle, le français n'a pas de mot pour signifier un tel concept qu'il ignore.

« Chaman », imposé depuis par les ethnologues, a le mérite de ne pas donner à penser qu'il s'agit seulement d'une capacité à guérir, mais de capacités plus larges, plus diverses et plus mystérieuses.

d'autres aux forces de l'esprit, qui lui inspirent parfois des intuitions utiles à tous. Ainsi, il y avait dans leurs tribus des chamans pour la guérison, des chamans pour la chasse ou la cueillette ou pour trouver de l'eau, et lui était un chaman de guerre.

— Et toi aussi, tu es une chamane, je le sais, répéta-t-il pour conclure avant de se taire de nouveau.

Pour le coup, ces phrases-là avaient bien besoin de temps pour cheminer dans ma tête. Pour cet homme, les intuitions qui me venaient parfois n'étaient pas un mystère. Elles avaient un nom, une fonction, un rôle dans sa tribu. Et moi, je n'étais pas une jeune femme un peu trop exaltée qui imaginait des extravagances. J'étais une chamane. Je compris pourquoi il m'avait tourné le dos après m'avoir rendu mes armes. Il affirmait sa puissance. La puissance de son esprit, qui savait que je ne tirerai pas.

Nous allions côte à côte, et cet Indien dont j'ignorais jusqu'au nom n'était pas un étranger. Je chevauchais avec lui dans une évidence singulière quand quelque chose attira mon regard, derrière un buisson en boule. Je détournai le mustang pour m'en approcher.

Voyant vers où j'allais, l'Indien me lança :

— Tu as dû les entendre, cette nuit. Ils nous avaient flairés.

Trois chiens de prairie transpercés de flèches gisaient dans la poussière.

Je déroulais encore le fil de tout ce que je venais d'entendre quand nous arrivâmes près de la rivière. Je vis de loin le convoi à l'arrêt.

En approchant, j'aperçus ce qu'il restait de la voiture de tête, profondément enlisée aux deux tiers du gué. Toute la partie hors de l'eau avait brûlé. Sur la piste, deux autres voitures étaient réduites en cendres. Il n'en subsistait que les cerclages de roue et les arceaux de fer ; autour des autres voitures, plusieurs cadavres de mes compagnons de voyage tués par balle ou par flèche laissés là où ils étaient tombés. Les survivants désarmés se tenaient tous assis à l'ombre de leurs chariots pillés. Leurs regards pesaient sur moi, qui arrivais au côté d'un Indien, mes armes à la main sur un mustang couvert de peintures de guerre pareilles à celles des chevaux des Apaches qui les tenaient en respect. En m'approchant encore au pas de mon cheval, je découvris les cadavres d'Esteban, Pablo et Calhoun qu'on avait tirés hors de l'eau pour les aligner sur la berge ouest, bien visibles par tous.

En arrivant près d'eux, je sus que ce n'était pas une fourrure grise que l'Indien avait nouée à la ceinture, à côté du poignard. C'était le scalp de Calhoun.

Les deux hommes nous avaient entendues progresser dans le couloir de surveillance. Ils nous faisaient face, fixant l'œilleton par lequel nous les voyions tout en gardant leurs armes pointées sur la tête des filles.

— Si tu nous obliges à tirer, ça va tacher les murs, lança l'un d'eux.

Les filles roulaient des yeux terrorisés et nous ne répondîmes pas.

— Alors, voilà, vous allez nous laisser partir avec les filles, bien sagement.

— Si vous voulez vivre, faut libérer les femmes, répondit Babeth, cherchant une voix sûre.

— Bien sûr qu'on va les laisser filer, dès qu'on aura attelé la bagnole dans l'écurie… Qu'est-ce que tu veux qu'on fasse de putains pleines de foutre ?

Ils reculèrent vers la porte de la chambre, les femmes en bouclier.

— On va rejoindre l'escalier. Préviens tes copines de pas faire de grabuge, sinon… Boum !

Protégés par leurs otages, ils arrivèrent dans le hall, ouvrirent la porte palière et commencèrent à descendre en reculant, maintenant le groupe terrifié entre eux et nous. Arrivés sur le palier intermédiaire, ils allaient disparaître dans l'angle de l'escalier quand la voix du légionnaire tonna depuis le rez-de-chaussée :

— Halte-là ou je tire !

Pris à revers, l'un des hommes essaya de pointer son arme vers le bas de l'escalier, et un coup de feu éclata avant qu'il eût fini son geste. Il fut soulevé par l'impact et, retombant sur le sol, une dernière contraction déclencha le tir du pistolet qu'il tenait toujours dans sa pogne. Le fracas de la détonation couvrit le hurlement de l'autre homme dont le pied avait été traversé par la balle perdue. Aussitôt, il jeta son revolver au sol pour lever les deux bras.

Les filles libérées n'avaient qu'une idée : retourner dans leurs villages et oublier Paris. Pour échouer ici, elles avaient suivi un itinéraire assez semblable à celui de Babeth et au mien. Placées comme servantes dans des établissements ou des bonnes maisons de la capitale contre une obole mensuelle versée à des familles misérables, abusées puis livrées à la prostitution par différents chemins, elles avaient atterri dans un des établissements de Milord. Deux des filles avaient été directement séquestrées rue Militaire, trois autres avaient d'abord été utilisées dans les bordels de la rue de Rome et du boulevard Exelmans, et confirmèrent ce que nous en avait dit la poule du *Grand Café polonais*. Deux de ces trois-là avaient été déplacées rue Militaire simplement parce que la clientèle huppée s'était lassée d'elles et qu'elles n'étaient plus assez rentables. L'autre y avait été emmenée en représailles d'une tentative de fuite, pour ne pas dire d'évasion. Aucune des cinq n'avait la moindre idée du devenir de celles qui quittaient la rue Militaire, et elles ne nous livrèrent que des spéculations douteuses que rien n'étayait. Certaines étaient convaincues que ces femmes étaient assassinées pour garder secrètes les horreurs qui se déroulaient ici, avec les soldats bien sûr, mais aussi avec les gardiens, avec le tenancier, et avec Milord lui-même qui n'était pas le moins tordu. D'autres, fondant leurs croyances sur les dépravations de Milord qu'elles connaissaient fort bien, affirmaient qu'il gardait ces pauvres femmes séquestrées dans un mystérieux manoir pour les avoir toujours disponibles à satisfaire ses vices et que, pour celles-là, la mort eût été un destin préférable. Mais tout ça ne reposait sur rien de tangible.

Du côté de la direction, le premier nervi, toujours sur le palier, était aussi mort que du bœuf en boîte... mais le second et la tenancière pouvaient parfaitement parler. Il n'y eut pas beaucoup à les cuisiner pour qu'ils nous apprennent le nom du directeur enfui. Il était associé minoritaire de Milord dans la propriété de cet établissement, et l'organisation était la même pour chacun de ses bordels, à quelques détails près. Les maquerelles, qui régentaient le quotidien et surveillaient les filles, avaient un intéressement sur le chiffre d'affaires, et les hommes de main étaient payés au fixe. Tous avaient reçu un joli boni pour veiller sur les établissements le temps que les événements devraient durer. Ils nous ont expliqué tout ça sans se faire prier, mais il fallut que Babeth titille le pied transpercé de l'éclopé à coups de galoche pour qu'il lâche, bribe par bribe, ce qu'il savait des filles enlevées.

Les transferts se faisaient bien au tout petit matin, vers quatre heures, comme nous l'avait appris Fernand. Parfois, c'était une ancienne diligence portant le nom des *Courriers d'Aquitaine*[1] en lettres peintes qui venait les emmener. D'autres fois, les deux cerbères utilisaient la bagnole du clandé pour accompagner les filles jusqu'à la gare de Lyon où ils les laissaient aux mains d'autres

1. La Compagnie des Courriers d'Aquitaine fut liquidée en 1858, quand la concurrence des trains de la ligne Paris-Bordeaux eut raflé sa clientèle. Ses voitures et ses chevaux furent vendus à l'encan à Bordeaux l'année suivante.

hommes qui les emmenaient dans le train où un compartiment leur était réservé. Dans les deux cas, l'homme au pied en charpie ignorait ce qu'il advenait ensuite. Le traitement que Babeth lui avait réservé lui avait arraché de tels hurlements que nous étions enclines à le croire.

Ensuite, la tenancière à la joue explosée qui avait tout vu de la façon dont Babeth menait un interrogatoire ne se fit pas répéter deux fois de nous ouvrir le coffre. La recette n'avait pas été relevée depuis le départ des patrons pour Versailles. Je n'ai pas souvenir de la somme exacte, mais, en tout cas, une fois divisée par cinq, elle laissait un joli pécule pour chaque fille qui devrait attendre à Paris que le blocus de la capitale fût levé pour rejoindre son village.

Nous savions bien que, depuis le début du soulèvement, des exécutions sommaires éliminaient les pires salops, et nous avions même assisté malgré nous à celles des généraux, le soir du 18 mars[1]. Nous étions incapables de faire subir ce sort à la tenancière et au nervi blessé. La police n'ayant pas encore été réorganisée depuis la désertion des gendarmes de Thiers, nous n'avions aucune instance à qui remettre nos fripouilles et nous dûmes nous résoudre à les abandonner à leur sort.

Alors que nous descendions, le légionnaire nous alpagua, insistant pour nous offrir à boire. Il était réjoui et tenait à fêter la libération des filles dont le sort de recluses lui faisait pitié.

Alors que nous partagions une bouteille de vin mousseux, il s'étonna de ne pas avoir entendu de nouveaux coups de feu quand nous étions là-haut. Il nous demanda

1. Sans doute les généraux Clément-Thomas et Lecomte, exécutés sans jugement ce jour-là, premier jour de la Commune, par les émeutiers, en représailles des massacres de manifestants qu'ils avaient ordonnés.

si nous avions « zigouillé ces ordures à la baïonnette », en reluquant celles de nos mousquets. Il eut l'air désarçonné par notre réponse, et ne comprit pas que nous ayons pu partir en laissant des crapules de cette espèce continuer leurs manigances qui ne pouvaient que nuire au bien commun. En l'écoutant dire sa façon de penser, Babeth changea de mine, et je compris qu'elle aussi passait à la casserole des cerbères plus souvent qu'à son tour et que les paroles du légionnaire ravivaient souvenirs et colère. Prise d'un coup de sang, elle saisit son mousquet et se précipita dans l'escalier. Dix secondes plus tard, des hurlements à l'étage. Elle réapparut livide dans la guinguette et le légionnaire loucha sur le sang qui souillait sa tunique. Il lui demanda si elle l'avait eu, cette fois. Babeth bafouilla qu'elle l'ignorait. Avec ses coups de baïonnette dans le bas-ventre, elle espérait bien l'avoir émasculé et l'avait laissé saigner comme un porc qu'il était.

Mercredi 22 juin 1881
Albuquerque, Nouveau-Mexique

Je vomis. Je vomis ma bile. Je ne pouvais pas décoller les yeux du crâne scalpé de Calhoun, des visages sans vie de mes amis, des flèches qui les transperçaient.

À ce moment, je vis passer Heck entre deux chariots. Il allait sur son cheval entravé d'une pièce de bois. Les mains attachées dans le dos et une épaule sanglante, il était encadré par deux Indiens, un homme et une femme. Il ouvrit de grands yeux quand il me découvrit armée sur mon mustang aux peintures de guerre.

— Tu es avec eux ? C'est pour ça que tu savais ?

Je secouai la tête. Non, non, ce n'était pas ça, mais je ne savais pas le dire, les mots ne venaient pas.

L'Indien que j'avais suivi talonna son cheval pour se mettre à notre hauteur et répondit pour moi :

— Elle l'a su d'une autre manière. Elle est avec nous, mais elle ne le sait pas encore. Comme toi.

Sa réplique nous laissa silencieux. À son habitude, il attendit longtemps avant de poursuivre :

— Tu es un Indien, tu es resté debout sous le feu du combat, et tu n'as pas levé ton arme sur nous, même après que ton chef blanc t'eut tiré dessus, parce que tu refusais de le faire.

Heck regarda son épaule blessée et garda le silence.

— Malgré ça, tu n'as pas tiré sur tes frères. Ton sang reste peau-rouge.

Puis l'Indien désigna du menton les cadavres biloxis alignés près de Calhoun sur la berge :

— Eux, ils ont tiré, et une brave est tombée sous leurs balles. Leur sang était bâtard.

Ces mots déchirèrent mes oreilles. L'indignation me fit crier trop fort :

— Ils défendaient le convoi ! C'était leur métier, et ils le faisaient bien…

Le regard de l'Indien me cloua sur place, et je ne sus poursuivre. Il attendit d'être certain que j'en avais fini pour me répondre dans un grand calme :

— Ne te mets pas en colère. On dit exactement la même chose. Mais ça non plus, tu ne le sais pas encore.

Sur la rive ouest, les Indiens avaient réuni un chariot débordant de caisses de vivres pillées, un autre chargé des armes des colons avec leurs munitions, tous les chevaux de la colonne et la vache à longues cornes qu'un pionnier avait achetée à Red Rock Creek. Deux mustangs portant les cadavres des deux Apaches tués dans la bataille étaient longés au chariot de vivres.

L'Indien donna un ordre bref dans sa langue. Immédiatement, tous les guerriers qui tenaient les colons en respect jusqu'au bout de la colonne vinrent se regrouper autour des deux chariots en traversant la rivière au galop. Le chef n'avait pas forcé la voix. Il était impossible qu'ils aient pu l'entendre, mais l'ordre avait mystérieusement circulé de proche en proche sans que rien en paraisse.

Les Indiens étaient moins de trente, parmi lesquels une demi-douzaine de guerrières. La colonne, qui comptait près de soixante-dix hommes et une vingtaine de femmes, tous armés, n'avait pas fait le poids. J'avais aperçu une douzaine de cadavres de colons autour des deux chariots brûlés qui avaient dû former des îlots de résistance. Ailleurs, seuls quelques corps épars indiquaient qu'il n'y avait pas eu à mater beaucoup de détermination avant la reddition finale. Les mots de Calhoun sonnèrent à mes oreilles : « Prie le ciel pour n'avoir jamais à comprendre pourquoi je m'inquiète. »

L'Indien donna le signal de départ et les deux chariots s'ébranlèrent, encadrés par les cavaliers, mais il ne les suivit pas et nous les regardions s'éloigner. Heck et moi restions près de lui avec un autre Indien, muet ou qui avait fait vœu de silence. Lorsque les Apaches disparurent derrière le premier relief des Rocheuses qui se dressaient au loin, le chef mit pied à terre. Sortant son couteau de l'étui accroché à sa ceinture près du scalp de Calhoun, il s'approcha de Heck, trancha les lanières de cuir qui lui liaient les mains ainsi que la corde d'entrave du cheval. Puis il engagea sa monture vers le nord-ouest, vers les Rocheuses, en oblique de la piste, et nos chevaux le suivirent. Nous chevauchâmes longtemps en silence en formant une file où le chef indien tenait la tête et le muet fermait la marche. Je remâchais les sentiments contraires qui me traversaient, la peine de la perte de mes amis, la colère contre ceux qui les avaient tués, le dépit de n'avoir pas su être écoutée dans mes alertes. Désorientée, je me retrouvais dans une scène irréelle, à suivre l'homme qui avait conduit cette tuerie, comme s'il était naturel de le faire. J'imaginais la détresse des survivants, en rade au milieu de la plaine déserte, sans armes, sans vivres, enterrant les cadavres.

J'étais perdu dans ces songes amers quand Heck amena sa monture à mes côtés pour me dire à mi-voix en désignant l'Indien de tête d'un geste du menton :

— Geronimo.

J'étais partie si loin dans ma tête qu'il fallut un moment pour que le mot arrive jusqu'à ma conscience. Mais, à sa façon de prononcer ce nom, je compris qu'il lui en imposait. Moi, je ne le connaissais pas, mais je le murmurai machinalement, comme pour apprivoiser les sons :

— Geronimo…

— Un grand chef de guerre… ajouta Heck.

Cela, je le savais parce qu'il me l'avait dit. Je répétai son nom, plus fort cette fois :

— Geronimo.

Il se retourna, me regarda, puis il hocha lentement la tête, une seule fois, et continua sa route.

Les informations qu'avait lâchées le cerbère avaient tourné dans ma tête. Les *Courriers d'Aquitaine* évoquaient la destination de Bordeaux, où *L'Impériale* avait une succursale, et la gare de Lyon était le départ de la voie ferrée qui menait à Cette, qui abritait la seconde succursale. Ce pouvait être de simples coïncidences. Mais il y en avait deux, et je ne pouvais m'empêcher de penser que Langlade profitait de son affaire pour vendre aussi des filles dans les colonies ou des pays exotiques.

Il ne fut pas très difficile d'avoir accès au Bureau du commerce international[1] contrôlé lui aussi par des fédérés et d'y retrouver les notules commerciales concernant *L'Impériale d'Orient* et ses succursales sur des fiches destinées à aider les clients à trouver les fournisseurs dont ils avaient besoin. J'y apprenais que « grâce à ses lignes de fret régulières, la société [était] en mesure de fournir toute marchandise et matière première en provenance d'Orient et des colonies y compris la Cochinchine, et d'acheminer en sens inverse toute marchandise dans des bâtiments à vapeur rapides et adaptés ». La notule précisait que la société possédait

1. Devenu l'Office national du commerce extérieur en 1898.

des comptoirs commerciaux dans les principaux ports d'Orient. De gros moyens, pensais-je, qui faciliteraient grandement un trafic de femmes. Pourtant, lorsque j'y repensai quelques heures plus tard et que l'excitation était tombée, je trouvai ces échafaudages totalement abracadabrants.

C'est à cette époque que je me rapprochais vraiment de Louise. Je suivais ses leçons et ses conseils bienveillants depuis mon retour de Carnetin, mais c'est durant l'insurrection que nous nous vîmes plus souvent. Nous nous parlions désormais non plus comme professeur et élève, mais d'égale à égale, si je peux dire. Je savais bien que je ne serais jamais son égale, mais c'est pourtant bien ainsi qu'elle me considérait. Si bien qu'elle me recommanda si chaudement à Jules, pour qui elle écrivait des articles, qu'il proposa aussitôt que je m'essaye à la rédaction d'un premier papier de cinq cents mots sur le sujet de mon choix en rapport avec l'émancipation des femmes, pour estimer s'il pourrait être publié dans *Le Cri du peuple*.

Jusque-là, je n'avais jamais écouté Louise que lorsqu'elle enseignait de manière académique ses leçons d'histoire, de lettres ou de philosophie. Le jour où elle ferrailla au Conseil pour ouvrir une réflexion sur une loi qui interdirait la prostitution, j'avais immédiatement abondé dans son sens, et je m'étais débrouillée pour que nous puissions en discuter ensemble, chez moi où elle me suivit à la fin du Conseil.

En l'écoutant ce soir-là, je manquai tomber de ma chaise, saisie par l'éclairage cru qu'elle jetait sur l'univers des proxénètes, sur un ton bien différent de celui de ses leçons. Elle était en verve et, dans le tableau qu'elle brossait du monde de la prostitution qu'elle semblait bien connaître et parfaitement analyser, je retrouvais des échos qui répondaient exactement à ce que j'avais appris de mes expériences personnelles et à ce que j'avais découvert lors de mon enquête. Elle nous parlait de ce qu'elle appelait « le grand marché des femmes », de ces proxénètes qui traversent l'Europe, d'Amsterdam à Berlin, de Sofia à Marseille, de Naples à Paris, achetant ou vendant des femmes comme on vend des bestiaux à la foire ; à cela près que ce trafic humain était bien plus rentable[1]. Elle savait le sort des prostituées, les manigances des propriétaires qui s'arrangent chacun à leur manière pour en faire des esclaves vendues dans des maquignonnages sordides et fort profitables.

Et si d'aventure, disait-elle en s'emportant, une fille devenait trop usée, trop vieille, trop maigre ou indocile et que les clients en vinssent à la bouder, il y aurait toujours moyen de la refourguer à un claque moins huppé, un julot moins regardant, une maison d'abattage plus glauque.

Louise avait même rencontré d'anciennes putains devenues trop vieilles pour aguicher le micheton, dont les patrons se débrouillaient encore pour tirer profit dans leur vieillesse. Elles devaient trouver prétexte à se faire emprisonner, ce qui n'est pas difficile quand on est misérable et, une fois embastillées, elles repéraient là-bas quelque pauvre fille bien faite et mal partie pour lui faire miroiter une planche de salut, un toit à la sortie, presque une famille, de l'argent facile – qu'elle ne verrait jamais – et une vie de nouba à faire la noce chaque soir en trinquant avec des michés pleins aux as.

Babeth, qui nous avait rejointes à la fermeture de *La Marmitte*, et moi avons ouvert grand les oreilles pour écouter Louise lors de cette soirée qui dura jusque

1. Dans ce passage et ceux qui suivent, Francine ne force pas le trait quant aux propos de Louise Michel qu'elle rapporte. On trouve des positions tout à fait semblables dans la partie de ses *Mémoires* qui traite de la prostitution, quand elles n'y sont pas plus radicales encore.

fort tard. L'ayant entendue s'exprimer de manière aussi claire, j'osai lui parler de notre enquête. Babeth, qui en savait désormais autant que moi sur le sujet, m'aida à la résumer. Nous commencions par lui dire que nous connaissions un autre moyen utilisé pour le recrutement de nouvelles prostituées, et nous racontions l'essentiel de ce que nous avions découvert.

Louise nous écouta attentivement, nous encourageant parfois de discrètes mimiques. Quand nous en eûmes fini, elle nous affirma avoir trouvé ce récit parfaitement édifiant. Il fallait que cela se sût. Voilà ! je le tenais, le sujet de l'article que Jules m'avait demandé ! disait-elle. J'agitai négativement la tête. Non… cinq cents mots, c'était trop peu pour expliquer cela, il me fallait au moins une page entière. Elle ferma les yeux le temps de la réflexion, puis elle en convint. Je devais d'abord faire mes preuves sur des articles courts, puis je proposerais ce long sujet en comité de rédaction, avec son appui. Elle le promettait.

Il devait être plus de minuit, et nous tombions de fatigue. Mais il restait de la chandelle, et Babeth relança la conversation avec le récit de notre intervention dans la rue Militaire. Elle n'oublia rien des faits, ne cacha pas ses motivations et termina en racontant sans complaisance le traitement qu'elle avait infligé au cerbère qu'elle avait laissé l'entrejambe sanglant, probablement castré et peut-être mourant.

Louise avait écouté sans rien dire. Elle resta longtemps silencieuse à la fin du récit, le regard perdu sur le bois de la table. Je savais Babeth bouleversée par cet épisode qui la hantait et la réveillait la nuit. Se tortillant les mains, elle attendait une absolution, je le savais. Nous commencions à douter qu'elle vînt ce soir de la bouche de Louise. Mais elle agita alors la tête comme pour sortir d'un songe lointain, et trouva un vrai sourire et un ton léger pour répondre :

— Pourquoi n'êtes-vous pas venues me chercher ? Moi aussi, j'ai un bel uniforme et un mousquet chargé. J'aurais eu ma place dans cette équipée !

Jeudi 23 juin 1881
Albuquerque, Nouveau-Mexique

Nous avancions dans un chaos de blocs dont le relief se redressait vers les montagnes proches. L'Indien muet qui avait pris la tête de la file choisit un emplacement de bivouac à l'abri d'un rocher qui cacherait le feu en laissant libre la vue alentour. Le silence qui régna tout le temps où nous mâchions des lanières de viande séchée était étrange, autant que ces moments l'étaient. J'aurais dû détester ces hommes, être dévorée par la soif de vengeance, ne vouloir que leur mort, que j'aurais eu cent fois l'occasion de donner. Les armes qui battaient ma poitrine m'auraient permis de le faire à tout moment. Et je ne le faisais pas.

— Je sais ta peine, et ta colère aussi.

La voix me fit sursauter. C'étaient les premiers mots de Geronimo depuis notre départ du gué.

Le regard perdu dans les flammèches qui dansaient au-dessus du foyer de brindilles, il continua sur le ton monotone aux modulations régulières des monologues bien souvent répétés.

— L'une et l'autre sont mes compagnes depuis longtemps. Je les connais bien.

» Je dois te raconter, et il faut que tu écoutes. J'étais encore un jeune homme plein de fougue que j'avais déjà connu le feu de nombreuses attaques de Mexicains et d'Américains qui s'installaient peu à peu sur les terres où nous vivions du temps des pères de nos pères. J'avais aussi déjà mené de nombreux coups de main de représailles contre des soldats, des prospecteurs d'or, des colons blancs, des paysans mexicains. Dans ces escarmouches, j'avais moi-même donné la mort maintes fois, et j'avais vu tomber beaucoup de frères. Mais tout ce sang versé n'arrêtait pas les Blancs. Nous devions toujours reculer davantage vers les montagnes, abandonnant les territoires giboyeux qui nous nourrissaient depuis toujours pour errer sur des terres de rocaille. Alors, j'ai essayé de faire taire ma colère, espérant qu'elle éloigne la peine de notre peuple. J'ai accepté d'arrêter mes expéditions guerrières pour suivre Mangas Coloradas, notre chef qui méritait mon respect et mon estime, sur son chemin de paix. J'ai oublié mes armes, enterré mon amertume. Pour la première fois, j'ai courbé le dos pour cultiver la terre. J'ai fait tout mon possible pour vivre en paix, et j'ai souvent serré les dents, entouré de ma mère, de ma femme Alope qui m'a donné trois enfants durant cette période. Cultiver la terre n'est pas naturel pour un Bedonkohe, et encore moins pour un chaman de guerre[1], mais j'acceptais tout cela pour que mon peuple cesse d'être décimé. Un jour, alors que nous étions en voyage vers Casa Grande pour

1. Dans ses *Mémoires*, transcrites sur entretiens par S. M. Barrett au début du XXe siècle, Geronimo reste discret sur sa condition de « chaman de guerre ». Mais elle est largement attestée par de nombreux témoignages tiers qui en font l'un des plus grands du genre. Sans doute, sachant que ses mémoires, transcrites par un Blanc, s'adresseraient surtout à des Blancs, avait-il fait le choix de ne pas évoquer ce qu'il savait difficile à appréhender par leur logique et leur façon de penser, et qui ne ferait que dévaloriser à leurs yeux un récit qu'il voulait crédible pour perpétuer la mémoire du calvaire des Apaches.

y vendre nos produits, nous avons établi un campement près de la rivière de Kas-ki-yeh[1]. J'étais allé au village pour y faire du troc et, alors que j'en revenais tard dans la journée, je reconnus un groupe de notre tribu qui courait vers moi ; des femmes et des enfants affolés qui fuyaient. Des soldats mexicains avaient attaqué le camp. Ils avaient tué tous les guerriers de garde, ainsi que des femmes et des enfants qui n'avaient pas pu s'enfuir. J'espérai que ma famille fît partie de ceux qui étaient parvenus à s'échapper. Mais la nuit venue, je dus me rendre à l'évidence ; ni ma mère ni ma femme Alope et aucun de mes trois jeunes enfants n'avaient rejoint le groupe des survivants qui se rassemblait peu à peu près de la rivière. Tous les cinq avaient été tués. J'avais tout perdu. J'étais dévasté de devoir abandonner les corps de mes morts chéris sans sépulture, mais toutes nos armes et nos chevaux avaient été volés, toutes nos mules abattues, nos provisions et nos marchandises saccagées. Faute de pouvoir combattre, nous n'avions d'autre choix que de fuir avant d'être tués. En accord avec les autres, Mangas Coloradas décida que nous devions regagner nos foyers, au nord du Rio Grande.

» Arrivé chez nous, j'y retrouvai les jouets de mes enfants qui traînaient sur le sol, les vêtements de cérémonie qu'Alope avait tissés et décorés de perles. J'ai brûlé tout ce qui avait appartenu à ma famille, les jouets des enfants, les peaux et les fourrures, les habits d'Alope, notre tepee et le wigwam de ma mère avec toutes ses affaires et je m'en suis allé pleurer sur la tombe de mon père, puisque mes autres morts n'en auraient jamais.

À ce moment, Geronimo marqua une pause et détacha pour la première fois son regard du ballet d'escarbilles

1. Cet épisode, rapporté dans de nombreux récits d'époque, se déroule en 1858.

qui valsaient à la crête des flammes. Il avait raconté tout cela sur les modulations du même ton égal, et je sentais qu'il hésitait à poursuivre, craignant de nous ennuyer. Mais il vit nos visages attentifs. Il continua en nous regardant tour à tour, Heck et moi, et chaque fois que son regard se posait sur moi, j'étais transpercée jusqu'au fond de l'âme.

— C'est là, sur la tombe de mon père, qui avait péri lui aussi sous les balles des Blancs, que l'abattement et la douleur firent place à la colère. Elle s'empara de moi, prenant possession de tout mon être avec sa sœur jumelle, le désir de vengeance. Elles ne me quitteraient jamais durant les lunes qui suivirent. Je parvins à réunir les forces des Apaches, comme Mangas Coloradas m'avait demandé de le faire. Et l'année suivante, nous étions une solide troupe de braves de différentes tribus apaches à partir vers le Mexique. Il y avait des Bedonkohe, notre tribu dirigée par Mangas Coloradas, des Chiricahuas de Cochise et d'autres encore. Tous avaient installé leurs familles à l'abri, bien haut dans les montagnes et tous savaient qu'ils pouvaient très bien ne jamais revenir. L'expédition était hasardeuse. Nous ne savions pas vraiment combien de soldats nous devrions affronter. Mais tous les braves avaient barré leurs visages des quatre traits blancs et ceint leurs fronts de l'étoffe rouge du bandeau de guerre. Nous avons marché des jours entiers, couvrant des centaines de kilomètres, jusqu'à atteindre Arizpe, la ville où était cantonné l'escadron qui avait massacré les nôtres à Kas-ki-yeh. Je trouvai des ruses pour pousser les troupes à sortir des fortifications afin de les combattre en pleine nature. Malheureusement, il n'y avait pas seulement les soldats que nous recherchions dans ce casernement, mais aussi deux régiments de cavalerie et deux autres de fantassins. Le combat fut rude, car nous étions largement moins nombreux. Beaucoup des nôtres tombèrent, cette fois encore, et je fus le seul survivant de tout le détachement en avant-poste. Toutes ces pertes étaient un crève-cœur, mais quand nous sommes repartis avec les survivants, nous avions tué tous les militaires. Tous les soldats de la colonne qui avait commis le massacre de Kas-ki-yeh étaient liquidés, du dernier troufion jusqu'au chef d'escadron, et avec eux, tous ceux qui avaient combattu à leurs côtés. Nous n'avons laissé que des morts sur le champ de bataille et nous avons scalpé tous les chefs. Les autres étaient bien trop nombreux[1].

» Après cela, encore j'ai mené bien des expéditions de vengeance contre les Mexicains, et contre les Américains aussi. C'étaient les deux visages du même ennemi qui nous étranglait. Nous tuions des dizaines d'Américains, mais ils étaient toujours plus nombreux sur nos terres et le combat devenait chaque fois davantage inégal. Quand nous détruisions un ranch de pionniers, dix autres s'installaient, et l'armée attaquait nos villages pour nous repousser toujours plus loin dans les montagnes. Là-bas, un étroit défilé commode à défendre était le seul chemin d'accès aux territoires des hauteurs que nous tenions encore. Mais, un jour, une colonne de cavalerie, de nombreux fantassins et de l'artillerie qui convergeaient vers le défilé furent aperçus par les sentinelles. Les braves Bedonkohe sur place ne suffiraient pas à arrêter une telle troupe. Mangas Coloradas fit prévenir Cochise, auprès de qui je me trouvais à ce moment-là, pour avoir le soutien des Chiricahuas. Nous le rejoignîmes toute affaire cessante et arrivâmes à temps avec nos braves. Serrés

1. Plusieurs témoignages s'accordent à situer cette attaque le 30 septembre 1859, jour de la Saint-Jérôme (*Geronimo* en espagnol). Il aurait choisi ce nom ce jour-là, mais les explications quant à la raison de ce choix divergent. Le plus probable semble que ce fût en souvenir du jour où il vengea sa première famille. Mais des versions plus romanesques fleurirent et nourrissent encore la légende.

sur les corniches qui dominent le défilé, nous ouvrîmes le feu dès que les soldats furent assez près pour être sûrs que chaque tir fasse mouche. Beaucoup furent tués par la première salve, mais ils se mirent à couvert et nos tirs devinrent moins efficaces. Après quelques minutes seulement, les artilleurs parvinrent à mettre en batterie plusieurs canons qui se trouvaient plus loin, et ce fut un massacre. Nous découvrions ces armes meurtrières et chaque obus qui tombait sur une corniche emportait de nombreux braves d'un seul coup, sans qu'il fût possible de s'en protéger. En quelques instants, plusieurs dizaines des nôtres furent tués. Nous n'eûmes d'autre choix que de commander la retraite et d'abandonner le défilé aux soldats. Le dernier verrou des dernières terres apaches venait de tomber.

L'Indien muet, qui avait souvent entendu ces histoires, avait déroulé sa couverture et disparu dans l'obscurité. Geronimo demanda si nous voulions dormir, nous aussi, et parut satisfait d'entendre que nous préférions écouter la suite. Il expliqua qu'il ne nous racontait pas tout cela par pure fantaisie, mais qu'il fallait remonter aussi loin pour comprendre pourquoi il en était venu à attaquer ce convoi aujourd'hui. Car c'est de cela dont il voulait nous parler.

Après la défaite du défilé d'Apache Pass, Mangas Coloradas avait accepté de recevoir un émissaire du gouvernement qui proposait un nouveau traité de paix. Geronimo, qui avait fait un rêve, avait tenté de décourager le chef de le signer, et même de recevoir le messager. Mais les Bedonkohe avaient perdu assez de guerriers pour que Mangas Coloradas, qui faisait d'ordinaire grand cas des intuitions du chaman, ne l'écoutât pas cette fois. Il reçut l'émissaire, et ils convinrent des grandes lignes d'un accord. Les détails devraient être négociés quelques jours plus tard à fort McLane avec un envoyé spécial du gouvernement.

Mangas Coloradas s'y rendit seul, sur son cheval, avec un drapeau blanc, et on lui ouvrit les portes. Il n'en ressortirait jamais. Il fut capturé, emprisonné, torturé et finalement assassiné le lendemain. Puis, sa tête tranchée, son crâne fut mis à bouillir dans une marmite jusqu'à être totalement décharné pour être envoyé à New York où un médecin blanc voulait l'examiner[1].

Geronimo marqua une nouvelle pause, ses mots cheminaient loin dans nos têtes. Puis il eut un claquement de langue et commença à me fixer droit dans les yeux. Il ne cessa de me regarder fixement, moi et seulement moi cette fois, durant toute la fin de sa tirade. Dix ans plus tard, je suis encore bouleversée par le souvenir de cette intensité qui me traversa durant toute la fin de son monologue.

— Tu vois, Francine, dit-il en s'adressant directement à moi, je ne peux pas tout raconter d'une traite, et je passe sur de nombreuses choses importantes. Mais j'aurai le temps de te les dire, une autre fois, puisque nous allons devenir amis.

J'entendis ces mots dans un vertige. Son regard ne me lâchait plus :

— Mais il est tard, ce soir, et je dois en finir. Il y a un an, peut-être, nous avions volé quelques bons chevaux dans un ranch au sud d'El Paso, au Mexique. Nous avions maquillé leurs fers et j'escomptais en tirer bon prix en Amérique. Je traînais autour des corrals de la gare de Santa Fe pour trouver à les vendre quand je croisais un groupe de cow-boys qui sortaient d'une *cantina*

1. Orson Squire Fowler, le destinataire du macabre colis, n'était pas un médecin, mais un charlatan pratiquant la phrénologie. Il publia une étude pseudo-scientifique de ce crâne.

complètement ivres. L'un d'eux me bouscula en titubant, et il me demanda de m'excuser ; ce que j'étais incapable de faire. Ils étaient une demi-douzaine, revolvers sur la cuisse, et moi tout seul avec un mauvais fusil en travers de la poitrine. Ça leur donnait du courage, et l'alcool fit le reste. Ils se mirent à me malmener en se moquant de moi. Je baissai la tête en m'éloignant pour éviter les histoires qui tourneraient nécessairement mal avec cette viande soûle. Mais, alors que je m'éloignais sous les quolibets, mon oreille attrapa un mot dans leur tumulte. Mon cœur bondit. Parmi les ricanements qui fusaient, l'un des cow-boys se vantait d'avoir tué beaucoup d'Indiens dans mon genre, égrenant les noms de massacres auxquels il avait participé. Et mon oreille avait attrapé le nom d'Ozona. J'étais bouleversé, mon sang brûlait parce qu'Ozona est le nom que les Blancs utilisent pour désigner le village que les Indiens nomment Kas-ki-yeh. Je m'efforçais de ne rien montrer de mon émoi et je me retournai tranquillement pour lui répondre sur un ton paisible que c'était impossible, car tous ceux de l'expédition de Kas-ki-yeh avaient été décimés à Arizpe. L'homme rit grassement en répondant qu'il l'avait entendu dire, mais que, le mois précédant l'attaque qui avait anéanti le casernement, le gouverneur mexicain avait eu la bonne idée de renvoyer chez eux tous les mercenaires étrangers à cause de tensions avec les États-Unis. Aussi, le jour de notre attaque, le cow-boy texan avait déjà franchi le Rio Grande depuis longtemps avec quelques membres de son escadron : d'autres soldats et le chef, le premier-lieutenant Nick Calhoun.

« L'émancipation des femmes commencera par l'instruction des filles » : tel était le titre du premier article que je rédigeai pour *Le Cri*. Découvrant le papier, Vallès ne tarit pas d'éloges et, dans son sillage, la rédaction du journal dans sa grande majorité salua ma prose. Louise profita du vent favorable pour proposer la création d'une rubrique hebdomadaire spécialement dédiée aux combats des femmes, dont je pourrais assurer la rédaction. Évidemment, pour créer la rubrique, il fallait supprimer autre chose, et il y eut discussion. Mais nous fûmes éloquentes, et le comité vota majoritairement pour faire un essai le samedi suivant avec l'article que je venais de présenter. Je trouvais le titre de chronique proposé par Pierre Denis un peu passe-partout, mais il n'empêcha pas que le premier *Écho des communardes* signé Francine V. fît un tabac. Le pourfendant ou l'encensant, on ne parla que de lui toute la journée dans les bistrots, à s'écharper dans de grands débats pour ou contre l'émancipation des femmes. Les contre étaient évidemment les plus nombreux, mais une bonne polémique restant la meilleure des réclames, les ventes du journal en bénéficièrent grandement, et les hésitations à propos de la rubrique ne furent plus de mise. Je ferais désormais partie du comité de rédaction du vendredi pour présenter mon « Écho » du samedi suivant.

Devoir écrire ces cinq cents mots chaque semaine, en plus de tout le reste, éloigna les affaires de Milord de mon esprit. Pourtant, le vendredi en quinze, une nouvelle qui éclata dans la rédaction du 9 allait relancer l'enquête. Ursule Macalay venait d'être assassiné.

Élu de son arrondissement au Conseil de la Commune, Macalay était un communard bien en vue. Le fait qu'il ait pu être, avant les événements, un patron paternaliste traitant ses ouvriers avec davantage de bienveillance que la plupart des autres faisait volontiers oublier que sa manufacture de conserves et son négoce de vins de Champagne lui avaient assuré une jolie fortune. Son train de vie de parvenu nourrissait le mépris des capitalistes mieux nés qui raillaient son manque de goût et de bonnes manières.

Beaucoup de bourgeois proches de Versailles fustigeaient son ralliement à la Commune, et on pensa que son assassinat était lié à ses activités politiques, sans doute perpétré par quelque agent de la réaction. Vallès m'avait envoyée sur place pour recueillir les premières informations afin de compléter la nécrologie qu'il devait écrire.

Proches et parents de la victime se pressaient dans les salons de l'hôtel particulier de la rue Notre-Dame-de Sion[1]. Dans le bureau où il avait été assassiné, je restai ahurie de découvrir un cadavre si horriblement mutilé. Aucune partie du corps n'avait été épargnée par la violence des coups de feuille de boucher. Toutes portaient de profondes entailles qui entamaient les chairs jusqu'à découvrir l'os en de nombreux endroits. Le grand hachoir, resté planté au milieu de la poitrine, parachevait l'atmos-

1. Après plus de dix années, la mémoire de Francine lui joue des tours, car la rue où se trouve l'église Notre-Dame de Sion est la rue Notre-Dame-des-Champs.

phère lugubre que ce corps lacéré infusait dans la pièce. Comble du macabre, les deux traînées rouges tracées par les mains sanglantes sur le marbre blanc de la cheminée figuraient le mouvement du malheureux dans une tentative désespérée de s'y agripper pour rester debout, mais ne parvenant qu'à renverser l'horloge de céramique qui avait explosé en mille morceaux sur les ciments du sol.

Lorsque je surmontai mon émoi, je compris que les deux hommes qui discutaient à voix basse près de la méridienne ensanglantée et entaillée de nombreux coups de lame étaient des détectives de la Sûreté générale[1]. Depuis sa création, cette nouvelle police ne s'occupait guère que de la traque des agents de Versailles et autres mouchards réactionnaires susceptibles d'intriguer contre la Commune. Elle en voyait partout et fusillait à tout va. Il n'était pas surprenant de les trouver ici.

L'effarement passé, je trouvai bien étrange qu'un assassin missionné ait opté pour une telle arme, même si on pouvait imaginer qu'il se fût interdit l'arme à feu pour trucider en silence. Mais alors pourquoi, ayant accompli sa mission, aurait-il pris le temps d'assener tant de coups inutiles sur un cadavre inerte, dans les bruits qui vont nécessairement avec, au lieu de décamper comme une ombre au plus vite ? Je fis part de ces remarques aux agents de Rigault. Ils me prirent de haut, comme s'ils me suspectaient de vouloir brouiller les cartes pour les distraire de la piste de traîtres. Pour eux, l'affaire était entendue : un ennemi de la Commune avait trucidé un communard notoire et il s'était enfui par où il était entré,

1. Pendant la période insurrectionnelle, l'ancienne police impériale ralliée à la République de Thiers avait quitté Paris pour Versailles en même temps que le gouvernement. Pour maintenir un semblant de force publique, les insurgés avaient créé une « commission de Sûreté générale », dirigée par Raoul Rigault, dont les méthodes inquisitoires furent décriées jusqu'à imposer son limogeage.

la porte-fenêtre donnant sur le jardin qu'il avait laissée grand ouverte.

Je coupai court aux vaines discussions et quittai la pièce. Dans le salon, je retrouvai Mme Macalay moins entourée qu'à mon arrivée, et moins livide. C'était elle qui avait découvert le corps en début de matinée, et j'aurais aimé lui poser quelques questions. Mais les deux policiers sortirent du salon juste après moi et je dus commencer par écouter leur interrogatoire. Ils s'intéressèrent surtout à cet homme qu'elle avait remarqué, la veille au soir, sur le trottoir d'en face. Il semblait grand dans la lumière du bec de gaz, disait-elle, avec une veste de travail, une casquette de portefaix, une attitude fuyante et une musette brune. « Voilà ! Voilà comment il transportait son arme, c'est encombrant, une feuille de boucher ! » jubilèrent les policiers satisfaits de trouver dans cet accessoire un étai à leurs conclusions. En boutonnant leurs redingotes, ils s'étonnèrent tout juste que la Macalay n'eût rien entendu quand l'homme avait brisé la vitre de la porte-fenêtre « à deux heures dix de la nuit » précisèrent-ils avec un air entendu. J'exécrais de plus en plus ces hommes. Ils avaient l'air si suffisants en donnant précisément l'heure du crime que je les soupçonnais d'avoir posé la question pour trouver prétexte à étaler leur science. Mais le plus stupide des idiots aurait pu lire l'heure sur l'horloge brisée. Les détectives tournaient déjà les talons lorsque la Macalay répondit qu'elle avait pris du laudanum la veille, vers onze heures, pour contrer ses insomnies et qu'elle avait dormi comme une bûche le reste de la nuit. En refermant la porte derrière eux, les policiers semblaient convaincus d'avoir élucidé ce meurtre auquel il ne restait plus qu'à trouver un coupable. Connaissant les méthodes de Rigault, il se pouvait fort bien que ce nom fût déjà inscrit sur ses tablettes, dans l'attente d'un crime à lui coller sur le dos pour juger le bonhomme et l'exécuter.

Ensuite, je pris le temps de parler avec tout le personnel de maison. Dans le quartier des femmes, de la servante de madame à la lingère en passant par la cuisinière, son apprentie et la femme de ménage, toutes me tinrent des propos confirmant strictement en tout point ce qu'avait dit la maîtresse de maison. Me rendant dans le quartier des hommes pour interroger le majordome, le cocher et le jardinier, je sus vite que l'éloignement et l'orientation de l'aile ne seraient pas propices à une moisson de témoignages et je ne tirais effectivement rien de ces entretiens.

De retour au journal, je fis à Jules un compte rendu précis de ce que j'avais vu et pensé, ainsi que de mes réserves sur la soi-disant enquête des policiers. Dubitatif sur le bien-fondé de mes soupçons, il accepta pourtant de les prendre en compte dans la rédaction du papier qu'il devait écrire à la mémoire du notable communard. Il y mentionnerait les premières conclusions de la Sûreté, mais seulement comme des hypothèses qui restaient à étayer. Mais il n'irait pas jusqu'à les remettre en cause ; ce qui était finalement bien sage, en l'état des choses.

Ce soir-là, quand Babeth arriva à *La Marmite*, elle me pressa de questions sur cette affaire dont elle avait eu vent, et je m'appliquai à tout lui raconter de mes entretiens, point par point et le plus clairement possible.

Pendant notre retour à Montmartre, l'affaire demeurait dans nos têtes. Quelque chose n'y tournait pas rond, et nous ruminions dans le silence de la rue des Carrières où nos pas crissaient sur la terre battue quand Babeth me lança :

— Toutes les domestiques t'ont vraiment confirmé avoir vu un homme stationner près du réverbère ?

Quand j'entendis la question, l'évidence me traversa avant qu'elle l'énonce :

— Un homme s'arrête quelques minutes sur le trottoir d'en face, et les six femmes le remarquent... Tout le monde passe donc son temps à la fenêtre, dans cette maison ?

Il était en effet bien curieux que chacune de ces six personnes eût jeté un œil par la fenêtre à peu près au même moment, pour voir la même chose qui n'avait duré qu'un instant. La concordance de tous ces témoignages était à la fois trop parfaite et si improbable. Elles étaient certainement convenu de dire la même chose. Soit l'une d'entre elles avait effectivement vu l'homme à la musette brune et avait demandé aux autres de dire comme elle, soit il était purement imaginaire.

La Macalay avait pris de l'opium pour dormir... Mais personne d'autre n'aurait entendu l'effraction de la porte-fenêtre, les bruits du massacre, le bris de l'horloge ? Et puis, que faisait Macalay en chemise de nuit dans son bureau à deux heures du matin ? Comment le tueur aurait-il su qu'il s'y trouverait ? S'ils avaient rendez-vous, Macalay n'y serait certainement pas venu déshabillé de la sorte. L'assassin l'aurait-il attiré dans le bureau en y faisant du bruit ? Les filles auraient dû l'entendre bien avant lui, dont la chambre se trouvait plus éloignée, dans l'aile des hommes. Et un tueur à gages fait son travail calmement, en professionnel, alors que celui-là était à l'évidence en proie à une crise de folie meurtrière.

Rien de tout cela ne collait avec la thèse de la police.

[Lettre de Francine à Monique – fragments]

Ma très chère Monique,

Que d'émotions mêlées avec ta lettre…

Une grande joie, déjà, quand j'ai vu que le guichetier avait un pli pour moi, qui ne pouvait venir que de toi. Puis le bonheur d'apprendre que les événements t'ont épargnée autant qu'il est possible quand je l'ai décachetée. Mais, immédiatement après, une tristesse immense lorsque j'ai lu que tu enviais mon bonheur de vivre les moments que je partageais avec Victor. Que je partageais, oui. Victor a été tué par un hors-la-loi, voilà presque trois mois.

[…]

J'ai tant à te dire que je ne sais pas trop par quel bout le prendre. Si je te disais simplement que peu de temps après que Victor fut assassiné, notre convoi a été attaqué par des Indiens, qu'ils ont tué une vingtaine de colons, deux de mes amis éclaireurs indiens ainsi que le chef de convoi, puis qu'ils ont pillé toutes les voitures de la colonne, et que moi, depuis ce jour-là, je vis aux côtés des Apaches qui ont commis l'attaque, tu penserais que je suis devenue folle. Pourtant ce résumé est assez réaliste. Ne va pas croire que je sois prisonnière, non, je suis ici de ma volonté propre et j'ai abandonné sans même y penser mon attelage et tout ce que je possédais, hormis ce que j'ai pu fourrer dans mes fontes à la hâte.

J'ai longtemps réfléchi à la manière de t'expliquer simplement ma situation actuelle en t'épargnant la description des ouragans de sentiments contraires, de réflexions politiques et de vacillements éthiques qui m'ont bouleversée avant que de parvenir à avoir les idées claires.

Mais aujourd'hui, je n'ai plus de doutes. Je suis en paix.

Vois-tu, presque chaque jour, je m'entretiens longuement avec celui-là même qui a dirigé l'assaut sur notre convoi. Ce « presque » chaque jour vient seulement du fait qu'il continue à mener des expéditions guerrières qui l'éloignent parfois du camp durant plusieurs journées.

Geronimo, c'est le nom de ce chef de guerre qui continue inlassablement à se battre, à tuer des Blancs, des soldats, mais aussi beaucoup de civils comme ceux de mon convoi, des gens qui ont une famille et des rêves, des amis, et que tous leurs semblables tiennent pour de chics types innocents de tout. Et ils le sont. Ils le sont autant que l'étaient ces Versaillais sur qui j'ai tiré moi-même : sans doute de bons pères de famille, des fiancés épris avec des projets de bonheur plein la tête, des amis sûrs sur qui on peut compter, des soldats qui gagnent l'estime de leurs chefs au péril de leur vie, et qui avaient pour seul tort de faire leur travail sans se poser de question, comme mes amis biloxis l'ont fait et l'ont payé ce même prix. Les pionniers de mon convoi poursuivaient tous des rêves ou fuyaient des démons, ils débarquaient en Amérique pleins d'espoir, en toute bonne conscience, sans se poser de question, eux non plus. Et je faisais de même en oubliant trop que ce pays nouveau où « tout est à construire », c'est un monde qu'on vole sans même penser à ceux qui vivent là depuis toujours, pour construire à la place un ordre social assez semblable à celui que nous combattions si fort sur les barricades. J'avais bien lu, pourtant, *Le Dernier des Mohicans,* et j'aurais dû savoir que, pour que je puisse m'installer dans ce pays – comme je trouvais naturel de le faire pour ne jamais y avoir pensé –, il fallait détruire ce qui existait, détruire l'univers des Indiens, que je découvre maintenant si ressemblant aux idéaux de liberté et d'égalité qui m'animaient lorsque je rechargeais mes armes sur le pavé du Paris insurgé.

Vois-tu, ces Indiens-là ne manquent pas de bonnes raisons de combattre, aussi valables, pour le moins, que celles que nous avions en défendant notre Commune. À cela près que nous défendions, nous, des rêves qui restaient à construire et que les Indiens, ici, combattent pour défendre leur liberté, leur façon de vivre – tellement plus égalitaire que la nôtre ! ainsi que beaucoup d'autres choses dont ils jouissaient déjà bien avant l'arrivée des Blancs et qu'on leur arrache peu à peu en même temps qu'on grignote leurs terres.

[...]

Je sens une grande lassitude dans tes mots, et le voyage que tu envisages serait une bonne manière de te changer les idées. Ce tour de France que tu entreprendrais à la recherche des familles de ces filles disparues serait en tout cas une bonne occasion de prendre le bon air des campagnes et d'oublier un peu cet étouffement qui te pèse. Et peut-être lèveras-tu quelque lièvre. Mais surtout reste prudente. Je ne vois pas trop quels pourraient être les risques dans les provinces, mais nous savons bien que ces crapules sont capables de tout, et surtout du pire.

[...]

Je suis bien loin aujourd'hui de mes préoccupations parisiennes et j'ai laissé en suspens l'écriture de mon journal comme celle de notre enquête, qui allaient de pair dans ma façon de faire. Pourtant, mes cahiers font partie des rares affaires que j'ai emportées dans mes fontes. Dans la précipitation, je n'ai pas eu le temps de réfléchir à ce que j'y fourrais et mes mains ont choisi d'elles-mêmes. Pourtant, il ne me manque rien de ce qui m'est précieux ; sans doute, alors, ces écrits en font-ils partie et peut-être le besoin me reprendra-t-il, un jour, de les nourrir de nouveau, car je traverse des moments de grande intensité que j'aimerais parfois essayer de décrire.

[…]

P.-S. : Tu peux continuer à m'écrire à la même adresse. Je veux encore recevoir des lettres de toi, et je sais comment les récupérer en poste restante.

Dimanche 26 juin 1881
Window Rock, Arizona

Je ne vécus que quelques mois dans le wigwam que des Chiricahuas montaient pour moi en bordure de chaque nouveau campement. Là était ma place, à la frontière. Cochise avait approuvé ma présence mais, si j'étais acceptée, je n'étais pas des leurs. Pourtant, je n'étais pas tout à fait une étrangère non plus, puisque c'était Geronimo qui m'avait amenée et qui me parrainait.

Même dix années après, je demeure incapable de cerner tout à fait ce qui nous rapprochait tant. Peut-être de vivre tous deux parmi les fantômes de ceux que nous aimions. Nul doute que, de mon côté, découvrir avec lui le monde des Apaches où tout est esprit et interagit par l'esprit, satisfaisait, enfin, ce besoin de spiritualité qui était né chez moi auprès des nonnes pour être aussitôt frustré, étouffé dans un carcan de dogmes d'airain aux rites étriqués, aux impératifs accablants, si éloignés de l'esprit de l'esprit que j'en restais pantoise. Mais, avec Geronimo, bien souvent, lorsque nous parlions ensemble, je le sentais souffler si fort en moi, cet esprit de l'esprit, que je devenais légère comme une plume. J'aurais bien du mal à expliquer tout cela de manière rationnelle, parce que ces réalités-là sont d'une autre nature que la raison, qui ne sait prendre les choses que l'une après l'autre alors que l'esprit et les émotions qu'il génère les embrassent toutes ensemble dans le même instant, avec la même certitude.

Quelquefois, Geronimo voulait que je lui parle de « ma guerre de France » qui l'intriguait beaucoup. Il voulait cerner mes motivations à me battre, les forces en présence, comment se menaient les combats qu'il avait beaucoup de mal à imaginer, car il avait déjà du mal à se représenter Paris et ses monuments de pierre. Mais il comprenait que nous étions en guerre contre l'armée régulière, et ça lui plaisait bien. Il me pressait de questions sur ma vie là-bas, qui l'intriguait vraiment. Le savoir si loin de ces réalités qui lui étaient étrangères libérait ma parole et, au fil des soirées, je lui parlais de tout, de ma vie sans rien en taire, de mes combats libertaires qui rejoignaient mon enquête. Chaque fois qu'il entrevoyait la manière dont la bande à Milord utilisait les femmes, il était hors de lui et il serrait les poings, car il n'arrivait pas à concevoir qu'on puisse traiter ainsi la gent féminine.

Notre camp se déplaçait régulièrement, sans jamais quitter les monts Dragoon où la cavalerie hésitait à se risquer pour nous harceler. Ce territoire de montagnes arides ne fournissait que de rares gibiers et les vivres que Geronimo et sa troupe ramenaient des pillages étaient une nécessité vitale depuis que les Blancs avaient éradiqué les grands troupeaux de bisons, et que les terres ancestrales étaient annexées par les ranches et les villes des colons.

À côté de ces pillages, Geronimo lançait souvent de vraies expéditions guerrières. C'étaient des escarmouches sans espoir de changer ni l'issue de la guerre ni le destin de la tribu, finissait-on par penser. Il n'y avait aucune autre raison de les mener que de maintenir vivants, le temps d'un nouveau coup de main, l'esprit de la Nation apache et sa fière identité. Il y avait des pleurs en comptant ceux qui manquaient à chaque retour du groupe, mais être choisi pour une nouvelle attaque était un grand honneur qui remplissait d'orgueil. Plusieurs fois, Heck avait fait partie de ces coups de main, et Geronimo n'avait jamais eu qu'à s'en féliciter. L'ancien sheriff natchez était devenu un Apache chiricahua. Il se tenait plus fier et son visage rayonnait.

Lorsqu'il préparait ces expéditions, Geronimo passait me voir la veille à mon wigwam et nous discutions autour du feu. Il me demandait des choses qui sembleraient étranges à bien des Blancs : lui raconter mes rêves, même les plus insignifiants, quelle était la première chose que j'avais remarquée le matin en sortant de mon wigwam, quelle avait été ma pensée la plus étrange de la journée, si j'avais entendu le chant du quiscale bronzé, et à quel moment… Je m'efforçais à lui répondre, sans entrevoir ce qu'il pourrait bien en faire. Mais, comme il persistait, je savais que cela lui était utile, ou qu'il le croyait, ce qui est la même chose. J'étais satisfaite de servir ce combat aussi juste que désespéré et si poignant qu'il me tirait des larmes.

Un soir, au lieu de me poser ses questions habituelles, Geronimo me proposa de faire partie de la bande qui mènerait l'attaque du lendemain.

— Il faut que tu viennes, cette fois.

Je ne pouvais qu'accepter. Non pas que j'y eusse été contrainte de quelque manière que ce fût, mais j'aurais perdu une part de l'estime de moi-même si je m'étais défilée, et je me serais éloignée de la frontière.

Bien avant l'aube, j'avais tracé les quatre traits blancs sur mon visage et, avec une trentaine de braves dont

Heck et plusieurs de mes amies, je chevauchais vers fort Bowie, où nos guetteurs avaient repéré un contingent d'artillerie armé de deux canons qui stationnait à l'abri d'un canyon au nord des montagnes de Dos Cabezas Peaks, à plusieurs miles du fort.

Les quotidiens déclinaient tous leur titraille sur « L'assassin à la musette brune » et cuisinaient à toutes les sauces les thèses servies par la Sûreté sur l'assassinat du « communard Macalay ». *Le Cri du peuple* était le seul à présenter les conclusions officielles comme de simples hypothèses, ce qui mettait Jules et Denis dans leurs petits souliers. J'ai eu droit à une soupe à la grimace bien salée ce matin-là, et j'ai fait profil bas en taisant nos réflexions de la nuit. Mais j'étais à cran en arrivant à Notre-Dame-des-Champs après cette séance.

Dans le bureau où tout avait été remis en ordre et la méridienne enlevée, la Macalay me regardait avec des yeux de poisson mort et la bouche entrouverte pendant que je récapitulais ce que j'avais appris depuis le début.

La veille, la femme de ménage avait terminé de nettoyer le bureau vers cinq heures. Comme il faisait encore jour, elle n'avait pas eu à toucher aux lampes, et personne n'était entré dans le bureau après elle. Mme Macalay m'avait affirmé qu'elle non plus, car il faisait grand jour quand elle avait découvert le cadavre. Bien. J'avais alors examiné sous ses yeux les quatre lampes présentes dans la pièce, auxquelles personne n'avait donc touché depuis le meurtre. Toutes étaient garnies de combustible, sans être pleines. Elles n'avaient pas été rechargées entretemps, sinon je les aurais trouvées remplies.

Mme Macalay ne voyait pas où je voulais en venir avec ces histoires de lampes, mais ce détail m'avait titillée dans la nuit. Son regard se faisait interrogateur.

Les lampes étaient nécessairement allumées quand M. Macalay vaquait aux occupations qui l'avaient amené dans son bureau au milieu de la nuit. Si l'assassin s'était enfui sans les éteindre, elles auraient dû se trouver à court de pétrole bien avant huit heures… Or, elles étaient toutes encore bien garnies.

Il fallait donc imaginer un assassin qui, ayant eu du mal à exécuter sa victime et s'étant laissé emporter dans une crise de démence féroce qui lui avait enflammé l'esprit au point de faire un tel carnage, aurait ensuite pris le temps d'aller tranquillement éteindre les lampes aux quatre coins de la pièce avant de s'enfuir à toutes jambes sans même refermer la porte.

Un haussement d'épaules de la dame accompagna la fin de ma tirade. Je gardai le silence assez longtemps pour qu'elle doive dire quelque chose. Un peu décontenancée, elle répondit que les policiers n'avaient pas fait autant de raisonnements. Le meurtrier pouvait très bien avoir retrouvé son sang-froid et pensé à éteindre les lampes, après tout.

Oui, bien sûr, qu'il aurait pu. Il aurait suffi qu'il marche vers chaque lampe, et qu'il tourne le bouton, quatre fois. C'était tout à fait possible. Mais… *Pourquoi* l'aurait-il fait ? Essayons d'imaginer une seule raison qui aurait pu l'y pousser, une seule urgence plus impétueuse que celle de fuir avant qu'on arrive, avec tout ce vacarme.

Nouveau silence. Cette fois, je sus qu'elle ne répondrait pas. Elle se tenait sur ses gardes, maintenant.

— Madame, éteignez-vous souvent les lampes dans une autre maison que la vôtre ? Moi non plus. C'est chez soi qu'on éteint machinalement les lampes en quittant une pièce. Chez soi.

Son regard qui flottait à travers la fenêtre sauta sur moi, cherchant ce que je voulais dire. Je hochai la tête. Oui, elle comprenait bien.

Il y avait trop de choses qui clochaient dans la fable de l'assassin à la musette. Primo, cet homme mystérieux… que toutes les femmes de la maison auraient remarqué au même moment, alors qu'elles se trouvaient dans des pièces différentes ; trois d'entre elles l'ayant décrit en employant un même qualificatif peu courant : « fuyant ». Deuxio, les raisons mystérieuses de la présence de M. Macalay dans son bureau à deux heures du matin. Tercio, la surdité de toutes celles qui n'avaient ce soir-là ni pris d'opium ni été réveillées par le vacarme. Et quarto, les raisons que je venais d'expliquer à propos des lampes. Ça commençait à faire beaucoup ; ça se tenait mal.

Cela tiendrait beaucoup mieux si on imaginait que le meurtre avait eu lieu plus tôt dans la soirée, vers onze heures, peut-être – une heure plus probable pour que Macalay se trouve dans son bureau. Imaginons que celui qui deviendrait son meurtrier dans quelques minutes s'y trouve avec lui. Ce meurtrier, d'ailleurs, pourquoi pas une meurtrière, puisque toutes les femmes de la maison ont menti sur cet assassin imaginaire entrevu sur le trottoir. Imaginons cette meurtrière, donc, qui donne un premier coup de hachoir, trop faible pour tuer Macalay qui l'a paré de son bras, mais qui le blesse profondément au poignet. Il saigne, du sang coule sur ses mains. Il essaie de s'éloigner, la meurtrière frappe à nouveau. Macalay est effrayé maintenant, il crie, sans doute, tente de s'accrocher à la cheminée, renverse l'horloge qui se brise à grand bruit, puis il tombe au sol parmi les débris en criant encore à l'aide. La meurtrière veut faire taire ses hurlements qui emplissent la pièce, perd la raison, l'achève alors d'un coup de hachoir qui lui fend le crâne. Au moment où l'irréversible est advenu, où elle est déjà couverte de sang, la criminelle est emportée dans un paroxysme de rage démente qui la fait frapper, frapper et frapper encore follement la victime à qui elle en voulait à mort depuis bien longtemps. Elle frappe jusqu'à ce qu'on accoure à ce grand vacarme qui a réveillé toute l'aile des femmes. Celles-ci découvrent la scène, horrifiées, exhortent la meurtrière à cesser. Elles la ceinturent par-derrière. Le hachoir reste planté dans la poitrine. On calme la tueuse. On est effaré. On la comprend. On sait ce qui l'a rendue folle. Elle est si jeune, cette apprentie cuisinière. Cette fois, elle a caché le hachoir qu'elle a pris à la cuisine dans ses jupons ; elle ne se laissera pas faire. Tout le monde comprend, tout le monde la comprend. Toutes sont sous le choc. Les domestiques prennent la meurtrière dans leurs bras, la réconfortent. La maîtresse de maison comprend que tout va éclater au grand jour quand on mènera l'enquête. Non, ça, il n'en est pas question. Lorsque l'effarement s'estompe, elle se joint aux servantes, elles cherchent ensemble une issue où tout resterait celé entre elles. Voilà, c'est un rôdeur qui aura tué. C'est ça. On l'a remarqué, la veille, avec sa casquette de portefaix et sa musette brune, sur le trottoir d'en face, à préparer son mauvais coup. On casse une vitre à la porte-fenêtre qu'on laisse ouverte. Voilà, il s'est enfui, l'assassin.

Le temps a passé bien vite dans l'égarement. Il est deux heures dix – une bonne heure pour le crime. Au milieu de la nuit, tout le monde dormait profondément, personne n'a rien entendu. On déplace les aiguilles de l'horloge brisée, la grande et la petite sur le chiffre 2.

Un dernier coup d'œil à la pièce. Voilà, tout est en ordre. On éteint les lampes et on ferme la porte. La maîtresse de maison est bouleversée, mais elle doit se reposer pour affronter les épreuves du lendemain. Elle saisit le flacon de laudanum dans le tiroir de la table de nuit, en prend double dose. Elle doit dormir, fuir les pensées qui la minent.

Jeudi 29 juin 1881
***San Carlos Reservation*, Arizona**

Je garde un souvenir intact de la bataille de Dos Cabezas Peaks dont des images restent à jamais gravées dans ma mémoire. Nous avions laissé nos chevaux dans une vallée s'ouvrant sur le sud, et nous avons traversé une bonne partie du petit massif des Dos Cabezas Peaks en suivant un talweg que les Blancs appellent Cement Canyon. Puis nous avons grimpé par le versant sud l'arête rocheuse qui nous séparait de Burt Corral Canyon, où les tuniques bleues stationnaient. Peu de temps après, nous arrivions en vue du détachement au repos au bord du ruisseau Taylor Creek. Le plan d'attaque était simple : nous approcher assez près pour que chacun pût tirer à coup sûr, nous poster à couvert, en laissant un espace de cinq mètres entre chacun de nous au cas où les canons seraient mis en batterie, provoquer la surprise en commençant à tirer tous au même instant, et tuer le plus de soldats possible jusqu'à ce que la défense s'organise. Et dès que la riposte se mettrait en place, nous nous enfuirions à couvert en dévalant le versant de l'arête que nous venions d'escalader.

Nous étions tous postés derrière les rochers de la crête, prêts à tirer. Heck, le plus proche de moi, me fit un signe rassurant. Plus loin, Geronimo siffla deux fois le cri du pinson des montagnes et nous ouvrîmes le feu. Notre première salve fut meurtrière car les soldats désœuvrés paressaient à découvert et nous mîmes plusieurs dizaines d'hommes à terre avant qu'ils parviennent à gagner l'abri du bord du canyon. Puis nous continuâmes à mitrailler le camp, avec moins de succès maintenant qu'ils ripostaient. Nous attendions le signal de retraite. J'avais déjà vidé deux fois le magasin de la Henry en tirant si vite que son canon était brûlant. Je la rechargeai encore en jetant des coups d'œil à Geronimo, posté à quelques dizaines de mètres, mais il continuait à tirer et le signal ne venait pas. Je courus vers lui en me pliant en deux pour rester à couvert. Quand j'arrivais tout près, je soufflai :

— Qu'est-ce que tu fais ?

— Pas un des nôtres n'a été touché, répondit-il en continuant à tirer. Et ils ne peuvent pas utiliser leurs canons qui sont à découvert et à portée de balles. On les tient. Continue à tirer, on peut les exterminer…

Je fermai les yeux et inspirai profondément pour trouver le courage de dire ce qui me tarabustait et que je faisais taire, de crainte de passer pour lâche :

— Il faut partir.

Il cessa aussitôt de tirer et son regard bondit sur moi.

Je hochai la tête, soutenant sans ciller ce regard qui me transperçait.

Un soupir fit tomber ses épaules, et il siffla le signal de retraite. Le silence se fit sur la crête, et l'on n'entendit plus que les lointaines détonations venues de la vallée et le sifflement des balles qui ricochaient sur les rochers. Les braves qui attendaient le sifflet depuis de longues minutes dégringolèrent le versant à couvert qui plongeait vers le canyon, et nous nous retrouvâmes dans la combe repérée à l'aller.

Personne ne manquait, nous étions tous là. Nous courions déjà dans le fond de Cement Canyon, vers la vallée où nous avions laissé les chevaux, quand les premiers coups de feu claquèrent en haut de la crête. Ils venaient de trop loin pour être précis, et les balles miaulaient à quelques mètres de nous. Nous levâmes les yeux vers les tireurs. Une longue colonne de cavaliers se découpait sur la crête que nous tenions quelques instants plus tôt. Tout un régiment en patrouille sur la plaine de Fort Bowie avait entendu la fusillade et galopé sur l'épaule en pente douce, vers l'arête d'où venaient nos tirs. C'est de là qu'ils nous canardaient maintenant, mais nous étions trop loin pour leurs Winchester, et le versant sud que nous avions dévalé était bien trop raide pour y engager les chevaux. Mon regard accrocha celui de Geronimo. Il hocha trois fois la tête et laissa tomber : « Je savais que tu devais venir, cette fois. » Puis nous reprîmes notre course. Je nous croyais définitivement hors d'atteinte lorsqu'un choc mou se fit entendre juste derrière moi, suivi d'un cri. Je me retournai. Heck était à terre. Une balle venait de l'atteindre à la cuisse alors qu'il courait. Je me précipitai vers lui. Nous allions l'aider, nous relayer pour le soutenir.

— Va-t'en, filez vite, souffla-t-il. Entends le sifflement des balles… Il s'est rapproché. C'est plus seulement les Winchester des cavaliers qui tirent, il y a aussi un *sharpshooter*[1], et il a réglé son œilleton à la bonne distance maintenant.

— Je te laisserai pas, j'en suis incapable.

1. Tireur d'élite équipé d'un fusil Sharps à visée micrométrique, capable de faire mouche à six cents mètres ; trois fois plus loin que les Winchester en calibre d'origine.

— Filez vite, ou d’autres vont tomber…

Je passai mon bras sous son aisselle pour l’aider à se relever, mais il me repoussa et dégaina son Colt en me disant :

— T’inquiète pas, Francine, j’ai de quoi me défendre… File ! Tu vaux mieux que moi.

Puis Heck me sourit, comme personne ne m’avait jamais souri. Ce n’était pas son visage qui portait ce sourire, c’étaient ses yeux qui souriaient, dans une paix immense qui débordait en recouvrant le monde. Puis il releva son arme, porta le canon à sa tempe, et une langue de feu lui traversa le crâne. Son corps eut un soubresaut, puis sa tête retomba dans la poussière où le sang qui coulait fit une auréole.

Recroquevillée sur son ottomane en toile de Jouy, la Macalay sanglotait. Elle n'avait pas pu continuer à nier ce qui devenait évident dès lors qu'on l'énonçait. Elle admit tous ses mensonges et me supplia de n'en rien dévoiler avant que les obsèques soient célébrées.

Elle n'avait pas à me supplier. Avant de revenir vers elle, j'avais pu m'entretenir avec l'apprentie cuisinière. Elle me raconta tout, à commencer par le soir de son embauche, six mois plus tôt, où le maître de maison l'avait abusée dans son bureau, sur la méridienne festonnée de dentelles. Elle ne voulait plus savoir combien de fois depuis, en fin de soirée, elle avait subi le supplice de cette saleté de divan. Mais la dernière fois qu'elle y était passée, elle s'était sentie si sale en regagnant sa chambre qu'elle s'était juré que cela n'arriverait plus jamais. Quand le maître l'avait convoquée, avant-hier soir, elle savait qu'il l'attendait en habits de nuit dans son bureau, assis sur la méridienne et son fourbi à l'air. En sortant de la cuisine, elle avait dissimulé le hachoir dans les plis de sa jupe et avait remonté le couloir.

Je la regardais me raconter tout ça. Elle n'avait pas quinze ans. Lorsqu'elle eut terminé, les larmes qu'elle avait contenues jusque-là déferlèrent. Je la pris dans mes bras, comme les autres domestiques l'avaient fait après le drame. Personne d'autre que nous ne saurait ce qui s'était passé ce soir-là. Ce n'était pas elle, la criminelle.

Pourtant, je ne répondis pas tout de suite à la supplique de la Macalay, la laissant terminer ce qu'elle était en train de dire. Elle n'ignorait rien du comportement de son mari avec les domestiques. Je dressai l'oreille quand elle me parla mécaniquement du renouvellement régulier du personnel féminin de la maison. Le cocher était en poste depuis plus de quinze années, le majordome douze, alors que les femmes étaient remplacées après quelques mois de service, parfois, et aucune n'était là depuis plus de deux ans, hormis sa servante qui faisait partie des meubles. Je pensai à Costefave, qui vendait ses bonnes les unes après les autres, et je prononçai le nom du proxénète pour voir quel effet il ferait. « Milord. » La Macalay n'y réagit pas et elle eut l'air de se demander ce que je voulais dire. Puis je parlai de Langlade et cette fois, ses yeux s'écarquillèrent. Je compris qu'Ursule Macalay n'était pas un simple fournisseur de Milord comme était le bougnat, il était un ami d'Eudes Langlade, l'homme d'affaires.

Oh, oui, la Macalay aurait des choses à m'apprendre. Je passai un marché avec elle. Je tiendrais secret ce que je savais jusqu'à la semaine suivant les obsèques et, en échange de mon silence, elle me dirait tout ce qu'elle savait des affaires de son époux et de Langlade dès qu'elle serait libérée de l'organisation de la cérémonie.

L'enterrement du communard fut l'occasion d'un déferlement d'hommages, y compris dans *Le Cri du peuple* où je n'avais pas dévoilé les atouts que le hasard avait mis dans ma main, préférant attendre ceux qui allaient encore venir pour les abattre tous ensemble et obtenir la publication d'un papier complet sur le sujet, avec tous les éléments de mon enquête.

Le billet que j'envoyai à la Macalay après les funérailles resta sans réponse. Je commençais à penser que je devrais aller toquer à sa porte quand la nouvelle de sa mort tomba à la rédaction où elle fit son effet, suivant de près celle de son époux. Je pensai immédiatement qu'on l'avait assassinée pour l'empêcher de parler. Mais il n'en était rien. Elle s'était donné la mort la veille au soir dans ses appartements, avec le revolver du défunt.

Rue Notre-Dame-des-Champs, toutes les femmes de la maison savaient que j'avais laissé s'imposer la fable de l'assassin à la musette alors que je connaissais la vérité. Chacune se tenait prête à me dire tout ce qu'elle savait. Malheureusement, j'en savais davantage qu'elles, qui ignoraient ce qui les aurait attendues si le geste de l'apprentie n'avait pas infléchi leur destin. Je quittai l'hôtel particulier la mort dans l'âme en pensant que la Macalay avait préféré emporter ses secrets dans la tombe plutôt que de salir le nom de la famille. Il me restait bien les témoignages des domestiques, mais elles ne savaient que les viols ordinaires, et rien de tout le reste.

Mon pas traîna jusqu'à Montmartre, mais quand j'entrai dans l'immeuble de la rue des Carrières, une enveloppe déposée par le facteur m'attendait sur la première marche de l'escalier. Le pli, oblitéré de la veille dans le 6e arrondissement, contenait deux lettres.

La première s'adressait directement à moi. Signée de la main de Marguerite Macalay, elle tenait sur une feuille simple. Elle m'y disait la détresse qui l'avait accablée en écrivant tout ce qu'elle savait des activités qui liaient son époux à Eudes Langlade. Voir écrit noir sur blanc ce qu'elle faisait semblant de ne pas entendre quand ils parlaient entre eux, de ne pas voir quand ils échangeaient des liasses de billets de banque l'avait atterrée. Elle avait fermé les yeux tout ce temps, en se mentant à elle-même pour pouvoir continuer à partager le nom de son époux aux yeux du Tout-Paris, tout en se dégoûtant de se sentir si veule. Ce dégoût d'elle-même qui lui explosait maintenant au visage. Elle me remerciait enfin de me faire l'écho de ces abjections dans l'espoir qu'elles cessent enfin, et que plus personne n'eût à en pâtir. Peut-être ses confessions rachèteraient-elles un peu de ses péchés aux yeux de saint Pierre. Elles étaient complètes et détaillées dans la seconde lettre, et je pouvais en faire ce que bon me semblait.

Samedi 9 juillet 1881
Window Rock, Arizona

Lorsque nous retrouvâmes les chevaux dans la vallée du sud, Geronimo nous ordonna de rallier le camp au plus vite. Il nous rejoindrait. Nous obéîmes et, en talonnant mon mustang, je vis du coin de l'œil qu'il s'asseyait tranquillement à l'ombre d'un rocher.

Après avoir rejoint le camp en nous assurant de n'être pas suivis et effaçant nos traces, nous l'attendîmes jusque tard dans la nuit. Je restais seule éveillée près des tisons sans flamme lorsqu'il arriva au petit matin. Je reconnus le cheval qu'il tenait en remorque au bout de son licou, le corps de Heck jeté en travers de la selle. Quand les ténèbres étaient tombées, Geronimo était retourné au fond de Cement Canyon pour en ramener le corps. Le dernier guerrier natchez méritait une cérémonie et une sépulture de brave sur la terre apache.

Dans la seconde lettre, Marguerite Macalay vidait son sac et déballait en vrac tout ce qu'elle avait appris au fil des années en surprenant des bribes de conversations entre son mari, Langlade et d'autres connaissances qu'ils réunissaient parfois rue Notre-Dame-des-Champs à l'occasion d'un dîner qu'elle devait organiser.

Ses révélations étaient complètes, mais organisées dans une pagaille à la mesure de son désarroi. Elle ne savait pas jusqu'où s'étendait le réseau de Milord, qu'elle ne nommait jamais autrement que M. Langlade, mais elle citait clairement les noms de tous ceux qui étaient passés chez elle pour ces rendez-vous mensuels. Parmi eux, je reconnus celui du directeur de l'établissement de la rue Militaire. Ces informations n'étaient pas fantaisistes. Il y avait aussi les noms des responsables des autres bordels et de plusieurs établissements de commerce et de belles maisons de la capitale qui fournissaient des filles venues de la campagne et placées comme bonnes à Paris, mais Costefave n'y figurait pas. Sans doute jugé trop rustaud pour faire partie de leur monde, il n'avait jamais dû être invité à franchir le seuil de cette honorable demeure.

Mme Macalay affirmait que le proxénète bénéficiait de complicités jusque dans la police, et elle donnait encore les noms de deux commissaires divisionnaires et d'un préfet de police venus dîner chez eux en compagnie du proxénète. Leur « complicité passive » ne faisait pas de doute pour elle, qui en jugeait aux récits des frasques avec les filles qu'ils évoquaient volontiers, l'œil égrillard, en fin de repas après l'armagnac hors d'âge. De tout ce beau linge, feu son mari était le seul qui ne s'était pas enfui à Versailles ou ailleurs, pour autant qu'elle le sût.

Au milieu de ces informations concrètes se trouvait tout un passage de remarques plus intimes où elle essayait de démêler ce qui amenait des hommes aussi respectables que son époux, M. Langlade et leurs amis à se complaire dans cette fange immorale dans laquelle ils jubilaient manifestement. Ils parlaient de cela sans retenue aucune dans ce cénacle. « Fais un péché trois fois, et tu croiras qu'il est permis. » La question semblait la tarauder, de savoir si leurs motivations étaient surtout financières, ce qui aurait manifestement semblé moindre mal à ses yeux, ou s'ils étaient poussés par un goût malsain pour les dépravations dont les échos qu'elle accrochait parfois lui écorchaient les oreilles.

Immédiatement après ce passage, le bric-à-brac de sa plume en venait au sort des filles « réformées », celles dont Langlade ne voulait plus. Je passais vite sur le cas de la majorité des prostituées professionnelles qui travaillaient chez lui de leur plein gré et qu'on remerciait plus ou moins proprement. La vénération que la poule du *Grand Café polonais* portait à Milord me revint en mémoire, et je pensai qu'il était bien compliqué de comprendre les hommes, même quand ce sont des femmes.

Mais Mme Macalay avait bien saisi qu'il y avait aussi des filles qu'on tenait proprement séquestrées, dont certaines avaient très bien pu passer dans sa domesticité. Celles-là, on ne voulait absolument pas qu'elles puissent témoigner de ce qu'elles savaient, aussi, on ne les lâchait pas dans la nature et on les « expédiait ». Tel était le terme qu'elle avait entendu à plusieurs reprises et qu'elle citait entre guillemets. Comme elle connaissait les affaires de négoce international de matières premières exotiques de Langlade qui prospéraient au grand jour avec la multiplication des manufactures, elle écrivait que le terme « expédier » pouvait fort bien signifier « expédier à l'étranger, ou dans les colonies ». Elle ne pouvait pas croire qu'il fallait entendre par là « expédier *ad patres* », car elle trouvait inconcevable qu'on pût parler de cette extrémité avec une légèreté pareille.

Je la suivais sur sa première supposition. J'avais pensé la même chose en découvrant les notules de l'Office du commerce international et l'idée n'était finalement pas si abracadabrante, même s'il serait impossible de l'étayer tant que le blocus empêcherait d'aller fouiner du côté de Bordeaux ou de Cette, et que les malfrats se tiendraient éloignés de Paris. Je suivais moins la défunte sur sa conviction qu'il n'y eût jamais aucun meurtre. Ils n'avaient pas hésité à me tirer dessus… J'étais bien certaine qu'ils n'auraient aucun scrupule à occire quiconque pourrait nuire à leurs affaires.

Au moment où je reçus les confessions de Mme Macalay, les Versaillais grignotaient déjà du terrain ; leurs attaques se faisaient plus pressantes. Notre Commune nous semblait moins solide, et nos espoirs commençaient à vaciller. Dans un Paris retombé aux mains de Thiers, je ne pourrais pas faire grand-chose des résultats de mon enquête : ni du côté de la presse ni de celui de la police. Je devais me résoudre à proposer très vite un article qui dévoilerait tout ce qui pouvait être vérifié, en citant les noms de ceux dont l'implication dans le trafic ne faisait pas de doute. Mais je ne pourrais évoquer que de « mystérieuses disparitions des filles récalcitrantes ». Ce n'était pas exactement ce que j'aurais souhaité, mais j'avais enfin de nombreux noms, je savais décrire le fonctionnement de ce réseau de prostitution forcée, les coordonnées des établissements qui en profitaient ; j'avais des témoignages de viols ; j'avais en main les confessions d'un témoin décisif, écrites et signées juste avant son suicide. C'était suffisant pour nourrir un article incendiaire… Assez incendiaire en tout cas pour que Vallès rechignât à le publier.

Lundi 11 juillet 1881
Teec Nos Pos, comté d'Apache, Arizona

L'expédition de Dos Cabezas Peaks fut ma première et dernière occasion de combattre aux côtés de Geronimo durant cette période car, quelque temps plus tard[1], le gouvernement des États-Unis, lassé de voir ses armées harcelées par la guérilla apache qui décimait ses troupes et ne parvenant pas à nous déloger de nos retranchements dans les montagnes, accepta de créer une réserve chiricahua sur les terres ancestrales de la tribu, à condition que nos attaques cessent et que nous demeurions en paix.

Lors du conseil des sages qui devait arrêter la décision, Cochise pesa de tout son poids pour que le traité, négocié avec le gouvernement par son ami blanc[2], fût validé. La tribu pourrait vivre en paix sur ses terres qui seraient tenues à l'abri de la convoitise des colons. Et les centaines de braves tombés au cours de ces dix années de

1. Fin 1871 ou début 1872, selon les sources. Peut-être la mise en place du pacte s'étala-t-elle sur les deux années.

2. Il s'agit d'un éclaireur civil de l'armée américaine nommé Thomas Jefferson Jeffords. Son amitié durable avec Cochise est attestée et il servit effectivement d'intermédiaire entre les Chiricahuas et Washington pour la rédaction de ce traité.

guerre ne seraient pas morts en vain. Geronimo répugnait à déposer les armes. Le destin de Mangas Coloradas restait tatoué dans sa mémoire ; il n'investissait aucune confiance dans les Blancs, encore moins dans leur gouvernement, et pas du tout dans ceux qui le représentaient. Mais il ne s'opposa pas à Cochise et garda le silence. Tous ceux qui étaient du même avis suivirent son exemple, et le traité fut signé.

Les quelques années que dura cette période de paix, Geronimo ne voulut jamais toucher aux rations de maïs et de fèves que le gouvernement nous avait allouées. Il vivait des maigres cultures vivrières de la réserve et des petits gibiers qu'il parvenait à piéger ou à chasser avec la fine lance armée de silex qu'il s'était fabriquée. Il n'avait plus le goût à me raconter l'histoire des tribus indiennes, il ne parlait plus des esprits. Son regard ne pétillait plus qu'à l'évocation des souvenirs anciens de sa vie libre et fière qu'il réveillait parfois quand le besoin lui venait de les partager avec moi. La réserve où nous étions confinés était un étouffement pour son âme éprise de grands espaces et de liberté, et il serrait souvent les dents pour endurer sa vie captive. Mais il ne voulait pas rompre le pacte d'honneur qu'avait signé Cochise et qui engageait tout son peuple. Et il attendait secrètement le moment où les États-Unis trahiraient leur serment, ne doutant pas que cela se produisît avant longtemps.

Durant ces années, le certificat d'immigration que j'avais dans mes fontes me conférait un statut particulier. L'agent du bureau des Affaires indiennes n'avait pas bien compris pourquoi une immigrante blanche tenait à partager le sort des Apaches dans la réserve. Il m'avait méprisée, bien entendu, mais ne s'était pas opposé à ce que j'y réside, du moment où je déposerais moi aussi mes armes. Un détail me différenciait des Apaches : je pouvais quitter la réserve quand bon me semblait, moi, et j'allais de temps à autre à Albuquerque d'où je ramenais quelques livres qui faisaient l'étonnement des Indiens ne comprenant pas comment on peut passer autant de temps à contempler ces rectangles blancs aux décorations si monotones.

Il fallut attendre trois ans pour que le gouvernement renie sa parole en décidant de supprimer la réserve chiricahua d'un trait de plume pour déporter la tribu à San Carlos ; une région où régnaient des esprits malfaisants pour les Apaches[1].

Cette décision libérait Geronimo de son serment. Alors que la plupart des Chiricahuas traînaient les pieds vers la réserve maudite, Geronimo galvanisa quelques dizaines de braves, des hommes, des femmes et leurs enfants qui s'enfuirent en courant vers leurs rêves de liberté. Je jetai mes fontes sur mon épaule et, en quelques minutes, nous nous fondîmes dans la nature.

1. Cette déportation date de 1876.

[Lettre de Monique à Francine – fragments]

Ma très chère Francine,

[…]

Mais, voilà, c'en est terminé de la cellule clandestine de l'AIT de Paris que nous avons dissoute. Avant de nous disperser, les faussaires ont réalisé les plaques en taille-douce nécessaires, et nous avons imprimé tout le papier-monnaie que nous avions en réserve. Nous avons choisi des florins car notre pauvre République et son franc partent en capilotade, et nous avons rempli deux caisses de billets plus vrais que les vrais qui sont maintenant en sécurité dans notre local secret. Lorsque l'Organisation pourra reprendre du service, elle aura les moyens de le faire. Nous avons partagé entre nous tout ce qui ne rentrait pas dans les caisses (plaisanterie), et chacun aura ainsi le temps de se retourner et de s'inventer une nouvelle vie sous une identité toute neuve.

[…]

La recherche des familles des disparues m'a amenée à sillonner la France. Je n'ai eu aucune difficulté à retrouver ces gens dont tu as dégotté le nom et le village et, au fil des étapes de mon périple, je me suis rendu compte que chaque famille avait reçu une lettre similaire. Sans instruction aucune, elles avaient dû solliciter le facteur, l'instituteur ou le curé pour la lire. Les missives disaient toutes la même chose : la fille placée s'était enfuie de chez ses maîtres en dérobant l'argenterie, des bijoux ou autre chose de valeur. Ces familles, mortes de honte d'avoir appris cela de la bouche d'un notable du village, maudissaient leur progéniture de leur infliger pareille vexation et ne voulaient plus en entendre parler.

Je me suis trouvée démoralisée en comprenant combien la perfidie de cette méthode était efficace. Mais, par bonheur, mon joli pécule rendait agréable ma condition de voyageuse d'auberge en auberge et je reprenais peu à peu goût à la vie.

[…]

Ma dernière étape m'amenait en Aveyron. Imagine-toi la plus jolie des campagnes verdoyantes où rien ne manque pour que tout soit charmant, ni les collines vertes ni les vaches grasses ni les rivières claires, les prairies et les forêts. Et d'un seul coup, la lumière meurt aussi rapidement qu'on ferme les volets, et on se retrouve au milieu d'un enfer de ténèbres. Plongé dans une vallée pelée où tout est noir, saturé de fumées qui obscurcissent le ciel, où il ne reste plus un arbre vert, où la terre est plus dévastée que par les pires batailles, on ne comprend pas où on est tombé. Ce n'est qu'en descendant du train que je fis le rapprochement entre le nom du village inscrit sur la façade de la gare et le poème de Victor Hugo : Aubin, le pays où la troupe a tué les mineurs qui criaient leur misère.

Ce jour de pluie battante, je rencontrai une famille de ces mineurs vivant dans une indigence révoltante. Le soir tombant, tous se tenaient entassés dans une cahute de planches si exiguë que l'on peinait à s'y tenir debout, et dont le toit gouttait. Ceux-là aussi avaient reçu une lettre semblable aux autres, et c'est le maître mineur qui l'avait lue au père au fond du puits de mine. Les parents avaient évidemment conçu toute la honte escomptée par les tristes sires, et même au-delà, si bien que lorsque leur fille était revenue par miracle deux années plus tard, ils l'avaient chassée. Elle vivait désormais seule, dans la proche forêt de la Vaysse.

[...]

J'y trouvai une femme au regard égaré. Elle habitait dans une grotte du Rocher Troué où un vieux matelas et un seau de fer-blanc contenant quelques braises constituaient l'unique mobilier. Voyant une étrangère arriver en tenue de ville, elle crut d'abord que j'étais envoyée par Milord et fut terrifiée. Je dus la rassurer longtemps pour qu'elle accepte de me raconter son histoire, dont tu connais déjà le commencement. Mais la suite était proprement horrible. Je te résume ce que j'ai appris par bribes, dans une conversation qui s'étala sur deux grandes journées. Milord la jugeant bien faite mais trop vilaine de figure quand il l'acheta à son maître, il la fit livrer directement à la maison d'abattage de la rue Militaire, où il imagina de la forcer à se donner avec un sac sur la tête pour cacher son visage. Proposée de la sorte aux militaires, elle eut un certain succès, et le proxénète lui-même ne dédaignait pas en faire usage de la même manière. Quand il s'en fut lassé, il la fit escorter jusqu'à un port avec d'autres filles, pour être expédiées par bateau et livrées dans différents bordels exotiques. Elle échoua à Tanger, dans un claque du port appartenant à un Français. Elle ignorait par quel port elle avait quitté la France, mais, aux indications qu'elle put me donner, je compris qu'il s'agissait de Cette, qui correspondait à ce que nous avions pensé. Je passe sur les détails pénibles à écrire mais, au cours de deux années de calvaire, elle fut ensuite revendue successivement à un établissement d'Aden, puis un autre d'Odessa. Là, elle parvint à s'échapper grâce à un marin ivre qui s'était mis en tête de l'enlever pour la faire travailler à son bénéfice et, deux semaines après, elle fut finalement jetée sur un quai de Marseille, après une traversée où tout l'équipage lui était passé dessus à maintes reprises et des pires manières. Ensuite, elle eut plusieurs semaines d'errance sur le chemin du retour à Aubin, se prostituant pour survivre – ce qu'elle continue à faire pour quelques piécettes ou une miche de pain dans sa grotte du Rocher Troué.

Comme je te l'ai dit, je mis deux journées entières pour comprendre toutes les horreurs dont je ne t'écris pas le dixième. Évidemment, j'ai proposé à cette pauvre fille de venir à Paris où elle pourrait rester chez moi le temps de se retourner et de trouver un emploi mais, dès qu'elle entendit prononcer le nom de la capitale, elle fondit en sanglots comme si elle voyait le diable. Je ne pouvais rien pour elle et je lui laissai une jolie liasse de billets, le prix de ma mauvaise conscience de m'en aller en la laissant à son destin.

[…]

Voilà, ma très chère Francine, je t'oblige à lire bien des horreurs aujourd'hui, mais sache que c'est une petite partie de ce que j'ai appris avec cette fille.

Dire que je suis révoltée est un doux euphémisme. Je serais prête à tuer. Je suis maintenant certaine que je serai incapable de lâcher le morceau, et je comprends tellement mieux l'acharnement que tu avais à mener cette enquête. Je n'aurai de cesse avant de voir ces salops derrière les barreaux.

Mercredi 13 juillet 1881
Teec Nos Pos, comté d'Apache, Arizona

L'essentiel des troupes US de notre réserve encadrait de près le convoi déportant la tribu chiricahua vers les terres maudites de San Carlos.

Invisibles, éparpillés par petits groupes sous les buissons épineux, nous avons observé la colonne qui disparaissait à l'horizon, puis nous avons attendu le soir. Lorsque les lumières s'allumèrent dans les quarticrs de nuit de la garnison, nous sûmes qu'une dizaine de soldats seulement étaient restés pour surveiller le casernement. Nous attendîmes encore après que les loupiotes furent éteintes. Bien après minuit, nous nous lançâmes à l'attaque, armés de couteaux de cuisine et de bâtons appointés. Quatre des nôtres, disparaissant dans l'obscurité, parvinrent à égorger les sentinelles assoupies dans leur guérite sans qu'un bruit nous parvienne, et le chant d'amour du pinson des plaines nous indiqua que la voie était libre. Nous réussîmes à forcer la porte du hangar où nos armes étaient consignées et à nous en saisir sans réveiller la garnison endormie.

Nous allions filer quand Geronimo nous arrêta d'un geste et se dirigea vers les casernements. Les deux premiers soldats périrent dans leur sommeil, mais le troisième parvint à saisir son revolver. Le coup de feu ne toucha personne, mais il réveilla les autres et la fusillade commença. Il ne fallut que quelques minutes pour que le silence retombe, et il ne restait plus aucun soldat vivant lorsque nous quittâmes la réserve dans la lumière orange de l'incendie qui détruisait les bâtiments de planches.

[Lettre de Monique à Francine – fragments]

Ma très chère Francine,

[…]

J'étais si bouleversée par l'histoire de cette jeune femme, par son regard où flotte toujours une nuance de terreur prête à la dévorer, que je changeai mes projets et décidai de prendre un billet pour Cette au lieu de rentrer à Paris.

[…]

On me regardait de travers quand je suis entrée dans le bistrot des portefaix sur le quai d'Alger. C'était la fin de journée et les porteurs débauchés arrivaient par grappe, mais je décidai d'attendre qu'ils soient bien imbibés pour tâcher d'en apprendre davantage sur les navires de Langlade qui transportaient parfois des passagères. Dès que le brouhaha enfla dans le bouig-bouig où on parlait plus fort après les premiers verres, je commençai à amener doucement la conversation sur la flotte de *L'Impériale d'Orient*. Les portefaix ne se firent pas prier pour discuter avec cette femme avenante qui buvait du rhum sec à leur table. C'est même l'un d'eux qui me lança avec une œillade égrillarde « qu'on s'y amusait bien, parfois, sur ces bateaux », et il m'entraîna à une table du fond pour me dire la suite. Il était déjà bien ivre et, à ses regards sur mes formes, je voyais bien le genre de récompense qu'il escomptait pour ses confidences. Je ne fis rien pour l'en dissuader et en rajoutai même un brin pour qu'il continue à le croire.

J'avais pensé que les hommes de Milord graissaient la patte des dockers pour qu'ils restent discrets au sujet des filles avec les agents des douanes. Mais ils ne s'imposaient même pas cette dépense. Quand il y avait un lot de femmes à embarquer, les grutiers se débrouillaient pour laisser un espace disponible dans le fond de la cale en empilant les caisses de fret, et les filles qui embarquaient au milieu de la nuit venaient se cacher là pour voyager en douce, invisibles pour les inspections de routine. En échange de ces services, tout le temps que le bateau restait à quai, ceux qui étaient dans la combine pouvaient profiter des femmes à leur guise.

[…]

Revenue à Paris, je relus mes notes et commençai à les organiser avec celles que tu m'avais envoyées et tout ce que je savais. En quelques jours, je montai un dossier complet que je trouvai accablant pour Langlade. Je regrettais seulement de ne pas avoir souvenir de tous les noms et autres détails que j'avais lus dans le manuscrit de ton article.

Ensuite, j'approchai Malberg, un journaliste en vue de *La Presse,* et lui remis une copie de mon dossier. Charge à lui de lancer ses propres investigations pour étayer ces bases. Je pensais naïvement qu'il allait sauter sur l'occasion pour écrire un article fracassant qui descendrait Langlade.

Mais les trois jours suivants, je n'eus aucune nouvelle de Malberg.

Le quatrième, je ne dus qu'à la chance d'échapper à une balle qui m'était destinée alors que je rentrais chez moi. Elle siffla à mes oreilles en ricochant sur le mur. Je parvins à courir vers l'angle de la rue alors que l'homme continuait à tirer jusqu'à vider son arme, m'atteignant une seule fois en m'effleurant l'épaule. Quand son revolver fut vide, l'homme courut à ma poursuite, mais j'avais pris assez d'avance et parvins à me défiler dans un dédale de ruelles.

Évidemment, cet attentat était la suite donnée à ma prise de contact avec le journaliste Malberg. Il savait mon adresse, et l'homme de main de Langlade m'y attendait. Il était hors de question que j'y revins à quelque moment que ce fût.

Je sus tout de suite que la seule option pour vivre tranquille serait de quitter Paris le plus vite possible.

[...]

Je dormis à hôtel et le lendemain avant l'aube je passai au local où les affaires de notre cellule sont en sécurité. J'y retrouvai les presses à imprimer, les caisses bien rangées et l'odeur de la clandestinité. Je prélevai deux documents d'identité différents où il ne restait qu'à calligraphier le nom, quelques liasses de billets de vingt florins supplémentaires et un revolver Lefaucheux de fort calibre avec sa boîte de munitions. Je n'avais besoin de rien d'autre pour mes projets.

Le temps d'y trouver un meublé à louer, je m'installai à la Goutte d'Or sous un nouveau patronyme. Je ne quitterai pas Paris.

Le soir même, je suivis Malberg qui sortait de l'immeuble de *La Presse* à la nuit tombée. La première balle du revolver fut pour l'exécuter.

La guerre était déclarée.

[...]

Jeudi 14 juillet 1881
Teec Nos Pos, comté d'Apache, Arizona

Nous étions plus d'une centaine, trop nombreux pour une vie de fugitifs. Assez vite, plusieurs familles qui nous avaient suivis durent se résoudre à abandonner leurs rêves de liberté pour rejoindre San Carlos au pas du condamné. La troupe se scinda en plusieurs groupes. Je découvrais que les montagnes et leurs plaines étaient peuplées d'une constellation de petites bandes d'Apaches semblables. Je ne compris jamais tout à fait la manière dont elles communiquaient. Pourtant, lorsque nous rencontrions une autre de ces bandes, ce n'était jamais tout à fait par hasard, mais par une espèce de rendez-vous jamais formulé qui nous conduisait, comme par chance, au même endroit au même moment. Geronimo avait tenté de m'expliquer les mystères de ce tour de magie : comment lire une piste, comment comprendre les indications codées qui y ont été ajoutées, deviner les marques effacées. Il m'avait aussi montré quelques-uns des endroits, inchangés depuis le temps des rêves, où on se laisse de mystérieux messages de cailloux assemblés, de branchettes ou de sable, invisibles pour les étrangers, mais qui disent le nécessaire à qui sait déchiffrer.

Ces rencontres entre bandes étaient l'occasion de réjouissances, et parfois de refonte des groupes par l'échange de membres dans une alchimie naturelle qui contentait chacun. Ces habitudes étaient familières aux Apaches qui vivaient depuis toujours ce nomadisme quelques mois chaque année ; ce qui était bon, disait Geronimo, pour le mélange des sangs qui fait les enfants forts.

C'est à l'occasion d'une de ces rencontres faussement fortuites qu'Ahiga rejoignit notre groupe. C'était un Navajo, de cette nation harcelée qui avait rendu les armes dans les années 1860 et intégré la réserve de Window Rock, en Arizona. Il était né avant la reddition de son peuple, et sa mère avait voulu qu'il porte un nom évoquant la résistance farouche qu'opposa sa tribu jusqu'à ce qu'elle fût brisée. Ahiga signifie : « Il combat. » Deux années avant notre rencontre, cédant à l'injonction qu'il entendait chaque fois qu'on l'appelait, il s'était enfui de la réserve, poussé par des motifs aussi confus et aussi impétueux que ceux qui avaient décidé Heck à traîner du côté d'Abilene, et il avait rejoint une bande d'Apaches qui rôdait aux confins de la réserve.

Ahiga n'a jamais avoué avoir rallié notre bande pour se rapprocher de moi, mais il est certain que dès les premiers jours, il m'a tourné autour. Il se débrouillait toujours pour partir avec nous quand j'étais désignée pour être d'un pillage. Dès qu'il entendait prononcer mon nom, il se levait aussitôt pour être choisi lui aussi, essayant de dissimuler sa précipitation si maladroitement que Geronimo riait en l'appelant à son tour. Durant toute une année, nous avons combattu ensemble et les liens qui nous rapprochèrent peu à peu n'étaient pas exactement ceux de frères d'armes.

Vendredi 15 juillet 1881
Teec Nos Pos, comté d'Apache, Arizona

Avant l'attaque, Geronimo nous confiait souvent, à Ahiga et moi, la mission d'observer les ranches que nous prenions pour cible afin de limiter les mauvaises surprises. Lors de ces journées, nous demeurions seuls, lui et moi, fondus dans la nature avec laquelle nous devions faire corps pour ne pas être vus. Ces moments tissaient entre nous des connivences qui m'emplissaient d'une intensité telle que je dus accepter l'évidence : j'étais gravement éprise.

Comme nous opérions des deux côtés de la frontière selon les opportunités, les armées mexicaines et américaines nous pourchassaient avec le même zèle. Les premiers mois, nous n'avions pas trop de mal à déjouer leurs pièges sans finesse, et ces escarmouches nous infligeaient peu de pertes. Mais, vers la fin de l'année 1877, plusieurs groupes amis furent anéantis par des attaques imprévisibles qui les avaient surpris. Geronimo rechignait à croire en ces nouvelles, qui s'avéraient pourtant les unes après les autres. À la dernière lune de l'année, nous devions rencontrer une bande amie près de l'endroit que les Apaches nomment Palomas Creek, près du Rio Grande. Nos éclaireurs n'avaient rien signalé de suspect, et nous étions en pleines retrouvailles lorsque des langues de feu fleurirent partout autour de nous dans un bruit de tonnerre et beaucoup des nôtres restèrent sur le carreau. Surpris, en position faible, la moitié des deux bandes tombée en quelques secondes, il n'y avait d'espoir que dans une fuite désespérée. Nous enfourchâmes nos chevaux à la volée et, embrassant leurs encolures pour nous tenir couchés, nous décampâmes au galop sous une pluie de balles. Nous n'étions plus que sept quand nous nous arrêtâmes pour reposer un peu nos montures écumantes.

Deux jours après cet épisode, nous apprîmes l'accablante nouvelle de la bouche de Naiche[1] : l'armée US avait recruté tout un bataillon d'éclaireurs apaches pour nous combattre. Geronimo fut atterré en entendant cela. Trahis par les nôtres, nous nous battions maintenant contre une armée cent fois plus nombreuse et connaissant nos ruses, nos façons de communiquer, les endroits secrets où nous échangions des messages qu'ils savaient déchiffrer. Ils maîtrisaient le même art du camouflage pour devenir invisibles dans la nature, et nous l'avions chèrement payé à Palomas Creek.

J'ai pu lire par la suite que l'agent indien John Clum se targuait d'avoir piégé Geronimo à Ojo Caliente, et la presse a fait des gorges chaudes de cette « arrestation prodigieuse sans qu'un seul coup de feu soit tiré[2] ». Tout cela est faux, archi faux. Lorsque Geronimo a laissé ce qui restait de notre groupe en sécurité dans les monts Dragoon pour partir à Ojo Caliente, c'était en toute

1. Chef chiricahua qui succéda à Cochise.

2. Fort de ce succès et de quelques autres, John Philip Clum, quittant le Bureau des affaires indiennes et la réserve de San Carlos, acheta un journal, l'*Arizona Citizen*. Il devint ensuite le premier maire de Tombstone où il confia les charges de *marshals* à ses amis, les frères Virgil et Wyatt Earp.

connaissance de cause. Il savait parfaitement qu'une centaine d'Indiens renégats y étaient cantonnés sous les ordres de Clum, et il y est allé avec un drapeau blanc, pour annoncer sa reddition qu'il escomptait négocier contre le transfert de son peuple dans une autre réserve. C'est parce qu'il craignait de subir le même sort que Mangas Coloradas qu'il avait tenu à s'y rendre seul pour nous préserver d'un pareil destin.

Le jour où nos petites bandes quittèrent les monts Dragoon, armées de drapeaux blancs, pour rejoindre Geronimo à San Carlos, je ne les suivis pas. Je restai avec Ahiga. Perdus dans des vagues de tristesse flottant autour de nous comme des rubans de brume, nous les regardions s'en aller vers le nord, le dos courbé sur leurs montures qui allaient au pas vers la terre maudite.

Quand ils eurent disparu au fond de la vallée, Ahiga engagea son cheval en direction de l'est, et je le suivis. Nous progressions lentement et nous arrêtions souvent pour profiter de l'instant près d'une rivière, d'une clairière ou d'un endroit paisible, avant de rejoindre la réserve navajo de Window Rock où nous vivons depuis et d'où j'écris ces lignes, en ce 15 juillet 1881.

Le gouvernement des États-Unis n'a pas déchiré le pacte conclu avec les Navajos pour cette réserve-là. Elle demeure vaste, sur les terres ancestrales de la tribu. Bien qu'arides, elles se prêtent à l'élevage et comptent quelques huertas fertiles où poussent des légumes. Nous avons construit un hogan confortable aux environs de Teec Nos Pos, creusé un puits qui donne toute l'année, et nous vivons en paix avec les gens du village. Depuis presqu'une année, Ahiga me presse avec ses envies de progéniture et mes menstrues qui avaient disparu depuis ces années de guerre sont revenues comme par magie. Elles me cassent à nouveau les pieds depuis trois lunes. La femme-médecine m'a offert un bâton de fertilité que je porte en sautoir autour du cou, et tout le monde sait ce que je désire.

Pendant ce temps, Geronimo poursuivait un autre destin. Après sa reddition, il fut enfermé dans la réserve maudite de San Carlos où il comprit que la plupart des éclaireurs indiens recrutés par l'armée venaient de là et avaient combattu à ses côtés. Cette idée le mit au désespoir, et il fut atterré de constater que la majorité des Apaches acceptaient maintenant leur sort de captifs, ayant abandonné tout espoir de vie libre. Peu après, il s'enfuit encore une fois, avec une petite bande qu'il avait enfiévrée avec les rêves qui le hantent toujours. J'ai perdu le compte du nombre de fois où il dut regagner San Carlos, capturé ou en reddition, avant de s'évader à nouveau quelques semaines après.

Au début de ce mois, j'ai chevauché deux jours à sa demande pour lui rendre visite dans la réserve maudite où il est retenu encore une fois. Il voulait me consulter, car son ami Nochedelklinne venait d'être assassiné[1]. Nous avons passé une longue soirée à veiller autour de son feu. Geronimo m'a interrogée longtemps et j'ai répondu de mon mieux à ses questions toujours aussi étranges. Il cherchait des augures pour sa prochaine évasion, devenue nécessaire pour venger la mort de son ami.

1. En 1881, le chaman Nochedelklinne prêchait un rêve qu'il avait fait, où les hommes blancs avaient disparu et où les Apaches morts revenaient à la vie. Ce prêche consistait en une danse qui connut un tel engouement qu'elle se répandit très vite, au point que les responsables blancs en vinrent à craindre qu'elle déclenche une révolte. Ils demandèrent au général Eugene Carr de le neutraliser. Quand ses hommes arrivèrent au campement du chaman, une fusillade éclata et Nochedelklinne fut tué.

V

PARIS

Dimanche 12 novembre 1888
Teec Nos Pos, comté d'Apache, Arizona

Le 2 mai 1882, peu après que j'ai suspendu l'écriture de mes cahiers, notre fille Tł'éhonaa'éí[1] venait au monde. Je n'ai pas cru indispensable de nourrir ces pages des tranches du bonheur ordinaire que connaissent, je leur souhaite, toutes les mères et tous les pères du monde, ni des tracas qui font parfois sauter une maille de la félicité qu'on tricote au fil des jours qui passent. Hormis la carabine Henry qui nous servait parfois pour la chasse, nous avions caché nos armes dans une cavité bien sèche, sur la vire d'une falaise des Pastora Peak, et nous n'avons plus jamais eu à les utiliser. Notre vie était paisible et nous n'avions besoin de rien. Pourtant, le joli rouleau de billets verts de la prime de Weeks, converti depuis longtemps en pièces de vingt-cinq dollars or, a bien facilité les choses, à l'occasion, pour acheter quelques outils ou un cheval à Window Rock. Nous dépensions si peu que ce trésor semblait inépuisable. Victor aurait été heureux

1. Dans le texte original, Francine écrit « t'éé fona eï », qui transcrit la phonétique du nom. Nous préférons utiliser la graphie normalisée de la langue navajo, qui n'existait évidemment pas au XIXe siècle.

que je m'en serve de cette manière. C'était de l'argent bien dépensé. Je profitais toujours de mes passages en ville pour ramener des journaux et quelques livres que je commandais au *general store*.

Pendant ces années où nous regardions grandir notre fille, Geronimo a continué à poursuivre ses chimères, s'évadant si souvent que lui-même s'embrouille quand il tente d'en faire le récit. C'était chaque fois un groupe plus restreint qu'il entraînait à sa suite, et ses coups de main devenaient de plus en plus périlleux. Mais Geronimo était doué pour la guerre et la survie comme d'autres le sont pour les mathématiques, et ce don faisait des prodiges. Face à lui, des milliers de soldats sont tombés sous les balles, et des centaines d'hommes et de femmes ont péri à ses côtés. Mais lui revenait chaque fois. Il se tenait pourtant toujours où le péril culmine, où le sort des batailles se joue au cœur de la mêlée, et il fut maintes fois l'unique survivant d'un groupe aux avant-postes qui essuyait le feu le plus intense. Et quand tout semblait perdu, il parvenait à s'évanouir dans la nature, disparaissant par magie au nez et à la barbe des ennemis.

La dernière fois qu'il fut pris, il y a presque deux ans, c'est plus de dix mille hommes, Américains, Mexicains, soldats et volontaires civils qu'il fallut déployer dans les monts Dragoon et leurs plaines pour parvenir à l'acculer, après plusieurs mois de traque. Lorsqu'il dut se rendre, les autorités US purent dénombrer cette bande qui semait la terreur dans tout le Nouveau-Mexique : vingt-huit adultes et quelques enfants.

Aujourd'hui, Geronimo a renoncé à se battre. Voilà deux ans qu'il ne s'est pas évadé. La première année, il a sagement cultivé des fèves et il s'est converti au christianisme avec une telle foi que les Quakers qui ont entrepris d'évangéliser les Indiens l'ont choisi pour modèle et se sont débrouillés avec les Affaires indiennes pour qu'il obtienne un statut de semi-liberté qui pousse les autres à suivre son exemple.

Me souvenant des éclats de rire qui lui faisaient se battre les cuisses du plat de la main lorsque je tentais de lui décrire la manière dont les Blancs communient avec les esprits, je sais que cette passion soudaine pour leur dieu fut un stratagème pour obtenir ce qu'il souhaitait, et qu'il a obtenu.

La dernière fois qu'il est passé nous voir, voici une quinzaine, il rentrait d'un mois de permission pour participer au grand spectacle de Buffalo Bill qui avait envoyé ses émissaires recruter des figurants parmi les « terribles Apaches » de sa réserve.

Je savais de quoi il retournait, car j'avais lu plusieurs articles sur ces *amazing Wild West Shows* qui faisaient la joie des citadins de la côte est en leur offrant le spectacle de la vie du Far West en « grandeur nature ».

Geronimo trouvait divertissant de participer à ces spectacles où il gagnait quelque argent. C'est sous son nom de naissance, Goyathlay, qu'il apparaissait dans les programmes, car il ne voulait pas voir le nom du guerrier entré dans la légende associé à ces mascarades qu'il moquait volontiers, mais qui l'amusaient follement. Il y jouait dans deux tableaux d'ensemble, « l'attaque de la diligence » et la « scène de chasse » où, galopant à cru sur un mustang pie, armé d'un arc apache, il devait décocher ses flèches sur des bisons empaillés montés sur des roulettes et dont un mécanisme faisait bouger les pattes.

J'étais réjouie de découvrir des accents d'enthousiasme juvénile dans le récit de cet homme vieillissant qui approchait la soixantaine. On aurait cru entendre le débit d'un gamin vantant le nouveau jeu qu'il vient de découvrir.

Mais je tombai à la renverse quand, sans changer de ton, il m'annonça dans le même souffle : « Et l'année prochaine, au mois de mai, on va jouer en Europe, dans ton pays, à Paris. Et tu viendras t'amuser avec nous, j'ai tout arrangé avec Bill Cody[1]. »

1. William Frederick Cody, alias Buffalo Bill.

Même jour,
Teec Nos Pos, comté d'Apache, Arizona

Je ne compris pas tout de suite ce qu'il venait de me dire. C'était si imprévu, si inconcevable, Paris était si loin dans ma tête. Plusieurs années durant, j'avais entretenu une correspondance avec Monique, et un fil ténu restait alors tendu entre mon présent et la vie parisienne. Je récupérais ses courriers poste restante quand j'allais en ville mais, après une dernière lettre inquiétante, le guichetier qui savait ce que j'attendais agitait négativement la tête quand je lui faisais signe à travers la vitre. Mes envois demeuraient sans réponse, et le fil s'est rompu. Paris s'était éloigné de moi chaque année davantage et j'appréhendais la perspective de retrouver cette ville qui avait dû changer autant que j'avais changé moi-même. J'y retrouverais les chers fantômes que j'y avais laissés, ceux de tous mes camarades, Honorine et Babeth en tête, celui de Victor, de son rire éclatant qui emplissait la rue quand il courait vers la barricade qu'il fallait défendre, mais j'y croiserais aussi le fantôme de cette jeune anarchiste qui découvrait la vie, que j'ai abandonnée là-bas quand je me suis enfuie.

Depuis deux semaines je balançais entre mes craintes de retrouver Paris hanté de mes spectres chéris et l'insistance de Geronimo qui prétendait qu'un rêve l'avait visité pour lui dire qu'il devait traverser l'océan. Il s'était vu à mes côtés, arpentant les rues bordées de monuments de pierre qui avaient été le théâtre des combats de « ma guerre de France » qu'il m'avait si souvent demandé de raconter, et qui l'intrigue tant depuis toutes ces années.

C'est hier que j'ai tranché. J'accompagnerai Goyathlay.

Ma décision arrêtée, j'ai su que je devais ressortir mes vieux cahiers des fontes de cuir où ils attendaient depuis si longtemps que je les réveille. J'ai relu encore une fois chaque page de cette histoire, puis j'ai commencé à écrire, peut-être pour la clore à jamais.

Vendredi 31 mai 1889
Grandes-Carrières, Paris

Nous sommes arrivés aux casernements désaffectés des plâtrières de Montmartre à la nuit tombée. Ces baraquements de planches que le temps a disjoints étaient le palace réservé aux Indiens, qui s'en accommodèrent, pour avoir l'habitude de pareil traitement. Quand nous y parvînmes, j'étais rincée par les émotions de la journée.

En fin de matinée, le *Persian Monarch* s'était amarré dans un bassin du port du Havre que je reconnus tout de suite, et j'ai aperçu le premier fantôme de ce voyage qui grimpait devant moi sur la passerelle de coupée du *Flying Fish* avec son balluchon sur l'épaule. Ma main a glissé dans ma sacoche de cuir patiné, trouvé la douceur de peluche que dix-huit années de bourlingue ont donné au précieux carré de drap grège.

Alors que nous traversions la ville en parade montée avec tout le convoi pour rallier la gare, les badauds s'amassaient sur les trottoirs pour nous regarder passer comme des bêtes curieuses un peu inquiétantes. Nos dizaines de chevaux, de bisons, de charrettes et chariots, nos montagnes de caisses d'accessoires, suivis par quarante cow-boys à cheval, des soldats et plus de cent trente

Indiens en costume avaient de quoi épater les Havrais incrédules. Par-dessus la foule, j'aperçus l'enseigne du *Rio* au fond de sa ruelle. Puis nous embarquâmes en désordre dans un long train spécial tiré par deux locomotives. Elles ont suivi les mêmes rails que les convois de marchandises que nous avions grillés avec Victor, et deux nouvelles ombres, enlacées dans le même sommeil contre des caisses de machines à coudre, se glissèrent furtives dans les reflets de vitre où défilait le bocage normand. Puis nous arrivâmes à la gare Saint-Lazare et, sur le trajet qui menait notre groupe jusqu'aux anciennes plâtrières, je vis la silhouette de Babeth hâter le pas pour disparaître au coin de la rue des Carrières. Pour fuir l'émotion qui me submergeait, j'entraînai Goyathlay plus loin dans Paris endormi. Abandonnant le groupe, nous marchâmes longtemps dans les rues désertes. Pour ne pas laisser mon esprit libre de s'égarer, je m'absorbais dans le récit des histoires que j'avais vécues autour de ces fameux monuments de pierre qui jalonnaient notre périple. Geronimo écoutait pour la centième fois ces épisodes de ma guerre de France avec une curieuse intensité. De chaque coin de rue, des ombres me faisaient signe, et ma voix tremblotait.

Je dormis bien peu cette nuit-là. Le temps que les équipes de charpentiers montent et démontent les installations nécessaires sur le Champ-de-Mars, des jours de liberté s'ouvraient devant moi. Qu'en faire, de ces journées ? Évidemment, je commencerais par rechercher la trace de Monique, et je redoutais ce que j'allais trouver.

Le lendemain, je sautai dès l'aube dans le premier omnibus pour le 2e arrondissement. Rue Réaumur, le guichetier de la banque de change refusa de m'ouvrir la porte quand il découvrit ma dégaine à travers la vitre. J'avais évidemment abandonné la tenue traditionnelle navajo que le général Cody nous avait imposée pour l'arrivée en France, car toute la presse parisienne avait fait le voyage au Havre pour nous découvrir, et il fallait épater. Ce matin-là, j'étais simplement vêtue de mes habits indiens ordinaires mais, dans l'omnibus déjà, on avait regardé de travers cette originale, et le guichetier me faisait signe de partir comme s'il chassait une mendiante. Je dus lui montrer ma pièce d'or à travers la vitre pour qu'il accepte d'appuyer sur le bouton d'ouverture de porte, tout en gardant sa main droite dissimulée derrière le comptoir.

En sortant de l'officine, je filai directement à *La Samaritaine* pour acheter une tenue de Parisienne. Devant le miroir de la cabine d'essayage, j'ôtai le bandeau qui retenait ma chevelure que je regroupai dans un chignon. J'achetai les accessoires nécessaires pour compléter ma mise, mais je ne pouvais rien faire pour masquer le teint cuivré que dix-huit années passées au soleil des Grandes Plaines avaient donné à mon visage.

Circulant maintenant dans la rue sans que personne se retourne ni me reluque, je me dirigeai vers la Goutte d'Or, la dernière adresse de Monique. Pendant ce trajet, je me rendis vite compte que le vent de liberté qui avait soufflé sur la ville durant notre Commune n'avait pas vraiment laissé de trace dans l'atmosphère qui baignait la ville. *La Joie de lire* était devenu un magasin de mode. Les pauvres demeuraient aussi pauvres, les femmes aussi femmes. Ayant appris depuis mon Arizona que les communards avaient été amnistiés, j'avais espéré que cette mesure correspondrait à une évolution sociale de la société de France, mais il n'en était rien. Je comprenais que l'amnistie avait été déclarée grâce à la certitude d'avoir brisé pour longtemps tout risque de révolution. Les communards d'ici avaient connu le même sort que les Indiens de là-bas. Assassinés par dizaines de milliers, enfermés, déportés, les survivants avaient dû se soumettre et seules quelques bandes obstinées menaient encore un combat désespéré.

Au 23 de la rue Poulet, je ne savais pas quel appartement Monique avait habité et je frappai au hasard à une porte du premier étage. Lorsqu'elle comprit qui je recherchais, la vieille dame qui m'avait ouvert me fit entrer dans sa petite cuisine. Elle attendit d'avoir réchauffé deux tasses de café avant de m'expliquer que Monique avait été sa voisine, l'appartement juste à côté, sur le palier. C'est elle qui avait fait prévenir la police quand celle-ci avait été assassinée. Un vacarme l'avait réveillée, vers trois heures, quand on avait défoncé sa porte. L'instant d'après, plusieurs coups de feu avaient éclaté et elle avait entendu deux hommes détaler à grand bruit dans l'escalier. La porte de Monique était restée ouverte. Surprise dans son sommeil, elle baignait dans son sang au milieu de son lit. Les voisins accourus après la fuite des tueurs ne purent que constater qu'il était inutile de prévenir un médecin. Elle était morte, la poitrine criblée de balles.

La voisine ne connaissait pas de famille à Monique, mais il y avait un homme bien mis, dans son genre, qui venait régulièrement la voir. « Et il ne repartait bien souvent qu'au matin… », ajouta-t-elle d'un air entendu. C'est lui qui avait récupéré ses affaires et débarrassé les meubles que les voisins n'avaient pas voulu récupérer. Évidemment, elle ne se souvenait plus de son nom. Mais elle se rappelait son adresse qui l'avait impressionnée : une artère de prestige, dans le 16e, boulevard Beauséjour ; et elle se souvenait aussi du numéro, le 61 – l'année de naissance de sa petite dernière.

L'immeuble donnait sur les jardins du Ranelagh et arborait deux grandes colonnes de pierre en façade, de lourdes sculptures d'ornement à chaque ouverture et des balcons à encorbellement. Sa concierge, une femme soignée et plutôt avenante, écouta mon histoire en se grattant le menton, puis elle résuma : « Un monsieur bien mis, dans son genre, vous dites ? Ça veut dire qu'il n'est ni jeune ni vieux, sinon vous m'auriez dit un jeune homme ou un vieux monsieur. Et “bien mis dans son genre” signifie qu'il est un peu original dans sa mise : c'est sans doute le fils Lecerf. Il est installé dans l'orangerie, la grande verrière au fond du jardin. Je vous laisse y aller seule, vous n'avez pas l'air d'une gredine… »

Je traversai le petit jardin, tirai la clochette de la verrière et un homme entre deux âges vint m'ouvrir. Il me considéra un long moment en silence, puis ses yeux clairs s'agrandirent. Moi, je l'avais reconnu dès qu'il avait ouvert la porte. Le visage éclairé par un grand sourire, Fernand m'ouvrit ses bras. Nous nous tînmes longtemps embrassés l'un à l'autre, les yeux fermés, les cœurs battants, comme les derniers survivants d'un terrible naufrage.

Samedi 1er juin 1889
Grandes-Carrières, Paris

Tous les membres de notre groupe avaient trouvé la mort, la plupart sous les balles, d'autres en captivité ou portés disparus. Le regard flottant sur les agrumes mûrs dans la belle lumière de la serre, j'écoutais Fernand me dire les nouvelles. Seules Louise et Nathalie demeuraient vivantes. Déportées dans le même convoi pour la Nouvelle-Calédonie, elles y avaient été détenues dans la même case, fraternisant elles aussi avec les indigènes. Elles étaient revenues à Paris après l'amnistie, mais je ne les y verrais pas. Ce printemps-là, elles menaient meetings dans le Midi.

La dernière à avoir quitté ce monde était Monique. Elle fricotait avec Fernand depuis quelque temps quand on l'avait assassinée. Sa dernière lettre ne m'avait pas laissé beaucoup de doutes sur ses dernières activités, et il me confirma que j'avais bien compris. Puisque rien n'était possible pour faire tomber le réseau de Langlade ni par la police ni par la presse que ses tentacules infectaient, elle avait entrepris de se débrouiller seule de cette tâche.

Après le meurtre du journaliste qui avait prévenu Langlade, elle avait poursuivi en assassinant une cible facile : le directeur du bordel de la rue Militaire dont l'activité avait repris à plein régime. C'est après ce meurtre qu'elle avait retrouvé Fernand dans une rue du Marais. Ils s'étaient perdus de vue pendant la Semaine sanglante et ils étaient heureux de se retrouver par hasard. Elle vivait seule, rue Poulet, à cette époque. Après quelques rendez-vous agréables, ils devinrent amants un soir de mai, dans son petit meublé aux fenêtres ouvertes sur le feuillage d'un marronnier en fleurs. Fernand avait gardé un souvenir très net de ce moment qu'il évoquait avec une grande émotion. J'aurais juré qu'il retrouvait intacte l'odeur des fleurs en grappes blanches qu'il décrivait. Très vite, il se découvrit épris d'elle, et bien surpris de l'être, lui toujours si volage. Mais il s'était amouraché de cette femme dont il découvrait peu à peu les desseins. Il la trouvait si belle, si intégralement belle, l'âme tout écorchée au désespoir farouche qui la faisait se battre, seule contre tant, dans un combat qui la tenait debout dans les décombres de rêves.

Sa voix tremblait dans le soir qui tombait sur l'orangerie, et Fernand, se taisant, se retrouvait surpris par l'emphase qui avait gonflé ses dernières paroles. « Allez, viens, c'est l'heure de boire ! » lança-t-il pour masquer sa gêne d'avoir autant laissé libre cours à ses émotions.

Au *Grand Café polonais*, je compris qu'il en était devenu propriétaire. « Propriétaire associé », corrigea-t-il simplement, puis il commença à déquiller ses petits verres de vodka glacée dans le geste sec que je reconnaissais, tout en me racontant comment Monique passait ses journées à pister les hommes-clefs du réseau de Langlade, et comment il l'y aidait parfois. Son expérience clandestine lui était bien utile dans cet exercice. Elle notait tout ce qu'elle découvrait, puis elle décidait de qui serait le prochain sur sa liste, et un soir, lorsqu'elle était prête pour avoir tout repéré, elle allait l'exécuter.

Elle choisissait soigneusement ses cibles pour que Langlade se sente chaque fois davantage cerné, qu'il voie le piège se refermer autour de lui, le danger approcher.

Le dernier qu'elle avait descendu était Sullivan, le grand roux au chapeau melon, qui avait laissé sa place de directeur de l'établissement de la rue de Rome pour devenir le bras droit de Langlade qui supervisait l'ensemble du petit empire. Elle avait choisi de l'exécuter un jeudi soir du mois de novembre 1875, lorsqu'il sortait du siège de *L'Impériale d'Orient*, afin que Milord se sache découvert et sente le vent du boulet. Le corps sans vie de Sullivan était tombé devant la grande porte de chêne et son melon avait roulé jusque dans le caniveau.

Je buvais bien moins que Fernand qui racontait tout ça, mais je commençais à être ivre. Vidant un dernier verre, il se redressa subitement sur sa chaise, comme s'il était piqué par une idée nouvelle. Il devait me donner quelque chose, là, maintenant, tout de suite. Nous devions retourner chez lui, et nous nous mîmes en route.

Monique avait voulu mettre Langlade en panique avec le meurtre de Sullivan et elle y avait si bien réussi qu'il avait mobilisé toutes ses ressources et ses relations bien placées pour trouver la piste de ce mystérieux justicier qui descendait un à un ses hommes de confiance. Fernand ignorait comment ils avaient retrouvé la trace de Monique mais, deux semaines avant sa mort, elle faisait ses repérages pour atteindre Langlade. L'affaire était compliquée, car il avait renforcé sa garde. Elle avait dû faire une erreur, se faire remarquer.

En tout cas, elle avait dû sentir quelque chose car, le jour où elle fut assassinée, elle avait confié à Fernand qu'elle trouvait sage de laisser passer un mois ou deux sans rien faire pour que l'effervescence se tasse. Elle n'était pas pressée et pouvait attendre autant qu'il le faudrait pour mettre le point final à la mission qu'elle s'était fixée, en descendant Langlade. Et d'ici là, elle était décidée à prendre du bon temps, à commencer par le soir même, et ils avaient prévu de souper au restaurant, puis d'aller danser avant de passer la nuit chez elle.

Mais, vers sept heures, alors qu'ils allaient sortir, un garçon de courses avait frappé à la porte pour remettre un billet à Fernand. Son père venait de faire une attaque cérébrale et se trouvait au plus mal. Il s'était aussitôt rendu à son chevet, et cette crise d'apoplexie qui laisserait son père impotent lui avait sauvé la vie.

Quand nous arrivâmes à l'orangerie, il fila tout de suite dans sa chambre pour en revenir chargé d'un coffret de cuir clair dont il tira une poignée de lettres retenues par un bracelet élastique rose, quelques feuilles volantes, et un revolver Lefaucheux avec sa boîte de cartouches incomplète.

Il poussa lettres et feuillets vers moi, laissant l'arme en retrait sur la table. Les lettres étaient celles que j'avais envoyées à Monique depuis l'Amérique. Les feuillets volants couverts de l'écriture désordonnée de Monique portaient les notes qu'elle avait prises tout au long de ses repérages. « C'est pour toi, murmura Fernand. Je sais que je n'en ferai rien, maintenant… »

Il se détourna pour soulever le plateau de ce que j'avais pris pour une table basse, et se révéla être une glacière. Il en tira une petite carafe prise dans un bloc de glace et deux petits verres givrés, identiques à ceux du *Grand Café polonais*. Ensuite, il parla peu, buvant plus que de raison, et je fis de même. L'alcool commençait à m'entourer de ouate quand je lisais les notes de Monique. Fernand remplit plusieurs fois nos verres alors que je les parcourais, mais je restais assez lucide pour comprendre qu'elle avait consigné là toutes les habitudes de Langlade, ses trajets routiniers, les horaires, le nombre et l'emplacement des hommes de main qui le protégeaient à chaque moment. Je fus bientôt trop soûle pour poursuivre. Cette nuit-là, je ne rentrai pas au baraquement de Montmartre et restais dormir à l'orangerie.

Au matin, alors que j'allais partir, je regroupai lettres et feuillets pour les emporter. Le revolver était sur la table, et Fernand me regardait. Je posai la main sur l'arme et l'interrogeai d'un regard. Nous demeurâmes longtemps les yeux dans les yeux, et ils se racontèrent tout ce que nous ne savions pas dire. Finalement, Fernand eut un battement de paupières. C'était la réponse à mon interrogation. Je pouvais emporter l'arme.

Dimanche 2 juin 1889
Grandes-Carrières, Paris

Le matin où je revenais de l'orangerie, Goyathlay m'observa en silence lorsque je rentrai dans notre baraquement. Je savais qu'il se demandait quelle affaire pouvait bien m'avoir tenue éloignée depuis la veille, mais il n'osait pas me poser de question. C'est quand il aperçut le revolver que je rangeais avec le reste dans mon sac de voyage qu'il ne put se contenir. « Tu comptes t'en servir ? » demanda-t-il. Je haussai les sourcils en inclinant la tête pour dire : « Je crois bien. » Puis nous nous assîmes tous deux sur ma paillasse et je lui racontai ce que j'avais appris depuis que j'avais quitté le casernement. Il comprit vite, car je lui avais raconté plusieurs fois le début de l'aventure, à la manière des Indiens qui aiment tant écouter plusieurs fois les mêmes mots qui disent la même histoire. Quand je me tus, il fronça les sourcils, inquiet, et ses yeux me lancèrent un « sois prudente » plus assourdissant que toutes les paroles.

Mais je n'entrepris rien ce jour-là ni ceux qui suivirent.

Le lendemain, nous avions une répétition générale pour adapter le spectacle à l'espace du Champs-de-Mars, et cela nous occupa de l'aube jusqu'à la nuit tombée.

Le jour suivant, le 19 mai, ce fut le spectacle. Nous le jouâmes devant une foule incroyable, de loin la plus nombreuse qu'il m'ait jamais été donné de voir. Comme à son habitude, Geronimo s'amusa beaucoup pendant le tableau de la « scène de chasse ». Le public applaudissait à tout rompre lorsque ses flèches décochées au galop atteignaient le bison mécanique lancé à toute allure. Mes figurations étaient moins en lumière mais, quand les ovations s'élevaient, je ne pouvais m'empêcher de penser que Fernand devait nous regarder, peut-être me reconnaître et que, là-haut, dans la haute tribune de personnalités, il y avait certainement Langlade parmi ceux qui nous applaudissaient – Fernand qui n'aurait jamais assez de vodka pour oublier qu'il ne s'était pas servi du revolver de Monique ; Langlade qui ignorait que mes fantômes seraient bientôt vengés.

Le lendemain du spectacle, je fus de nouveau disponible. Dès le matin, j'étudiai les notes de Monique. Pour bien comprendre les itinéraires de Milord, je les traçais sur le plan de Paris que j'avais pu trouver, si grand que je devais l'étaler sur ma paillasse. J'examinai les différentes options que Monique avait listées pour atteindre Milord à moindre risque, et celle qu'elle avait soulignée de deux traits me semblait bien la meilleure. J'entourai au crayon l'intersection du boulevard des Invalides et de la rue Oudinot, et mon regard se perdit dans ce monde miniature tiré à la règle. Il n'y avait rien de vraiment droit à Teec Nos Pos.

Les jours suivants, j'allai en ville trouver confirmation de ce que j'avais pu imaginer et tout collait parfaitement avec les notes de Monique. Les soirs de semaine, la voiture de Milord le ramenait à son hôtel particulier vers dix heures et demie. L'horaire était réglé comme papier à musique. D'où qu'il vienne dans Paris, le cabriolet arrivait d'un côté ou de l'autre du boulevard des Invalides et devait se mettre au pas pour négocier l'entrée dans l'étroite rue Oudinot qui part à l'équerre. À ce moment, un piéton placé sur la gauche de l'embranchement, dans l'ombre des colonnes de l'immeuble qui fait angle pouvait parfaitement distinguer les passagers de la voiture qui se découpaient alors dans la lumière des réverbères du bâtiment d'en face. Cela laissait le temps de tirer à coup sûr, pour qui sait manier une arme.

Je fis ma dernière reconnaissance au soir juste tombé, quand le boulevard est encore animé et les réverbères déjà allumés. Rien de ce que je vis ne semblait pouvoir contrarier ce plan. Le recoin formé par la colonne de droite de l'immeuble était parfait pour se dissimuler, car le feuillage des platanes épaississait encore son coin d'ombre et il offrait une vue parfaite sur l'embranchement. De l'autre côté de la rue, deux becs de gaz, l'un sur le mur du boulevard, l'autre sur celui de l'entrée de la ruelle. Quand la voiture ralentirait pour négocier le virage, elle serait éclairée pendant une bonne dizaine de secondes. Il y aurait quatre hommes à son bord. Milord ne portait jamais d'arme, et le cocher non plus, qui n'était là que pour conduire. En revanche, depuis la série d'assassinats de Monique qui avait effrayé Langlade, il était systématiquement accompagné de deux nervis armés, comme Fernand me l'avait signalé. Ils se tenaient sur le siège avant, juste derrière le cocher. J'aurais donc trois cibles, six balles dans mon revolver, et tout le temps d'assurer les tirs avec une visibilité suffisante pour faire mouche.

Lundi 3 juin 1889
Grandes-Carrières, Paris

Le matin suivant, je vérifiai le revolver de Monique, chargeai six cartouches dans le barillet. Puis je descendis dans les anciennes carrières pour voir comment l'arme portait la balle. En quelques coups, je sus qu'elle tirait droit. Le point visé était le point touché jusqu'à plus de vingt pas. Me retournant pour remonter au casernement, je vis la silhouette de Geronimo qui me regardait du haut de la carrière. Les détonations avaient dû l'attirer. Il hocha longuement la tête, puis il se retourna et disparut sur le tertre de terre.

Le soir venu, je fermai la porte de la baraque pour ôter mes vêtements et passer une blouse, des chausses, des chaussures et un fichu intégralement noirs achetés dans un grand magasin où la vendeuse, croyant à un veuvage, m'avait présenté ses condoléances. J'avais répondu que c'était plutôt le contraire, ce qui ne voulait rien dire, mais j'avais pensé à Tł'éhonaa'éí et Ahiga, qui sont bien vivants, là-bas, à m'attendre de l'autre côté de l'océan, et j'avais souri.

Je vérifiai que le revolver fût bien garni, refermai la portière de chargement. Je regardai l'arme dans ma main.

Son bronzage noir mat était parfait pour les attaques nocturnes. Monique avait bien choisi. Il tenait pile dans la poche de la blouse où le métis faisait juste une petite grimace. Six cartouches de recharge rejoignirent la montre à gousset toute neuve dans l'autre poche, puis je rajustai le fichu et quittai les casernements de Montmartre.

Il y avait une bonne heure de marche pour arriver dans le 7e arrondissement et chacun de mes pas faisait battre le revolver contre ma cuisse. Chacune de ces enjambées me rapprochait un peu plus de la fin de cette histoire. Les visages de tous ceux qui l'avaient construite envahissaient ma tête. J'étais heureuse de terminer le travail qu'avait si bien commencé Monique.

Toute vêtue de noir dans l'ombre de la colonne, j'étais invisible et j'attendais Milord. Je n'osais pas regarder la montre, de crainte qu'un éclat de lumière ricochant sur le boîtier me trahisse juste au mauvais moment. J'avais vérifié l'heure juste avant d'arriver au carrefour, et je savais que la voiture ne tarderait pas.

Quand ses lanternes se pointèrent sur le boulevard, je reconnus le cabriolet. Je restai immobile, le revolver en main et le chien à l'armé. Mon cœur ne s'emballait pas et je gardais les idées claires. J'étais en paix. J'étais à ma place. La voiture approchait au pas et, quand elle pénétra dans le halo de lumière du premier réverbère, je fus presque surprise de voir que Milord était devenu un vieil homme. À hauteur de son visage, le pommeau d'argent de sa canne brillait dans la lumière. Sur le siège avant, les deux cerbères. J'assurai la poignée de mon arme dans ma main et plaçai la poitrine du premier homme dans ma ligne de mire. Au moment où j'allais tirer, la voiture s'arrêta. Une seconde, je fus décontenancée, ne sachant quel aléa échoyait. Puis, je compris que, quelle que fût la raison de cet arrêt, je gagnerais à faire vite, et j'appuyai sur la détente. La flamme de bouche m'éblouit un instant, mais j'entendis le bruit mou de la chute du corps sur le bois de la voiture puis, un instant après, un son plus dur quand il tomba sur le pavé. Quand l'éblouissement fut passé, le second nervi n'était plus sur le siège avant. Il ne s'était pas précipité sur Milord pour le protéger, car il demeurait seul à l'arrière. L'homme était passé derrière la voiture, et il savait où je me tenais grâce à la signature lumineuse de mon tir. Le temps que je saisisse la situation, Milord se baissait et disparaissait de la fenêtre arrière. Il se terrait derrière la portière. Je visai le centre de la pièce de bois, où j'étais sûre de l'atteindre. Cette fois, je fermai les yeux après avoir pris ma visée, pour ne pas être éblouie. Ma balle siffla en ricochant sur la portière, et je compris qu'elle était doublée d'une feuille d'acier. Au même moment, un coup de feu claqua et une balle arracha un éclat de pierre tout près de mon visage. Immédiatement je tirai en direction de la flamme de bouche, à l'arrière de la voiture que l'homme avait contournée, et je doublai le coup. Quand je rouvris les yeux, l'homme était à terre, et celui que j'avais descendu en premier toujours inerte. Le cocher restait pétrifié sur son siège, les deux mains levées, et Milord toujours terré derrière son blindage. Pour l'atteindre, je devrais aller jusqu'à la voiture.

Je sortis de l'ombre et m'avançai quand je vis le deuxième homme bouger, relever son arme. Il était faible, touché à coup sûr, mais sa ligne de mire se rapprochait lentement de moi. Il n'y avait que son bras qui bougeait, son corps restait immobile. Je tirai au milieu de la poitrine et il ne bougea plus. Je me précipitai vers le cabriolet, ouvris la portière. Milord était là, pitoyable, recroquevillé, bien loin de sa superbe. Je levai mon arme vers lui. « Tu me reconnais ? Je suis Anceline, la mauvaise putain de Costefave, celle qui a volé ton cabriolet pour s'échapper des *Clochers* et que tu croyais morte… »

Ses yeux s'agrandirent. Il me reconnaissait. Je lâchai mon coup en plein front, et l'arrière de son crâne explosa alors que la balle ricochait sur le blindage de l'autre portière. Je restai un instant à contempler le cadavre. L'histoire était close. Mes épaules retombaient en même temps que la pression de la fusillade. Mais, à ce moment, j'entendis un cliquetis que je connaissais bien sur ma gauche : le cran d'armé d'une arme. Je tournai la tête. L'œil rond d'un revolver était braqué sur moi. Le cocher avait saisi l'arme du premier homme échouée quelque part quand il avait compris que mon revolver était vide. Son regard était terrifié, sa main se crispait sur la détente. Il allait tirer. Je fermai les yeux. Un sifflement à mes oreilles, je reconnus ce bruit, et la vibration sèche qui le suivit. Quelqu'un, surgi de l'ombre du platane, courait vers moi. « Je te devais une vie depuis Dos Cabezas Peaks », souffla Geronimo en passant son arc apache en travers de sa poitrine. Il se précipita vers le cocher et brisa la flèche qui lui traversait le cou en me disant : « En vrai, je t'en dois aussi beaucoup d'autres, mais comme tu le sais pas, ça compte pas. » Il rit de sa réplique, glissa les deux tronçons de flèche dans son carquois. Puis il saisit le revolver du cocher et plaça la bouche du canon sur l'orifice qu'avait laissé la hampe de bois en disant : « Il faudrait pas qu'ils s'imaginent qu'il a été tué par une flèche, si on veut repartir demain. » Il tira et la balle déchira le cou de l'homme. « Voilà, question plus de flèche, » rigola-t-il.

Dans le silence qui retombait après la fusillade, des lumières s'allumaient dans les étages, des volets commençaient à s'ouvrir timidement et de toutes parts dans la rue, sur le boulevard, des badauds regardaient de loin, des voix criaient : « La police ! Appelez la police ! »

Geronimo détela tranquillement le cheval de la voiture et l'enfourcha, un peu moins lestement que la première fois que je l'avais vu faire. Mais cette fois, je n'eus pas besoin qu'il me fasse la courte échelle pour monter en croupe.

Je m'accrochai à lui des deux bras. Sur ce cheval qui galopait vers l'Amérique, nous ne faisions plus qu'un, Geronimo et moi.

Pour plus d'information :

#lisez engagé !
www.lisez.com
Imprimé sur du papier issu de forêts gérées durablement.

10/18 – 92 avenue de France, 75013 PARIS

Imprimé en France par
CPI Firmin-Didot

N° d'impression : 175808
X07957/01